Gilbert Adair

Und Action!

Miss Mount und
der Mord am Filmset

*Aus dem Englischen von
Jochen Schimmang*

Oktopus

Die englische Originalausgabe erschien 2007 unter dem Titel
A Mysterious Affair of Style im Verlag Faber and Faber, London.
Die deutsche Erstausgabe erschien 2007 unter dem Titel
Ein stilvoller Mord in Elstree im Verlag C. H. Beck, München.

Für den Blick hinter die Verlagskulissen:
www.kampaverlag.ch/newsletter

Ein Oktopus Buch bei Kampa

Copyright © 2007 by Gilbert Adair
Für die deutschsprachige Ausgabe
Copyright © 2022 by Kampa Verlag AG, Zürich
www.kampaverlag.ch
www.oktopusverlag.ch
Satz: Tristan Walkhoefer, Leipzig
Gesetzt aus der Stempel Garamond LT / 220130
Druck und Bindung: Friedrich Pustet, Regensburg
Auch als E-Book erhältlich
ISBN 978 3 311 30029 8

»Das Kino ist nicht ein Stück Leben,
sondern ein Stück Kuchen.«

Alfred Hitchcock

An Walter Donohue,
meinen Verleger

Lieber Walter,

als Du mir, begeistert von meinem Roman Mord auf
ffolkes Manor, vorgeschlagen hast, eine Fortsetzung
zu schreiben, habe ich diese Idee gleich abgelehnt,
mit der Begründung, dass es immer ein Prinzip und
eine Ehrensache für mich war, mich niemals selbst
zu wiederholen. Später ist mir allerdings in den Sinn
gekommen, dass ich noch nie eine Fortsetzung geschrieben habe (zumindest nicht von einem meiner
eigenen Bücher), und deshalb wäre es, wenn man
einer zugegeben etwas windschiefen Art von Logik
folgt, etwas ganz Neues für mich, eine zu schreiben.
Wenn also, um Hitchcocks Metapher hier zu gebrauchen, auch die Literatur ein Stück Kuchen sein kann,
so hoffe ich daher, dass Du etwas Platz für Nach-
schlag gelassen hast.

Gilbert

Erster Teil

Erstes Kapitel

A ch du meine Güte!«
Diese Stimme!

Chefinspektor Trubshawe – oder, um es ganz korrekt zu sagen, Chefinspektor Trubshawe a. D., ehemals Scotland Yard – hatte gerade den Teesalon des Ritz Hotels betreten, um seinen Füßen Erholung und seinem Gaumen eine Erfrischung zu gönnen, und als er nun versuchte, die Aufmerksamkeit einer Kellnerin auf sich zu lenken, war es diese Stimme, die ihn wie angewurzelt stehen bleiben ließ.

Um die Wahrheit zu sagen, war das Ritz nicht die Art von Etablissement, das er normalerweise bevorzugt hätte, ganz gewiss nicht für eine dampfende Tasse Tee, nach der er während der letzten Stunde buchstäblich gelechzt hatte. Er war noch nie einer von denen gewesen, die mit Geld um sich warfen, umso weniger jetzt, wo er hatte lernen müssen, mit der Pension eines Polizeibeamten auszukommen, und ein Lyon's Tea Room wäre für seinen unverdorbenen plebejischen Geschmack gewiss das Passendere gewesen. Aber er war nun einmal zufällig am feineren Ende der Piccadilly gelandet, dessen einziger ganz gewöhnlicher Teesalon von Sekretärinnen und Stenotypistinnen wimmelte, die miteinander über die Schwierigkeiten ihres Arbeitstages plapperten, der nun für alle gleichzeitig zu Ende gegangen war. Also hieß es: das Ritz oder gar nichts;

und als er sich die durchaus unpassende Verschiebung der Werte so recht bewusst machte, dachte er: warum nicht, ein sicherer Hafen im Sturm.

Also war er hier, in diesem unaufdringlich eleganten Raum – einem Raum, in dem der wohltönende Klang gehobener Konversation mit dem silbrigen Klirren feinsten Bestecks harmonisch zusammenstieß (wenn ein solches Oxymoron möglich und erlaubt ist), einem Raum, den er noch nie betreten und auch nie in seinem Leben zu betreten erwartet hätte –, und bevor er sich noch richtig orientiert hatte, war er schon geradewegs jemandem aus seiner Vergangenheit in die Arme gelaufen!

Die Person, die ihn begrüßt hatte, saß an einem der Tische in der Nähe des Eingangs, und man konnte ihr Gesicht gerade noch hinter einem wackligen Stapel grüner Penguin-Taschenbücher erkennen. Als er sich ihr zuwandte, dröhnte die Stimme ein zweites Mal:

»So wahr ich leibe und lebe! Täuschen mich meine trüben Augen, oder ist es tatsächlich mein alter Ermittlungspartner, Inspektor Plodder?«

Trubshawe sah sie jetzt direkt an.

»Ist es möglich!«, rief er überrascht aus. Dann nickte er zustimmend, wobei ein kaum wahrnehmbarer sarkastischer Unterton in seiner Stimme mitschwang: »O ja, es ist tatsächlich Plodder. Plodder, alias Trubshawe.«

»Also sind Sie es wirklich!«, sagte Evadne Mount, die berühmte Kriminalautorin, und ignorierte die leise, aber bedeutungsvolle Veränderung in seiner Tonlage. »Und nach all diesen Jahren können Sie sich noch an mich erinnern?«

»Aber natürlich kann ich das! Das ist ein unverzichtbarer Teil meiner Arbeit – ich meine, es war ein unverzichtbarer Teil meiner Arbeit –, niemals ein Gesicht zu vergessen«, lachte Trubshawe.

»Ah ja«, sagte die Schriftstellerin ein bisschen ernüchtert.

»Wobei ich natürlich«, fügte er taktvoll hinzu, »schon im Ruhestand war, als wir uns kennengelernt haben, nicht wahr – was bedeutet, dass meine Erinnerung in diesem Fall persönlicher und nicht professioneller Art ist. Genau genommen«, schloss er, »war es die Stimme, die den Ausschlag gab.«

An dieser Stelle kehrte der leise Sarkasmus zurück. »Und der nicht besonders schmeichelhafte Spitzname natürlich.«

»Oh, Sie müssen mir verzeihen, dass ich mich ein bisschen mokiere. ›Sie tut es doch nur dir zum Hohn, und weil es dich verdrießt‹, das kennen Sie doch?[1] Meine Güte, Sie sind es tatsächlich!«

»Ziemlich lange her, oder?«, sagte Trubshawe verwirrt und schüttelte ihr die Hand. »Sehr, sehr lange, um genau zu sein.«

»Setzen Sie sich doch, guter Mann, setzen Sie sich. Gönnen Sie Ihrem Kopf eine Pause, hahaha! Wir müssen über die alten Zeiten plaudern. Über die neuen auch, wenn Sie wollen. Es sei denn«, sagte sie und senkte ihre Stimme auf die Lautstärke eines leisen Bühnenflüsterns, »es sei denn, Sie sind wegen eines Rendezvous hier. Wenn das der Fall ist: Sie kennen mich, ich verrate keinem ein Sterbenswörtchen. Ich würde nicht einmal *de trop* sein wollen.«[2]

Trubshawe ließ sich in dem Sessel gegenüber von

Evadne Mount nieder, wobei seine breiten Boxer-schultern sich hoben, als er sich die Hose an den Knien abklopfte.

»Hatte in meinem ganzen Leben nicht ein einziges Mal so etwas wie ein Rendezvous«, sagte er ohne offen-sichtliches Bedauern. »Ich habe meine verstorbene Frau kennengelernt – Annie hieß sie –, als wir beide in die-selbe Klasse gingen. Ich habe sie geheiratet, als wir in den Zwanzigern waren und ich noch ein unerfahrener junger Streifenpolizist war. Unsere Hochzeitsfeier – eine Feier mit allem Drum und Dran – haben wir im Tanzsaal des Railway Hotels in Beaconsfield abgehalten. Und bis zu ihrem Tod vor zehn Jahren habe ich nicht ein einziges Mal zurückgeschaut. Und auch nicht zur Seite, wenn Sie verstehen, was ich meine.«

Evadne lehnte sich in ihrem Stuhl zurück und sah den Chefinspektor über den Tisch hinweg liebevoll an.

»Wie bezaubernd, wie heimelig, wie beneidenswert *normal* das klingt, wenn Sie von Ihrem Leben erzählen«, seufzte sie, und vermutlich sollte ihre Wertschätzung die-ses Lebens durchaus nicht so herablassend klingen, wie sie wohl wirkte.

»Und richtig, jetzt erinnere ich mich, beim letzten Mal, als wir uns gesehen haben – der Mord auf ffolkes Manor[3] –, waren Sie gerade Witwer geworden. Und Sie sagen, das ist schon zehn Jahre her? Kaum zu glauben!«

»Und was für zehn Jahre das waren, nicht wahr – der Krieg und der Blitz und der VE-Day und der VJ-Day[4], und jetzt diese sogenannte schöne neue Nachkriegswelt. Ich weiß nicht, wie es Ihnen geht, Miss Mount, aber ich finde, dass London sich bis zur Unkenntlichkeit verändert hat – und nicht zum Besseren. Nichts als Schieber, soweit das Auge reicht, Schieber, kleine Gauner, Schwarzhändler, motorisierte Banden und diese Cliquen von Nylonschmugglern, über die ich ständig lese! Und Bettler! Bettler direkt hier auf der Piccadilly! Ich bin gerade eine halbe Stunde durch den Green Park spaziert, dann habe ich es nicht mehr ertragen. Pausenlos bin ich von einer Horde schmieriger Straßenbengel belästigt worden, die mich um ein paar Pennys angebettelt haben, und als ich ihnen keine geben wollte, haben sie mich einen Westentaschen-Himmler – nein, auf gut Cockney einen ›Westentaschen-'immler‹ – genannt. Ich bin hauptsächlich hierhergekommen, um ein bisschen Ruhe und Frieden zu suchen.«

»Hm«, stimmte die Autorin zu, »dazu muss ich sagen, dass dies hier auch nicht gerade der Ort ist, den ich mit Ihnen in Verbindung bringe.«

»Ich auch nicht. Ich war auf der Suche nach einem ehrlichen, einfachen Café für jedermann. *Sie* hingegen scheinen mir hier wirklich zu Hause zu sein.«

»O ja, gewiss. Ich komme täglich um diese Zeit zum Nachmittagstee hierher.«

Dieser Austausch von Belanglosigkeiten wurde durch die Ankunft einer älteren weißhaarigen Kellnerin mit weißer Haube unterbrochen, die nun erwartungsvoll über Trubshawe schwebte.

»Nur ein Kännchen Tee, Miss. Und sagen Sie bitte Bescheid, dass er stark sein soll.«

»Wie belieben, Sir. Und möchten Sie ein bisschen Brot und Butter dazu? V'lleicht Gurkensandwiches?«

»Nein, vielen Dank. Nur Tee.«

»Sofort, Sir.«

Nachdem er zu den benachbarten Tischen hinübergesehen hatte, von denen die meisten mit drallen, wohlgenährten Witwen besetzt waren, die ihre Pelzstolen lässig um den Hals geschlungen trugen wie ebenso dralle und wohlgenährte Schoßfüchse, wandte sich Trubshawe wieder Evadne Mount zu.

»In diesen Tagen wird viel von freiwilliger Selbstbeschränkung gesprochen. Davon sehe ich hier nicht viel.«

Sie lächelte ihm liebenswürdig zu.

»Ich weiß, was Sie meinen«, antwortete sie mit einer Stimme, deren eingeschliffener Tenor so übermäßig laut war, dass sich ihr noch drei oder vier Tische weiter die Köpfe auch dann zugewandt hätten, wenn sie nur »Geben Sie mir bitte den Zucker« gesagt hätte. »Der Krieg hat alles komplizierter gemacht. Nicht nur London hat sich verändert – das ganze Land hat sich verändert, die ganze Welt, würde ich sagen. Keine Manieren mehr, kein Respekt, keine Rücksichtnahme. Nicht wie zu unseren Zeiten.

Aber wenn ich's mir recht überlege, Trubshawe, diese schmierigen Straßenbengel, die Sie erwähnt haben, diese kleinen Gassenjungen mit den blassen Gesichtern. Vergessen Sie nicht, erst vor ein paar Jahren sind sie von der Luftwaffe aus Haus und Heim gebombt worden. Wenn sie Sie beleidigen und einen Westentaschen-'immler nennen, also, für die ist das nicht nur irgendein Name. Durchaus möglich, dass die Nazis für den Tod ihrer Mütter und Väter verantwortlich sind oder für den einiger Schulfreunde. Ich glaube, in diesen furchtbar schwierigen Zeiten sollten wir alle etwas nachsichtiger sein als sonst.«

Trubshawe stimmte ihr zu.

»Sie haben natürlich völlig recht. Ich bin nur ein mürrischer alter Griesgram, ein verschrobener, ungeselliger alter Kauz.«

»Papperlapapp!«, sagte Evadne Mount. »Es ist zehn Jahre her, dass ich Sie gesehen habe, und Sie sind kein bisschen gealtert. Das ist wirklich sehr bemerkenswert.«

»Jetzt, wo ich Sie mir genauer ansehe«, gab Trubshawe zur Antwort, »muss ich sagen: Sie auch nicht. Mein Gott, ich wette, wenn ich Ihnen das nächste Mal wieder in zehn Jahren über den Weg laufe, sind Sie immer noch nicht älter geworden. Es ist fast so, als ob die Zeit stehen bliebe – jedenfalls für Sie. Für mich auch, wenn Sie so wollen. Und natürlich für Alexis Baddeley. Sie scheint auch nicht zu altern.«

»Alexis Baddeley, ja? Mein Alter Ego – oder sollte ich sagen, meine alte Egoistin? Hören Sie, Trubshawe, sind Sie etwa einer von meinen Lesern geworden? Einer von denen, die ich die ›Happy Many‹ zu nennen pflege?«

»Ja, das bin ich. Ich habe tatsächlich, seitdem wir in dieser scheußlichen ffolkes-Manor-Sache, äh, zusammengearbeitet haben, jeden Ihrer Krimis gelesen. Den letzten erst vor einer Woche. Wie heißt er noch gleich? *Tod: Eine Gebrauchsanweisung.* Ja, den habe ich tatsächlich letzten – letzten Mittwoch zu Ende gelesen, genau.«

Nun folgte anhaltendes Schweigen. Offenkundig begann Evadne Mount es als kleine Unhöflichkeit seitens des Chefinspektors zu werten, dass er den Titel ihres letzten Buches genannt und zugegeben hatte, es gelesen zu haben, es dann aber in aufreizender Weise dabei hatte bewenden lassen. Obwohl sie im Umgang mit Verlegern und Lesern, Bewunderern und Kritikern ziemlich unverblümt war, war es dennoch nicht ihr Stil, selbst mit dem Anstimmen von Lobeshymnen zu beginnen – sie hätte behauptet, dass sie das nicht nötig hatte –, aber sie fand Trubshawes unverbindliche Antwort so enttäuschend, dass sie schließlich fragte:

»Und das ist alles?«

»Was alles?«

»Alles, was Sie über mein neues Buch zu sagen haben? Dass sie es letzten Mittwoch zu Ende gelesen haben?«

»Nun, ich …«

»Finden Sie nicht, Sie sind es mir schuldig, mir zu sagen, was Sie davon halten?«

In diesem Augenblick wurde Trubshawe nicht nur der Tee serviert, den er bestellt hatte, sondern auch ein glasiertes und mit einer Kirsche verziertes Eclair, das er nicht bestellt hatte. Aber bevor er die Chance bekam, die Kellnerin auf ihren Irrtum aufmerksam zu machen, hob Evadne Mount schon ihr Glas – er merkte erst jetzt, dass sie einen doppelten Pink Gin trank, einen Drink, den es von Rechts wegen im Teesalon gar nicht geben sollte – und brachte einen Toast aus:

»Auf das Verbrechen.«

Zweifelnd sah er sie an, denn er war es nicht gerade gewohnt, ausgerechnet auf jene schändlichen Aktivitäten zu trinken, deren Bekämpfung er sein ganzes Berufsleben gewidmet hatte, beschloss dann aber, dass es aufgeblasen und humorlos von ihm wäre, sich zu weigern.

»Auf das Verbrechen«, sagte er und hob seine Teetasse.

Er nahm einen ordentlichen Schluck Tee und biss, während die Kellnerin schon verschwunden war, überraschend gierig in das Eclair.

»In der Tat«, fuhr er fort, gleichzeitig verlegen und doch frisch gestärkt, »muss ich gestehen, dass – also, das ist die Ansicht eines einzelnen Mannes, bedenken Sie –, also ich muss gestehen, dass ich nicht glaube, dass das Buch je zu meinen Lieblingsbüchern gehören wird.«

»Nicht?«, erwiderte die Autorin und beäugte ihn mit ihren scharfen Augen wie ein Habicht. »Und darf ich fragen, warum nicht?«

»Nun ja, es ist natürlich überaus gescheit, die Spannung wird wie gewöhnlich sehr gut aufgebaut, und als ich weiterlas, ging ich immer mehr mit, genau wie Sie es wohl beabsichtigt hatten.«

»Seltsam, dass Sie das sagen«, unterbrach sie ihn sofort. »Gerade letzte Woche habe ich über das Thema einen Vortrag im Detection Club gehalten. Wissen Sie, meine Theorie ist, dass die Spannung, die wirkliche Spannung, der wirkliche Kitzel bei einem Kriminalroman – genauer gesagt, auf den letzten paar Seiten eines Kriminalromans – weniger mit der Enthüllung etwa der Identität des Mörders zu tun hat oder mit der Klärung seiner Motive oder mit sonst etwas, das die Autorin ausgeheckt hat, sondern mit der wachsenden Befürchtung des Lesers, dass sich das Ende nach all der Zeit und Mühe, die er in das Buch investiert hat, wieder einmal als Reinfall herausstellt. Mit anderen Worten, was die Spannung erzeugt, von der Sie sprechen, ist nicht etwa die Angst des Lesers, dass der *Detektiv* versagen könnte – er weiß, das passiert nie –, sondern dass der *Autor* versagt.«

»Aber gerade darum geht es«, bestätigte Trubshawe und ergriff die Gelegenheit, das Wort gleich wieder an sich zu reißen. Er war außergewöhnlich schonend mit ihr umgegangen, wenn man bedenkt, dass sie ihn nach seiner Meinung gefragt hatte, aber da er sie von früher nun einmal sehr gut kannte, wusste er sehr wohl, dass er nie dazu kommen würde, ihr zu sagen, was er wirklich von ihrem Buch hielt, wenn er sie weiter wie gewohnt abschweifen ließ.

»Wie ich schon sagte, die Spannung baut sich gut auf, bis zu der Szene, in der Ihre Detektivin, Alexis Baddeley, die Alibis der Verdächtigen noch einmal überprüft. Dann kommt diese ganze bizarre Sache mit diesem betrunkenen Lackaffen, der überall aufkreuzt, und … und da bin ich, um ehrlich zu sein, ausgestiegen. Tut mir leid, aber Sie haben mich ja gefragt.«

»Und doch ist das ganz einfach«, beharrte Evadne Mount.

»Sie wissen, was ein *Running Gag* ist, oder?«

»Ein *Running Gag*? Ja-a«, sagte der Chefinspektor, der sich nicht ganz sicher war, ob er es wirklich wusste.

»Aber natürlich wissen Sie es. Sie müssen doch diese Hollywoodkomödien gesehen haben – man nennt sie, glaube ich, *Screwball Comedies* –, in denen also der *Running Gag* ist, dass irgendein Zecher mit Zylinder, ganz wie Sie sagen, an den unwahrscheinlichsten Orten aufkreuzt und den Helden mit schleppender Stimme fragt: ›Sie habe ich doch schon mal gesehen?‹ Stimmt's?«

»Hm, ja«, sagte er so vorsichtig wie möglich.

»Wenn also der Leser dieser Art von Figur in *Tod: Eine Gebrauchsanweisung* begegnet, denkt er: Aha, das ist jetzt die komische Nummer, wie in den Filmen. Aber nein, Trubshawe, in meinem Buch hat der Zecher den Helden tatsächlich schon mal irgendwo gesehen. Und wo? Natürlich, als der den Tatort des Mordes verlassen hat. Weil er blau ist, hört ihm aber keiner zu. Außer Alexis Baddeley, die darauf besteht, dass er ein Zeuge wie jeder andere ist, betrunken oder nicht, und deshalb auch wie jeder andere ernst genommen werden muss. Für mich ist das meine Version von *Der unsichtbare Mann* – die Pater-Brown-Geschichte, Sie wissen schon.«

Nachdem er ihren Argumenten ebenso geduldig zugehört hatte, wie sie ihm dargelegt worden waren, schüttelte Trubshawe seinen mächtigen Kopf.

»Nein, tut mir leid, Miss Mount, das funktioniert nicht.«

»Funktioniert nicht?«

»Nun, ich versichere Ihnen, nachdem Sie mir alles so gründlich dargelegt haben, denke ich, dass ich die Idee verstehe. Aber sie ist nicht gut genug.«

Evadne Mount wurde allmählich ärgerlich.

»Was soll das heißen?«

»Ich habe inzwischen genug Kriminalromane gelesen – hauptsächlich Ihre, muss ich sagen, aber als ich die alle gelesen hatte, war ich so süchtig geworden, dass ich sogar einen Blick in ein paar von den härteren Thrillern geworfen habe, James Hadley Chase, Peter Cheyney …«

»Die Abenteuer von Lemmy Caution, meinen Sie? Pfui, das ist überhaupt nicht mein Fall!«

»Meiner auch nicht. Aber egal, wie ich schon sagte: Ich habe genug davon gelesen, um zu wissen, dass man in den besten und wirklich erfolgreichen Kriminalromanen keinen Satz oder Absatz, geschweige denn eine ganze Seite, zweimal lesen muss, wie das vielleicht bei den – na ja, Klassikern der Fall ist, um zu verstehen, worauf der Autor hinauswill. Ich möchte weder Ihre noch die Kriminalromane von anderen herabsetzen. Alles, was ich sagen will, ist: Wenn die Enthüllungen eine nach der anderen herauspurzeln, dann muss die Wirkung auf den Leser unmittelbar einsetzen. Sie müssen wie ein Schlag ins Gesicht kommen, praktisch wie eine Ohrfeige. Es ist wie bei einem Witz. Wenn man nicht sofort über ihn lacht, wird man nie darüber lachen. Und nun komme ich auf den Punkt: Ist das nicht das, was mit dem perfekten Verbrechen gemeint ist – wenigstens in Kriminalromanen? Kein Verbrechen, bei dem der Täter unentdeckt bleibt – ich meine: bei dem der Mörder unentdeckt bleibt, denn heutzutage sind die Leute so blutrünstig, dass ich glaube, unter einem Mord geht gar nichts –, kein Verbrechen also, bei dem der Mörder unentdeckt bleibt – so ein Buch kann es nicht geben, der Leser würde sein Geld zurückverlangen –, sondern ein Verbrechen, bei dem alles perfekt zusammenpasst, bei dem es weder zu viel noch zu wenig Beweismaterial zu verarbeiten gibt und bei dem die Aufdeckung der Identität des Mörders sich als ebenso folgerichtig wie unvorhersehbar erweist. Er *kann* es gar nicht sein, sagt man sich – aber zugleich *kann* es gar kein anderer sein. Genau das ist das perfekte Verbrechen.«

Trubshawe beendete seine Ausführungen in beinahe entschuldigendem Ton, als sei er sich seines Affronts bewusst, der Großen Alten Dame des Verbrechens eine Vorlesung über Kriminalromane zu halten, und dann noch eine so ausführliche! Als er schließlich seine Pfeife anzündete, nachdem er die Tabakreste in einen gläsernen Aschenbecher geklopft hatte, der sofort von einer bis dahin völlig unsichtbaren Kellnerin entfernt und durch einen identischen, aber makellos sauberen ersetzt wurde, warf er der Schriftstellerin einen vorsichtigen Blick von der Seite zu.

Einen Augenblick lang schien sie sprachlos. Dann brach sie zu seinem Erstaunen in stürmisches Gelächter aus.

Der Detektiv neigte den Kopf fragend zur Seite.

»Habe ich etwas Komisches gesagt?«

»Nein«, war ihre Antwort, nachdem sie sich hinreichend beruhigt hatte, um wieder sprechen zu können. »Sie haben nichts Komisches gesagt, Sie haben etwas Ehrliches gesagt. Deshalb musste ich lachen – so laut lachen, dass ich glaube, ich habe eine Laufmasche im Strumpf! Ich bin inzwischen so erfolgreich, verstehen Sie, so ein Star, dass es keiner mehr wagt, ehrlich zu mir zu sein. Meine Verleger, meine Leser, meine Kritiker – nun, wenigstens die meisten«, schränkte sie ein und konnte dabei ein leichtes Grummeln nicht ganz unterdrücken –, »alle erzählen mir, dass mein jüngstes Buch, egal welches es gerade ist, wunderbar ist, hinreißend, dass es das bisher beste ist, obwohl wir alle wissen, dass es ein Blindgänger ist. Und selbst wenn die Kritiken ein kleines bisschen weniger ekstatisch ausfallen, als ich es gewohnt bin, hindert das den Verlag nicht daran, es auf dem Umschlag ›hochgelobt‹ zu nennen. Ich sage Ihnen, Trubshawe, in diesem Land ist noch nie ein Buch veröffentlicht worden, das nicht ›hochgelobt‹ wurde. Sie werden sehen, es dauert nicht mehr lange, und wir haben Reklame für die hochgelobte Bibel und das hochgelobte Telefonbuch, haha! Damit«, fuhr sie fort und schaltete ohne Übergang wieder auf ihre ernsthafte Tonlage um, »will ich nicht sagen, dass *Tod: Eine Gebrauchsanweisung* wirklich ein Blindgänger ist, verstehen Sie. Es gehört nicht zu meinen wenigen, meinen überaus seltenen Fehlschlägen. Aber Sie haben recht, es ist einfach gescheiter, als ihm guttut. Es ist, was man blitzgescheit nennen könnte, was heißen könnte: doppelt so gescheit wie einfach nur gescheit, aber in Wahrheit nur halb so gescheit.«

»Deshalb danke ich Ihnen, Trubshawe«, sagte sie. »Ich danke Ihnen wirklich sehr.«

»Wofür bedanken Sie sich?«

»Dass Sie so offen waren. Offen – und interessant. Sie mögen ja noch ein ziemlicher Neuling sein, was Kriminalromane angeht, aber in der Theorie sind Sie schon sehr weit.«

»Also, wissen Sie, ich möchte nicht, dass Sie denken, ich hätte Ihren Roman nicht mit Vergnügen gelesen. Doch, das habe ich, nur nicht mit so großem wie Ihre früheren.«

»Sehr nett von Ihnen, das zu sagen. Und Sie müssen mich ab jetzt Evadne nennen. Schließlich sind wir alte Kumpel und Verbündete. Oder noch besser, nennen Sie mich Evie. Lassen wir den Zwischenschritt weg, ja? Sie werden es sowieso tun, warum nicht gleich damit anfangen?«

»Evie«, sagte Trubshawe wenig überzeugend.

»Und kann ich Sie – nun, wie nennen Ihre Freunde Sie?«

Der Detektiv zog an seiner Pfeife.

»Von denen habe ich nicht mehr allzu viele, fürchte ich. Aber wenn Sie nach meinem Vornamen fragen, nun, ich heiße Eustace.«

»Eustace? O je. O je, o je! Ich kann Sie mir überhaupt nicht als Eustace vorstellen.«

»Ich mich auch nicht«, grummelte Trubshawe. »Aber so ist es nun mal. Das ist der Name, den man mir gegeben hat, das ist der Name auf meiner Geburtsurkunde, und das ist der Name, bei dem ich mich umdrehe, wenn ihn jemand laut auf der Straße ausruft. Heutzutage also gar nicht mehr, um ehrlich zu sein.«

Evadne Mount betrachtete ihn einen Augenblick.

»Hören Sie, Eustace«, sagte sie und sah schnell auf ihre Armbanduhr, »haben Sie heute Abend irgendetwas Besonderes vor?«

»Ich?«, antwortete er niedergeschlagen. »Ich habe an den meisten Abenden nichts Besonderes vor.«

»Ich entnehme dem, dass Sie nicht aus einem besonderen Anlass in London sind?«

»Ich lebe inzwischen in London. Habe mir eine Doppelhaushälfte in Golders Green gekauft.«

»Tatsächlich? Das Cottage in Dartmoor haben Sie nicht mehr?«

»Ich hab's verkauft und bin vor sechs, sieben Jahren umgezogen. Es wurde einfach zu einsam für mich, nachdem der arme Tobermory tot war. Sie erinnern sich an meinen blinden Labrador, der im Moor erschossen wurde?«

»Natürlich erinnere ich mich, natürlich. Sie müssen also heute Abend nirgendwo sein?«

»Nirgends auf der ganzen Welt.«

»Warum kommen Sie dann nicht einfach mit mir? Um der alten Zeiten willen?«

»Mit Ihnen?«, wiederholte er. »Ich weiß nicht, ob ich Sie recht verstehe.«

Evadne Mount erdete ihren massigen Körper fest in dem wehrlosen kleinen Stuhl.

»Zufällig ist dies für mich heute ein ganz besonderer Abend. Am Haymarket – im Theatre Royal am Haymarket – wird eine große Wohltätigkeitsshow für die Waisen aus dem East End gegeben. Ganz London wird da sein«, schwärmte sie und gebrauchte das Klischee bewusst, »Bobbie Howes, Jack and Cicely, die Smith Brothers, Tessie O'Shea, das Zweitonnenweib, und was weiß ich, wer sonst noch. Sie treten alle umsonst auf. Schließlich ist es für einen guten Zweck. Ich bin eine der Autorinnen – ich habe mir ein kurzes Präludium ausgedacht, eine Art Mini-Krimi –, und Sie werden nie erraten, wer darin Alexis Baddeley spielt.«

»Wer?«

»Noch eine alte Bekannte von Ihnen. Cora.«

»Cora?«, wiederholte Trubshawe verwirrt.

»Cora Rutherford! Erzählen Sie mir bloß nicht, Sie hätten Sie vergessen?«

Ein paar Augenblicke strapazierte er noch sein Hirn. Dann war plötzlich alles wieder da.

»Cora Rutherford! Aber natürlich! Jetzt erinnere ich mich! Sie war doch auch unter den Gästen in ffolkes Manor, nicht wahr?«

»Das stimmt.«

»Und Sie sind immer noch unzertrennlich?«

»Na ja … Um ehrlich zu sein, hatte ich den Kontakt zu ihr ziemlich verloren, bis diese Show uns wieder zusammengebracht hat. Sicher, wir hielten gelegentlich einen Schwatz an der Strippe, aber wir kriegen es nie wirklich hin, unsere Uhren in Einklang zu bringen. Wenn ich Zeit habe, hat sie zu tun; wenn sie Zeit hat, habe ich zu tun. Aber trotzdem, Sie wissen ja, was man so sagt. Unsere besten Freunde sind nicht die, die wir am häufigsten sehen, sondern die, die wir am längsten kennen. Wenn es wirklich drauf ankommt, sind wir beide immer noch Busenfreundinnen.«

»Ja-a«, murmelte Trubshawe, der die Wortwahl der Autorin eine Spur zu lebhaft und zu fleischlich fand. Nachdenklich wiederholte er ihren Namen.

»Cora Rutherford … Es stimmt schon«, fuhr er fort, »ich war nie ein großer Kinoliebhaber, selbst als Annie noch lebte. Wir haben uns zusammen Filme angeschaut, weil sie sie mochte, auch wenn ich nichts davon hielt. Aber trotzdem, ich kann nicht behaupten, dass ich in letzter Zeit viel von ihr gehört hätte. Von Cora Rutherford, meine ich. Sie hat sich doch nicht zur Ruhe gesetzt, oder?«

»O nein«, sagte Evadne Mount. »Cora hält immer noch tapfer durch. Sie hat mich sogar neulich erst angerufen und mir erzählt, dass sie eine Rolle in einem brandneuen Film ergattert hat. Im Vertrauen gesagt, sieht sie sich selbst gern als eine Art Einsiedlerin, die man gelegentlich wie eine seltene Vogelart durch die Bond Street huschen sieht – die Sorte Filmstar, die man nur ausnahmsweise mal zu Gesicht bekommt!«

Die Schriftstellerin lachte nachsichtig über ihre exzentrische Freundin.

»Das ist natürlich ziemlich grotesk, denn nach allem, was ich so höre, ist sie noch immer dieselbe Streunerin wie früher. Aber wenn es Cora das Älterwerden leichter macht, wenn sie sich für die britische Garbo hält, warum soll ich ihr den Spaß verderben?«

»Und Sie sagen, sie tritt in der Show auf?«

»Sie spielt Alexis Baddeley im Eröffnungssketch, der von meiner Wenigkeit geschrieben wurde. Danach gibt es ein bisschen Gesang, ein bisschen Tanz, ein paar komische Nummern, ein paar Tränen und ein großes, spektakuläres Finale. Also, wollen Sie als mein Gast mitkommen?«

Trubshawe fand das verlockend. Ganz offensichtlich war sein Leben in letzter Zeit wenig durch Gesang, Tanz oder Komik aufgeheitert worden. Aber er war als Privatmann so vorsichtig und bedacht, wie er es als Gesetzeshüter gewesen war, und er musste die Vor- und Nachteile jeder Veränderung seiner Pläne erst gründlich abwägen, besonders die kurzfristigen, bevor er eine Entscheidung traf. Kurz gesagt, er wollte unbedingt zu der Show gehen, aber er wollte sich auch im Voraus schon sicher sein, dass er es hinterher nicht aus irgendeinem Grund bereuen könnte.

»Die Frage ist«, sagte er schließlich und kratzte sich am Kinn, das ihn keineswegs juckte, »gibt es denn noch Karten? Ich meine, nach allem, was Sie sagen, hört es sich nach einer sehr prestigeträchtigen Veranstaltung an.«

»Es gibt keine einzige Karte mehr, weder für Geld noch für gute Worte. Die Show ist schon seit Wochen ausverkauft, selbst bei den Preisen, die da verlangt werden – fünf Guineen für einen Parkettplatz, stellen Sie sich das mal vor. Aber keine Sorge. Ich habe einige Freikarten bekommen, also ist das kein Problem.«

Nun sah Trubshawe an sich herunter, auf Anzug und Krawatte. Beides war absolut ansehnlich, der Anzug graues Kammgarn, die Krawatte das Signum eines der weniger bedeutenden Londoner Clubs. Aber selbst er, obwohl kein Habitué der Theaterwelt, wusste, dass keiner in diesem voraussichtlich außerordentlich glanzvollen Publikum ihn nach dem Namen seines Schneiders fragen würde.

Die Schriftstellerin sah den kleinen Schatten, der sich über seine Gesichtszüge legte.

»Sie sehen gut aus, sehr gut!«, sagte sie laut und ermunternd. »Außerdem gucken Sie mich mal an, und dann sagen Sie mir noch mal, dass Sie sich nicht richtig angezogen fühlen.«

Das stimmte. Sie war, wie ihm jetzt auffiel, so gekleidet wie schon vor zehn Jahren, in ein formloses Tweedkostüm, das sich an den Stellen wölbte, an denen sie selbst sich wölbte, sich aber an einigen anderen Stellen von selbst zu wölben schien. Auf dem Tischtuch lag außerdem, auf jede erdenkliche Art zerknittert, in der ein Hut nur zerknittert sein kann, der marineblaue Matrosendreispitz, der in den literarischen Kreisen Londons so lange schon als ihr Markenzeichen galt. Nein, Evadne Mount hatte sich wirklich nicht verändert.

»Also, Eustace«, sagte sie, »wollen wir aufbrechen? Die Show beginnt um halb acht, also eigentlich erst um viertel vor, bis dahin haben wir noch zwanzig Minuten Zeit.«

Trubshawe willigte ein. Außerdem bestand er darauf, nicht nur für sein Kännchen Tee, sondern auch für die Bestellung seiner Gefährtin die Rechnung zu übernehmen, die sich, wie sich herausstellte, nicht nur auf einen, sondern auf zwei Pink Gin belief und sich als teurer erwies, als er gedacht hatte.

Macht nichts, sagte er sich, während er eine Handvoll

Silbermünzen auf den Tisch warf und seiner Gefährtin mit einer gekonnt ungeschickten Handbewegung den ganzen Stapel grüner Penguin-Bücher auf einmal in ihre geräumige Handtasche fegte. Wo Evadne Mount ist, da passiert etwas. Sie hatte ihn mit ihren Scherzen schon aus seiner üblen Laune gerissen, ihn aus seiner Einsamkeit gelockt, ihn schon halb geheilt von dem, was er in seinen seltenen grüblerischen, sogar poetischen Momenten als »seelische Gicht« bezeichnete, und jetzt war er aus heiterem Himmel drauf und dran, sich einer glänzenden Theatergala der Kulturelite anzuschließen. Das war die zwölf Shilling und Sixpence allemal wert.

»Übrigens«, fragte er, während er sie aus dem Ritz eskortierte und ihnen die Tür von einem prachtvoll uniformierten Lakaien aufgehalten wurde, der sie mit allergrößter Korrektheit unter Verbeugungen auf die Straße geleitete, »wie heißt die Show, die wir sehen werden?«

Sie zog den Dreispitz tief auf den Kopf und verpasste dem mittleren Knick einen brutalen Schlag.

»*Langsamer Wälzer*«, antwortete sie. »Ich weiß, das ist ein alberner Titel, aber ich fürchte, es ist auch eine ziemlich alberne Show. Ausgenommen«, setzte sie hinzu, »ausgenommen meinen eigenen kleinen Sketch. Der ist todernst, das können Sie mir glauben.«

Und mit diesen geheimnisvollen Worten marschierten sie in der heraufziehenden Dämmerung eines frühen Freitagabends im April gemeinsam zur nächsten Bushaltestelle.

Zweites Kapitel

Der leuchtendrote Bus, der sie die ganze Piccadilly entlanggefahren hatte und auf dessen offenem Oberdeck sie so majestätisch zu sitzen glaubten wie der Maharadscha auf seinem Elefanten, setzte sie etwa eine Viertelstunde später am hinteren Ende des Haymarket ab, nur ein paar Meter vom Theatre Royal entfernt.

Der Haymarket selbst war, man muss es sagen, nur noch ein Schatten dessen, was er vor dem Krieg gewesen war. Die Fußgänger sahen meist abgerissen aus, die minderjährigen und unterernährten Bettler hohlwangig und hohläugig. Selbst die trüben Straßenlaternen dienten nur dazu, die vorherrschende Düsterkeit noch zu verstärken. Aber das Theater selbst, mit seinem Säulengang aus sechs weißen Pfeilern, die die Theaterbesucher, welche zwischen ihnen hindurchgingen, weit überragten, hatte viel von seiner schon leicht verblassten Pracht behalten. Wie aus Protest gegen das triste, glanzlose Ethos der Nachkriegszeit hatte sich die Crème der Theater- und Kinowelt, der politischen, journalistischen und gesellschaftlichen Prominenz gemeinsam entschlossen zu zeigen: London hielt, in der harten Nachkriegszeit ebenso wie im Krieg, *London hielt stand!*

Man hatte Pelze aus Speichern, Halsketten aus Tresoren, Abendkleider und Abendanzüge aus der Einmottung wieder hervorgeholt und alles so trotzig angelegt wie noch vor nicht allzu langer Zeit Tarnanzüge und Gasmasken. Zwar sahen manche Pelze etwas mitgenommen aus, nicht wenige der Perlen waren gewissermaßen außerehelicher Herkunft, und die Mehrzahl der Abendanzüge und Abendkleider waren mit ihren Besitzern gealtert und abgenutzt, aber es war trotz allem irgendwie ein glanzvolles Schauspiel. Für die Menge der Schaulustigen, die mit offenem Mund die Rolls-Royce und Bentleys anstarrten, welche sanft und geräuschlos den Haymarket entlangglitten, war dieses Schauspiel auf seine Art so blendend wie dasjenige, dessentwegen die Gäste selbst gekommen waren.

Selbst Trubshawe, der sich mit seinen Ellbogen diskret einen Weg durch das gemeine Volk bahnte, als er und seine Gefährtin das Foyer betraten, konnte sich eines Gefühls der Überwältigung nicht erwehren.

Sicher, er war beim Yard einer der führenden Männer gewesen, und zu seiner Zeit und im besten Alter hatte er mit den herausragendsten und mächtigsten Personen des Landes zu tun gehabt. Trotzdem war er der Sohn eines Drechslers aus Tooting und hatte sich langsam in die höheren Dienstränge hochgearbeitet, eine Tatsache, die nur für ihn sprach, mehr als wenn ihm der Zutritt zu dieser Sphäre durch irgendwelche bedeutenden familiären Beziehungen ermöglicht worden wäre. Das hieß aber auch, dass es ihm nie ganz gelungen war, den Stallgeruch seiner bescheidenen Herkunft loszuwerden. Er kannte die Fallstricke, aber er hatte nie die Furcht abgelegt, sich selbst darin zu verfangen. Im Umgang mit den Reichen und Mächtigen hatte er immer einen leisen Hang zur Beflissenheit verspürt und sich dafür gehasst, selbst wenn er sie belehren musste, wie einige Male geschehen, dass alles, was sie nun sagten, gegen sie verwendet werden könnte. Und jetzt war er hier und verkehrte auf Augenhöhe mit Herzögen und Herzoginnen, Ministern und Diplomaten, Schauspielern und Dramatikern.

Er entdeckte auf der Treppe des Theaters sogar jemanden, den er kannte. Der Mann war früher Minister im Kabinett gewesen, und Trubshawe wollte eben seine Kappe abnehmen und ihn grüßen, als ihm rechtzeitig einfiel, worauf ihre Bekanntschaft beruhte. Im ersten Jahrzehnt des Jahrhunderts war es Trubshawe gelungen, das einzige Exemplar vom Bauplan des X-27-Kampffliegers wiederzuerlangen, das Agenten einer mitteleuropäischen Macht in die Hände gefallen war und das, hätte diese es auswerten können, den Ersten Weltkrieg zweifellos um einige Monate, wenn nicht um Jahre verlängert haben würde. Als ihm nun klar wurde, dass bei genauer Abwägung der Tatsachen der Minister ihm mehr verpflichtet war als umgekehrt, erwiderte er das zurückhaltende Nicken des anderen und schloss sich Evadne Mount an.

»Ah, da sind Sie ja«, sagte sie und winkte einem Gast nach dem anderen zu, wahllos, wie es schien, denn einige derjenigen, denen sie zugewinkt hatte, starrten sie mit einer leicht verwirrten Kenne-ich-diese-Frau?-Miene an.

»Hier ist Ihre Karte. Gehen Sie doch schon zu Ihrem Platz!«

»Aber, ich …«, antwortete Trubshawe alarmiert. »Und wohin gehen Sie?«

»Machen Sie sich keine Sorgen. Ich bin gleich bei Ihnen. Ich will nur kurz hinter die Bühne gehen und Cora Hals- und Beinbruch wünschen.«

»Sie wollen was?«, rief Trubshawe aus.

»Theaterjargon, mein Lieber«, sagte die Schriftstellerin. »Ich will ihr für die Vorstellung alles Gute wünschen. Also, seien Sie ein braver Kerl und nehmen Sie Ihren Platz ein.«

Ohne ihm Gelegenheit für weiteren Widerspruch zu geben und indem sie sich aus purer Angst an ihren Dreispitz klammerte, stürmte sie in die entgegengesetzte Richtung davon, weg von der schwatzenden, johlenden Menge. Trubshawe unterdrückte einen Seufzer, ließ sich von der wogenden Masse des privilegierten Teils der Menschheit weiterziehen und fand sich gleich darauf im Zuschauersaal wieder.

Er ging den Mittelgang hinunter, wobei er seine karierte Golfmütze nervös zwischen den Fingern knetete. Und erst als er die allerletzte – um genauer zu sein: die allererste – Reihe des Parketts erreicht hatte und seine Kartennummer überprüfte, erkannte er erschrocken, dass man Evadne Mount und ihm Plätze am Mittelgang in der ersten Reihe direkt unterhalb der Bühne zugewiesen hatte, sodass sie für den Rest des Publikums praktisch genauso gut zu sehen sein würden wie die Schauspieler selbst. Obwohl er niemals ein Liebhaber der Bühnenkunst gewesen war, hatte er doch gelegentlich ein Stück gesehen – aber in der ersten Reihe zu sitzen: Das war eine Premiere.

Er zog seinen Mantel aus und faltete ihn sorgfältig auf dem Schoß zusammen, nachdem er sich hingesetzt hatte, und schlug dann das luxuriöse Programm mit Silberprägung auf, das ihm ein Platzanweiser beim Betreten des Theaters in die Hand gedrückt hatte. Er sah sofort, dass der erste Punkt im Programm *Ene-Mene-Mörder-Muh* hieß, mit Cora Rutherford als Alexis Baddeley in der Hauptrolle, und den Untertitel »Ein tödlicher Knalleffekt von Evadne Mount« trug. Nachdem er die Namen der anderen Schauspieler überflogen hatte, von denen ihm kein einziger etwas sagte, ließ er seinen Blick noch einmal langsam durch den Zuschauerraum schweifen und wartete dann auf Evadne.

Sie kam erst wenige Augenblicke bevor der Vorhang sich hob, wobei sie zur allgemeinen Belustigung den Gang hinunterraste, als alle anderen schon saßen. Trubshawe bemerkte, dass sie erneut nach links und rechts Küsse an verschiedene Bekannte austeilte, von denen viele vermutlich nicht einmal wirklich Bekannte waren, da sie nicht das geringste Wort mit ihnen wechselte. Tatsächlich war ihr Auftritt in dem nun beinahe stillen Zuschauerraum so auffällig, dass es beinahe schien, als benehme sie sich absichtlich so aufdringlich.

Schließlich ließ sie sich neben Trubshawe auf ihren Stuhl fallen.

»Ich hatte schon gedacht, Sie wollen mich im Stich lassen«, flüsterte er.

»Entschuldigen Sie, entschuldigen Sie vielmals! Ich fürchte, ich bin länger aufgehalten worden, als ich gedacht hatte. Ich habe eine ziemlich scheußliche Neuigkeit gehört. Scheußlich für Cora, meine ich.«

»Tut mir leid, das zu hören«, stieß Trubshawe im Flüsterton hervor. »Und das, kurz bevor sie auf die Bühne muss. Das muss der größte Albtraum für eine Schauspielerin sein.«

»Ganz bestimmt. Aber sie hat die Neuigkeit selbst noch

gar nicht gehört, und ich habe mich gehütet, ihr davon zu erzählen. Das kann bis nach der Show warten.«

»Hoffentlich kein Todesfall in der Familie?«

»Nein, es betrifft Alastair Farjeon.«

»Alastair Farjeon?«

»Der große Filmregisseur. Es scheint …«

Bevor sie weitersprechen konnte, ging das Licht aus. Auch Trubshawe würde auf die Erklärung warten müssen.

Als sich der Vorhang wenige Sekunden später hob, konnte er kaum erkennen, was vor ihm lag, denn die Bühne war beinahe so dunkel wie der Zuschauersaal. Man bekam eine Ahnung – aber wirklich nur eine Ahnung – von deckenhohen Bücherregalen, einem riesigen Kamin, in dem kein Feuer brannte, zwei tiefen Armsesseln aus Leder und ganz links einer geschlossenen Tür, unter der ein schmaler Lichtstreifen für die einzige wirkliche Beleuchtung auf der Bühne sorgte. Dann dämmerte ihm allmählich, dass hinter der Tür eine Art Party stattfand. Man konnte aus dem Raum, der vermutlich direkt an die dunkle, noch immer völlig leere Bühne angrenzte, eine Menge fröhlicher Stimmen hören, putzmunter und schrill, außerdem die Klänge synkopischer Jazzmusik und gelegentlich das explosive Knallen eines Champagnerkorkens.

»Die Szenerie ist ein bisschen unterbelichtet, oder?«, flüsterte er Evadne Mount zu. »Sollte man da nicht etwas tun?«

»Psst!«, machte sie mit einem Bühnenflüstern, das dreimal so laut war wie seins, während ihre Blicke buchstäblich an der Bühne klebten.

Dann passierte endlich etwas. Die geschlossene Tür öff-

36

nete sich einen Spalt weit, was die ohnehin schon laute Musik, so unvermittelt wie bei einem Grammophon, noch lauter werden ließ. Ein junger Mann im Abendanzug schlich auf Zehenspitzen in das Zimmer, gefolgt von einer noch jüngeren Frau in einem weißen Satinkleid. Leise schloss er die Tür hinter sich, wandte sich ihr zu und legte den Zeigefinger auf seinen Ronald-Colman-Schnurrbart.

Ein paar Augenblicke lang standen sie zusammen auf der unbeleuchteten Bühne; keiner von beiden sagte ein Wort, sondern sie lauschten angestrengt dem gedämpften Lärm aus dem Nebenzimmer. Als schließlich klar war, dass ihre Abwesenheit wenigstens vorläufig unbemerkt geblieben war, knipste der junge Mann das Licht an.

Sofort als man ihre Gesichtszüge erkennen konnte, erhob sich ein enormer Beifallssturm im Publikum, eine Salve, die die ganze Skala vom kräftigen, aber manierlichen Klatschen (im Parkett) bis zum regelrechten Lärm (auf der Galerie) durchlief. Auch wenn der Chefinspektor keines der beiden Gesichter erkannte, geschweige denn, dass er sie mit Namen verbunden hätte, konnte er ihren Gesichtern doch deutlich ablesen, dass beide Stars sich brennend gern von ihren Rollen gelöst und sich ihrem Publikum direkt zugewandt hätten, um den Applaus dankbar entgegenzunehmen.

Sie widerstanden dieser Versuchung jedoch und fielen einander stattdessen in die Arme.

Dann, als die junge Frau endlich ihre Lippen von denen ihres Liebhabers gelöst hatte, rief sie:

»Oh, Harry! Was für ein schrecklicher Abend! Ich glaube nicht, dass ich das noch eine Minute länger ertragen kann!«

»Ich weiß, ich weiß«, sagte er tröstend.

Worauf er mit der Faust in seine geöffnete linke Hand schlug.

»Er ist ein Vieh, ein Schwein! Wie er dich die ganze Zeit vor allen Leuten verhöhnt hat! Oh, ich hätte ihn umbringen können!«

»Was sollen wir jetzt tun?«

»Ich weiß, was wir tun. Wir werden zusammen fliehen.«

»Fliehen?«, wiederholte sie mit zitternder Stimme. »Aber – aber wann?«

»Heute Nacht. Jetzt.«

»Himmel! Und wo wollen wir hingehen?«

»Irgendwohin. Irgendwo, wo es uns gefällt. Ich bin reich, Debo, sehr reich. Ich kann dich überallhin mitnehmen, wohin auch immer du willst. Ich kann dir alles geben, was auch immer du dir wünschst. Eine Villa am Mittelmeer, eine Jacht, einen Stall mit Poloponys …«

»Aber, Harry« – der erste Anflug eines leisen Lächelns lag auf ihren Lippen –, »… was um alles in der Welt soll ich mit einem Stall voller Poloponys?«

»Debo, Liebling, wie naiv du bist! Wie hinreißend naiv! Mit Poloponys soll man nicht irgendetwas. Man hat sie einfach. Deshalb ist man doch reich.«

»Ich mache mir nicht das Geringste aus Reichtum. Alles, was ich will, ist, mit dir zusammen zu sein, so weit weg von diesem Ekel wie möglich.«

Genau in diesem Moment – aber man musste gut aufpassen, so verstohlen, so beinahe unsichtbar waren die Vorgänge auf der Bühne – öffnete sich hinter ihnen wieder die Tür. Die fünf Finger einer männlichen Hand schoben sich einer nach dem anderen um den Türrahmen herum, begannen nach dem Lichtschalter zu tasten, und knipsten, nachdem sie ihn gefunden hatten, das Licht wieder aus. Bevor auch nur eine der beiden Gestalten auf der Bühne auf diese dramatische Entwicklung reagieren konnte, hörte man einen nervenzerfetzenden Schuss. Direkt danach wurde die Tür wieder zugeschlagen, die Frau namens Debo schrie, das Publikum stieß ein kollektives Keuchen aus, und der junge Mann, oder eher seine schwachbeleuchtete Silhouette, kollabierte auf dem Teppich.

Jetzt brach die Hölle los. Die Jazzmusik, die man hinter der Bühne gehört hatte, riss abrupt ab – man hätte beinahe schwören können, dass man gehört hatte, wie die Grammophonnadel die Platte zerkratzte, als man sie hochzerrte –, die Tür der Bibliothek öffnete sich erneut, öffnete sich diesmal ganz und gar, das Licht wurde wieder angemacht, und ein halbes Dutzend entsetzter Gäste stand aneinandergepresst auf der Schwelle, die Gesichter so weiß wie eine Hemdbrust, die Zigaretten, Zigarren und Cocktails in den zitternden Händen – einer von ihnen, wie Trubshawe bemerkte, im Kilt und in vollem schottischen Ornat.

Darunter war auch Cora Rutherford, und wie er ebenfalls bemerkte, war sie in ihrem samtschwarzen Abendkleid mit den passenden Handschuhen bis zu den Ellbogen der Inbegriff von Chic und schien kaum anders auszusehen als die Frau, der er vor so vielen Jahren auf ffolkes Manor zum ersten Mal begegnet war und die er damals vernommen hatte. Sofort übernahm sie in dieser Situation die Verantwortung, schritt majestätisch über die Bühne, beugte sich über den Körper des Opfers genauso wie Trubshawe selbst es (seiner Erinnerung nach) so oft getan hatte, legte ihr Ohr an dessen Brust – nachdem sie einen Perlenohrring so auffällig beiseitegeschoben hatte, als wolle sie dem Publikum tatsächlich ein Lächeln entlocken –, fühlte seinen Puls, schloss ihm die Augen und sah dann zu den anderen hoch.

»Er ist tot.«

Diese Feststellung sorgte für noch größere Aufregung. Man musste natürlich die Polizei rufen; aber da man davon ausgehen musste, dass der Mord ohne Zweifel von einem der hier Anwesenden begangen worden war, wie sollte man die unbehagliche Zeit der Waffenruhe zubringen, die jetzt folgen musste?

Nun muss man sagen, dass dies selbst in denjenigen Kriminalromanen Evadne Mounts, die er am besten fand, ein obligatorisches und, um ehrlich zu sein, ziemlich ermüdendes Handlungsmuster war, das Trubshawe immer am wenigsten gefallen hatte; und auch diesmal begann er nach dieser mitreißenden Mordszene in Gedanken abzuschweifen. Und so wandte er seine Aufmerksamkeit vorübergehend von der Bühne ab und richtete sie auf die Schriftstellerin neben sich, die seit dem Beginn des Sketches von dem hektischen Hin und Her ihrer eigenen Geschöpfe völlig gefangen gewesen war.

Als er sie aus den Augenwinkeln musterte, bemerkte er, wie sich ihre Gesichtszüge plötzlich zu einer starren Miene des Unglaubens, des Schocks, ja des Entsetzens verzerrten.

Kurz darauf umklammerte sie unangenehm fest sein Handgelenk und murmelte beinahe klagend:

»Oh, nein ... Nein ...«

»Was ist los?«, fragte Trubshawe.

»Sehen Sie!«, schrie sie und vergaß ganz offensichtlich, dass sie im Theater war. »Das Blut! Falsch! Alles falsch! Es sollte kein Blut zu sehen sein!«

Während einige der Zuschauer zischten, um das geschwätzige Weibsbild zum Schweigen zu bringen, das ihrer Meinung nach die Frechheit besaß, die Show mit ihrem geistlosen Geplapper zu stören, fragten sich andere, die Evadne Mount als Autorin des Stücks erkannt hatten und bei denen die verhängnisvolle Bedeutung ihrer Worte schon ihre Wirkung tat, ängstlich flüsternd, ob es tatsächlich sein könnte ...

Was die Darsteller auf der Bühne anbelangte, so waren sie sichtlich ratlos darüber, was als Nächstes zu tun sei. Sollten sie weiter ihre Zeilen aufsagen? Oder sollten sie diesen grotesken, zugleich aber auch angsteinflößenden Ausbruch der Frau, die diese Zeilen geschrieben hatte, ernst nehmen?

Die Entscheidung wurde ihnen – auf der Bühne ebenso wie im Zuschauerraum – durch die Erkenntnis abgenommen, dass sich von der »Leiche« der Figur, die gerade »ermordet« worden war, tatsächlich ein dünnes Rinnsal Blut seinen Weg die Bühne entlangbahnte. Jetzt hatte es sogar begonnen, in den Orchestergraben zu tröpfeln, direkt vor den Platz, auf dem ausgerechnet Evadne Mount saß.

Das war zu viel für sie. Ohne irgendein Wort an ihren Begleiter zu richten, erhob sie sich von ihrem Sitz, kletterte hurtig das halbe Dutzend Stufen zur Bühne hoch und sprang vor den Augen der versammelten Schauspieler, des erstaunten Publikums und eines Trubshawe, der im Augenblick zu verwirrt war, um irgendetwas Vernünftiges zu tun, auf die Bühne.

Sie beugte sich wie vor ihr schon Cora Rutherford über den Körper. Sie stützte sich ab und drehte den jungen Schauspieler vorsichtig auf den Rücken. Das Publikum keuchte – aber das war jetzt eine andere Art des Keuchens, nicht mehr das von Zuschauern eines Theaterstücks, sondern von Schaulustigen bei einem Verkehrsunfall. Jetzt floss dem Schauspieler reichlich Blut über das schneeweiße Hemd seines Smokings und bildete einen immer größer werdenden runden Fleck, was insgesamt sehr stark an die japanische Nationalflagge erinnerte.

Evadne Mount sah grimmig auf, doch diesmal direkt ins Publikum und nicht zu den Schauspielern.

»Mein Gott, das hier ist richtiges Blut, meine Damen und Herren. Das Geschoss – das Geschoss war keine Platzpatrone!«

Nach diesen erschreckenden Worten trat einer der Schauspieler, ein Mann in den Sechzigern mit weißen Schläfen, der die Rolle des Offiziers im Ruhestand zu spielen schien – das jedenfalls legten die verschwenderisch mit Bändern und Medaillen geschmückten Aufschläge an seinem Dinnerjackett nahe, das betonte Hinken, mit dem er die Bühne betreten hatte, und nicht zuletzt das Monokel, das an einem roten Band um seinen Hals baumelte –, dieser Schauspieler also trat sofort nach vorn (plötzlich ohne das Hinken) und hielt, was ein erneutes Keuchen im Publikum auslöste, eine deutsche Armeepistole hoch, wie Trubshawe erkannte, nämlich eine Luger.

»Ich habe sie von der Requisite bekommen«, stammelte

er. »Ich habe nicht mal reingeschaut. Warum sollte ich? Ich habe natürlich angenommen, dass alles …«

Noch bevor er seinen Satz zu Ende aufgesagt hatte, konnte man sehen, wie sich die anderen Schauspieler von ihm abwandten und sich am anderen Ende der Bühne nervös zusammendrängten.

»Also, jetzt hört aber mal. Ihr könnt mich doch nicht wirklich verdächtigen, dass ich … Überlegt doch mal, ich hatte nicht den geringsten Grund, Emlyn umzubringen. Nicht so. Nicht vor allen Leuten. Nein, nein, nein, das wollte ich gar nicht sagen. Ich hatte überhaupt keinen Grund, ihn umzubringen! Aber wenn ich einen Grund gehabt *hätte* – ich meine jetzt nur mal angenommen – wenn ich einen Grund gehabt *hätte* – den ich nicht hatte, ich wiederhole das noch einmal –, würde ich sicher nicht …«

Seine Stimme verlor sich in einer Reihe unhörbarer Abschweifungen. Das ganze Publikum saß wie versteinert da. Alle waren von den außergewöhnlichen Vorgängen auf der Bühne so gelähmt, dass keiner von ihnen auf die Idee gekommen war, auf der Stelle die Polizei holen zu lassen, die richtige Polizei.

Aber da war doch ein richtiger Polizist – ein richtiger Ex-Polizist – im Hause. Schließlich kam Trubshawe zu sich. Als er begriff, dass von allen Anwesenden im Theatre Royal nur er geeignet war, ab jetzt für das richtige Vorgehen zu sorgen, sprang er von seinem Stuhl auf.

Und er war gerade im Begriff, Evadne Mount über dieselbe kleine Treppe auf die Bühne zu folgen, als sie ihn über die auf dem Rücken liegende Leiche hinweg ansah, vor der sie noch immer hockte und ihm – zu seiner völligen Verwirrung – *zuzwinkerte*!

Sie zwinkerte ihm zu. *Sie zwinkerte ihm zu*??? Konnte es sein … Das doch wohl nicht? Sicher war doch alles, was eben passiert war, nicht einfach …?

Dann fiel bei ihm der Groschen, wie beim Rest des Publikums auch.

Auf der Bühne kabbelten sich schon die Autorin Evadne Mount und ihre berühmteste Figur, Alexis Baddeley, die Erstere sozusagen von sich selbst gespielt und die Letztere von der Schauspielerin, die als ihre älteste Freundin galt. Sie stritten sich darüber (Trubshawe fühlte sich sehr stark daran erinnert, wie sie sich auf ffolkes Manor gestritten hatten), wer wohl den Vorrang bei der Aufklärung des Mordes an dem vielversprechenden jugendlichen Helden hatte. Jede Spöttelei, jede Stichelei und Anzüglichkeit, jede Breitseite wurde von Lachsalven begleitet, und die anderen Schauspieler, die alle berühmt waren, auch wenn Trubshawe sie nicht kannte, begannen einander ebenfalls mit gemeinen, nur ihnen verständlichen Bemerkungen über ihr privates Leben und Liebesleben zu beleidigen, über ihre beruflichen Erfolge und mit noch mehr Freude über ihre beruflichen Fehlschläge.

»Ich rauche nicht. Ich trinke nicht. Ich tanze nicht!«, lautete die hochherzige Bekundung eines Schauspielers, der im richtigen Leben dafür bekannt war, dass er seine Enthaltsamkeit unentwegt auf das Affektierteste in den Illustrierten herausposaunte.

»Himmelkreuzdonnerwetter!«, antwortete Evadne Mount, die sich natürlich selbst die beste ihrer Zeilen reserviert hatte. »Wie findest du nur die Zeit, all diese Dinge zu tun, die du niemals tust?«

Und ein paar Minuten später wurde Cora Rutherford,

halb Alexis Baddeley und halb sie selbst, gefragt, was sie von der Naiven hielt, einer einfältig lächelnden Rothaarigen mit furchtbaren Sommersprossen, und antwortete boshaft: »Meine Liebe, ich glaube, heute wird wohl das stattfinden, was man ihr Abschiedsdebüt nennen könnte.«

Überflüssig zu sagen, dass das Publikum all die Scherze und Frechheiten, das Wortgeplänkel, die Zickereien und Hinterhältigkeiten sehr genoss. Auch Trubshawe tat das, nachdem er sich stillschweigend entschlossen hatte, darüber hinwegzusehen, dass ein so unverantwortlicher Trick in einem randvoll besetzten Theater eigentlich nicht durch Gelächter belohnt oder durch Beifall verziehen werden sollte.

Was für eine merkwürdige Angelegenheit das Showbusiness ist, dachte er. Das Theater zum Beispiel. Wenn die Leute ins Theater gehen, dann doch sicher, weil sie beim Zuschauen von der Bühnenillusion gefangen genommen werden wollen. Aber wenn es etwas gibt, woran sie noch mehr Freude haben als an dieser Illusion, dann ist es der Moment, in dem diese plötzlich zunichtegemacht wird.

Es scheint immer so, als wäre der größte Beifall für denjenigen Schauspieler reserviert, der eine Rolle erst in letzter Minute übernimmt und mit dem Skript in der Hand auf die Bühne gehen muss, oder für die Schauspielerin, die so alt und tattrig ist, dass sie sich kaum noch an ihren Text erinnern kann, oder den Matineestar, der gerade eine kurze Haftstrafe hinter sich hat, weil er Benzin auf dem Schwarzmarkt verkauft hat, oder die Sängerin aus dem Musicalchor, deren Mann sie samt ihrem Masseur und

Liebhaber vor Gericht gezerrt hat. Trubshawe wusste sehr wohl, dass Evadne Mounts Stücke im West End alle sehr erfolgreich gewesen waren, weil sie es ihm in der kurzen Zeit ihrer früheren Bekanntschaft oft genug erzählt hatte. Aber er hätte seinen letzten Zehnshilling-schein darauf verwettet, dass keines davon so begeistert aufgenommen worden war wie dieses alberne kleine Spektakel, das sich in seinem Kern über all die falschen Requisiten und Kunstgriffe lustig machte, von denen dasselbe Publikum in den ernsteren Stücken gefesselt und begeistert gewesen wäre.

Und ihm ging durch den Kopf, dass dieses Publikum, hätte es gewusst, was er wusste – dass in dem Augenblick, wenn der Vorhang gefallen war, die Hauptdarstellerin eine noch nicht näher bestimmte schlechte Nachricht er-halten würde –, das Ganze noch mehr bewundert hätte.

Jedenfalls fand der Sketch, nachdem er weder zu lang noch zu kurz gedauert hatte, sondern, wie der Brei des kleinen Bären im Märchen von »Goldlöckchen und den drei Bären«, gerade richtig gewesen war, schließlich sei-nen triumphalen Abschluss. Das vermeintliche Opfer stand plötzlich auf, wandte sich dem Publikum zu und zog sein blutverschmiertes Hemd hoch, so komisch wie ein Zirkusclown. Auf seiner Unterjacke waren zwei Worte zu lesen: *APRIL, APRIL*.

»Überall«, verkündete Cora, »nur nicht im Ivy.«

Es war kurz nach halb elf, als die drei Freunde auf der Treppe des Theatre Royal standen und überlegten, wo sie zusammen zu Abend essen sollten.

»Aber Cora«, protestierte Evadne, »du liebst doch das Ivy.«

»Das war mal, Schätzchen, das war mal«, antwortete Cora und schlang sich ihren farblosen Pelz um den Hals. »Du scheinst zu vergessen, dass ich mich aus dieser frivolen Welt zurückgezogen habe. Für die arme einsame Cora gibt's kein Umarmen und Grimassenschneiden und Herumhüpfen zwischen den Tischen mehr.«

»Papperlapapp! Ich habe dich erst letzte Woche da gesehen.«

»Ja, sicher«, sagte die Schauspielerin abwehrend, »aber da habe ich mit Noël diniert. Ich will damit sagen, dass Noël …«

»Ja, ja, gut, mach doch, was du willst. Fakt ist, es ist kalt, es ist spät, und ich habe einen Riesenhunger. Essen wir jetzt etwas oder nicht? Und wenn ja, wo?«

»Wie wär's mit dem Kit-Kat?«

Cora wandte sich Trubshawe zu, der sich bis dahin aus der Diskussion herausgehalten hatte, nicht nur, weil er mit den Moderestaurants der Hauptstadt nicht vertraut war, sondern auch, weil er glaubte, dass, ganz gleich welche Meinung er äußerte, dies keine seiner beiden respekteinflößenden Gefährtinnen sonderlich beeindrucken würde.

»Kennen Sie es?«, fragte sie. »Es ist in Chelsea – King's Road. Zuerst war es der Kafka Klub. Dann hieß es Kandinsky Klub. Dann Kokoschka Klub. Jetzt ist es der Kit-

Kat Klub. Das ist einer dieser Läden, die hundertmal umbenannt werden, aber nie aus der Mode kommen.«

Evadne Mounts Antwort kam auf den Punkt und war treffend.

»Ich weigere mich strikt, ins Kit-Kat zu gehen. Das Essen kostet saumäßig viel Geld und schmeckt auch saumäßig. Aber hör mal«, sagte sie und änderte ihre Taktik, »wenn du dich nach einem Lokal sehnst, das ein bisschen vom Üblichen abweicht, ich kenne ein wirklich wunderbares Chinarestaurant in Limehouse. Kann sein, dass sie da die Tische zertrümmern, aber Herumschwirren von Tisch zu Tisch gibt es auf keinen Fall. Was sagen Sie dazu, Eustace?«

Der Chefinspektor sah etwas unbehaglich drein.

»Was ist los? Haben Sie als Ex-Polizist etwa Angst, in so einer Lasterhöhle gesehen zu werden? Da brauchen Sie sich wirklich keine Sorgen zu machen. Ehrlich, es könnte gar nicht anständiger sein.«

»Nein, nein, darum geht es überhaupt nicht.«

»Worum dann?«

»Nun, sehen Sie«, erklärte er, »ich habe einmal in meinem Leben chinesisch gegessen. Als meine Frau und ich einen Wochenendausflug nach Dieppe machten. Ich konnte diese – diese Dinger nicht halten, wie heißen sie noch?«

»Sie meinen die Stäbchen?«

»Das ist es. Stäbchen. Konnte überhaupt nicht damit umgehen. Ich kam mir vor, als ob ich auf Stelzen essen würde, verstehen Sie.«

»Also, natürlich will Trubbers keinen komischen Chinesenfraß im East End!«, sagte Cora.

Mit einem traurigen Seufzer verschwand sie noch tiefer in ihrem Pelz.

»Also gut, ich sehe, ich muss mich mal wieder opfern. Wenn es denn das Ivy sein muss, dann ist es eben das Ivy. *Allons-y, mes enfants!*«

Drittes Kapitel

I ch *sterbe* einfach für eine Zichte!«

Nach einer kurzen Taxifahrt saßen sie jetzt bequem an einem der besten Tische im Ivy. Die beiden Frauen hatten exotische Cocktails bestellt, Trubshawe freute sich auf seinen Whisky Soda, und die Konversation konnte beginnen, sobald sich Cora ihre erste Zigarette angesteckt hatte.

Das war eine regelrechte Vorstellung. Die Schauspielerin betrachtete eine Zigarette offensichtlich als sechsten Finger. Einmal hatte sie tatsächlich einer leicht zu beeindruckenden Kolumnistin des *Sunday Sundial* genüsslich erzählt, dass sie Michelangelos Gemälde, auf dem Gott Adam das Leben einhaucht, nicht betrachten könne, ohne es im Geist in eine Allegorie zu verwandeln – eine Allegorie, meine Liebe! – für die uralte Geste, mit der ein Raucher einem anderen Feuer gibt. Die Kolumnistin war entsprechend begeistert – und ihre Leser vermutlich auch.

Jetzt, da sie die Zigarette der Platinbox entnommen, sie in eine pechschwarze Ebenholzspitze gesteckt, sie angezündet und einen genüsslichen Zug getan hatte, war sie bereit, sich wieder dem Leben zu stellen.

Sie sah Trubshawe an.

»Das ist *wunderbar*, nicht wahr?«, sagte sie. »Nach so vielen Jahren! Und so viel *gemütlicher*⁵ als damals! Ich denke, wir alle ziehen einen gespielten Mord einem echten vor – außer Evie natürlich. Also, ich muss eigentlich nicht fragen, weil ich Sie ja direkt in der ersten Reihe sitzen sehen konnte, aber ich frage trotzdem. Wie hat Ihnen die Show gefallen?«

»Ich habe nicht mehr so viel gelacht, seit – wenn ich ehrlich bin, kann ich mich überhaupt nicht erinnern, jemals so viel gelacht zu haben. Und zuzuschauen, wie Sie beide sich auf der Bühne gezankt haben, hat wirklich ein paar Erinnerungen bei mir wachgerufen. Wenn ich meinen Hut noch aufgehabt hätte, ich hätte ihn vor Ihnen beiden gezogen.«

Er hielt einen Augenblick inne, bevor er seinen Gedankengang weiterverfolgte.

»Auch wenn ...«

»Auch wenn was?«

»Nun«, sagte er, »auch wenn mir scheint, dass Sie sich schon am Rande der Legalität bewegt haben. Mit so einem Trick zu arbeiten, ist eigentlich so, als würde man in einem voll besetzten Theater ›Feuer!‹ schreien. Im schlimmsten Falle hätten Sie eine Massenpanik provoziert. Das war alles so echt, zumindest in den ersten Minuten, dass ich gar nicht überrascht gewesen wäre, wenn einige von den leichtgläubigeren Zuschauern gedacht hätten, dass da hinter der Bühne tatsächlich ein Mörder herumschleicht. Sie haben vermutlich nicht vorher eine Genehmigung eingeholt?«

»Mein Gott, natürlich nicht!«, schnaubte die Schriftstellerin. »Stellen Sie sich mal vor, was das für ein Papierkrieg gewesen wäre! Es war für einen guten Zweck, vergessen Sie das nicht. Außerdem war das ein sehr kultiviertes Publikum. Selbst wenn auf der Bühne tatsächlich ein Mord begangen worden wäre, hätten die Zuschauer am Ende lediglich höflich Beifall geklatscht, das kann ich Ihnen versichern. Hat das etwa nach einer Massenpanik ausgesehen?«

»N-nein«, gab Trubshawe zu. »Aber ich habe natürlich in der ersten Reihe gesessen. Ich konnte nicht sehen, wie sie es aufgenommen haben. Wie dem auch sei«, fügte er in konziliantem Ton hinzu, »es ist ja nichts passiert. Es war tatsächlich umwerfend komisch. Und, wie Sie gesagt haben, es war ja für eine gute Sache. Und schließlich *bin* ich wirklich nur ein Ex-Polizist. Ich hätte ohnehin nicht offiziell einschreiten können, selbst wenn ich gewollt hätte.«

In den nächsten Minuten waren sie damit beschäftigt, die Speisekarte zu studieren. Als sie sich entschieden hatten und ihre Bestellung aufgenommen worden war, kam das Gespräch schließlich auf die schlechte Nachricht, deretwegen Evadne den Chefinspektor schon vorgewarnt hatte.

»Also, Cora …«, fing sie zögerlich an.

Cora registrierte sofort die Veränderung in der Stimmlage ihrer Freundin.

»Ja, was gibt es?«

»Nun … mir ist eine Neuigkeit zu Ohren gekommen – eine schlechte Nachricht, eine sehr schlechte –, kurz bevor das Stück losging. Du wirst mir sicher verzeihen, aber ich dachte, es sei besser, damit hinter dem Berg zu halten, bis du deinen Part gespielt hattest.«

»In Ordnung«, sagte Cora rundheraus, »ich habe meinen Part gespielt. Also, raus mit der Sprache.«

»Es handelt sich um Farjeon.«

»Und?«

»Nun, ich fürchte« – sie versuchte, den Schlag etwas zu mildern –, »ich fürchte, er hat sich der großen Mehrheit angeschlossen.«

»Was!«, rief die Schauspielerin. »Du meinst, er ist nach Hollywood gegangen?«

Evadne Mount wand sich vor Verlegenheit.

»Nein, nein, meine Liebe. Du musst jetzt ganz stark sein. Was ich meine« – sie legte die Stirn in ernste Falten –, »was ich meine, ist, dass er tot ist.«

»Tot?! Alastair Farjeon?«

»Ich fürchte ja. Der Bühneninspizient hat es im Radio gehört und mir, wie ich schon sagte, fünf Minuten vor deinem Auftritt erzählt.«

Noch einmal, wie ein verspätetes Echo:

»Tot!«

Entsetzen und Ungläubigkeit kämpften in Coras aschfahlem Gesicht um die Oberhand.

»Mein Gott! Farjeon tot! Ein Herzanfall, nehme ich an?«

»Nein. Ich verstehe, warum du das glaubst. Aber in Wahrheit war es kein Herzanfall. Es war etwas viel, viel Schlimmeres.«

Es gab eine kurze Pause, in der keiner etwas sagte.

»Nun?«, fragte Cora schließlich.

»Nun was?«

»Jetzt sag schon, Evie, um Himmels willen! Wenn du es dir so aus der Nase ziehen lässt, machst du es nur noch viel schlimmer.«

»Also, du weißt ja – ich bin sicher, du weißt es –, dass Farjeon eine Villa bei Cookham hatte – das wusstest du, oder? Ich habe gehört, das war der letzte Schrei in puncto Luxus – er hat da eine Menge Wochenendpartys gegeben – bist du mal eingeladen gewesen?«

»Ja, ja«, nickte Cora ungeduldig.

»Nun, es scheint so, als ob es in seiner Villa einen grauenhaften Brand gegeben hätte und er selbst verbrannt ist.«

»Barmherziger Gott! Das ist wirklich absolut schrecklich! Weißt du, ob er allein war?«

»Ich habe absolut keine Ahnung. Ich kenne nur die allgemeinen Fakten. Keine Einzelheiten. Es ist heute Nachmittag passiert – am späten Nachmittag.«

Zum ersten Mal schaltete sich Trubshawe ein.

»Entschuldigung, wenn ich mich einmische. Ich begreife, dass das für Sie beide ein entsetzlicher Schlag ist. Aber darf ich fragen, von wem genau Sie eigentlich sprechen?«

Cora starrte ihn an.

»Sie wollen mir nicht erzählen, dass Sie nicht wissen, wer Alastair Farjeon ist?«

»Also, nein, ich kann nicht behaupten, dass ich das weiß.«

»Cora, meine Liebe«, schaltete sich die Schriftstellerin behutsam ein, bevor ihre Freundin Zeit fand, ihr Erstaunen über solch eine Ignoranz zu äußern, was sie unzweifelhaft gerade vorhatte. »Du darfst eins nicht vergessen. Nicht bei jedem Menschen reicht der Horizont von Wardour Street am einen Ende bis zur Shaftesbury Avenue am anderen. Ihr Leute aus dem Showbusiness vergesst oft, wie weit diese Welt vom normalen Alltagsleben der meisten Menschen entfernt ist.«

»Tut mir leid, tut mir leid. Du hast wie immer recht, meine Liebe«, antwortete Cora zerknirscht.

Sie seufzte und sah Trubshawe an.

»*Mea culpa*, mein Lieber. Ich war einfach so überrascht, dass Sie noch nie von Farch gehört haben – von Farjeon, meine ich. Ich bin einfach davon ausgegangen, dass jeder seinen Namen kennt, weil er einfach der brillanteste schöpferische Künstler ist – ich meine, war«, korrigierte sie sich, »den die britische Filmindustrie je hatte.«

»Ich gehe nicht so oft ins Kino«, entschuldigte sich der Chefinspektor. »Dieser Farjeon war also das, was man einen Filmproduzenten nennt, ja?«

»Nein, mein Lieber, er war ein Filmregisseur, und bitte« – hier hielt sie die Innenfläche ihrer rechten Hand direkt vor sein Gesicht, um ihn an der unvermeidlichen nächsten Frage zu hindern (eine Geste, die er schon einmal gesehen hatte, und da damals Evadne Mount sie ausgeführt hatte, hatte die Schauspielerin sie offensichtlich von der Schriftstellerin übernommen, oder vielleicht auch umgekehrt) –, »bitte fragen Sie mich nicht nach dem Unterschied zwischen einem Filmproduzenten und einem Regisseur. Hätte ich für jedes Mal, als man mir diese Frage gestellt hat, eine Guinee bekommen, könnte ich mich auf der Stelle zur Ruhe setzen. Glauben Sie mir einfach, mein Lieber, es gibt einen.«

»Und jetzt ist er tot – und noch dazu so ein tragischer Tod«, sagte Trubshawe. »Das tut mir wirklich leid. Ich nehme an, er war ein enger Freund von Ihnen?«

»Enger Freund?«, stieß Cora hervor. »Enger Freund?? Der ist wirklich gut!«

»Ich verstehe nicht?«

»Ich konnte Alastair Farjeon nicht *ausstehen!* Keiner konnte das!«

Der Chefinspektor war äußerst verwirrt. Er kannte den uralten Ruf von Theaterleuten, launische, unbeständige Geschöpfe zu sein, kapriziös bis zum Äußersten, aber das hier war lächerlich.

»Dann muss ich etwas nicht mitbekommen haben«, sagte er. »Ich hatte den Eindruck, dass Sie durch seinen Tod am Boden zerstört sind.«

»Oh, das bin ich auch. Aber aus rein beruflichen Gründen, verstehen Sie. Den Mann selbst habe ich verabscheut. Er war ein verlaustes, spinnenartiges Schwein, falls ich meine Tiermetaphern so durcheinandermischen darf, ein aufgeblasenes und aufgedunsenes kleines Schwein, eine Kröte gegenüber seinen Untergebenen und ein Kriecher denen gegenüber, die über ihm standen. Er besaß außerdem, falls Sie sich das vorstellen können, die bodenlose Unverschämtheit, sich selbst für ein Geschenk Gottes an die Weiblichkeit zu halten«, fügte sie hinzu und bekam dabei plötzlich etwas schüchtern und mädchenhaft Durchtriebenes, das unter anderen Umständen komisch gewirkt hätte.

»Er war sicher ein gut aussehender Mann?«

»Gut aussehend? Farch?!«

Cora ließ ein herbes, freudloses Lachen hören.

»Sie müssen wissen, Farch war *fett.* Oh, nicht auf die gewöhnliche Art, die man verzeihen oder sogar lieben kann. Er war ungeheuerlich fett, monströs. Deshalb habe ich auch, als Evadne die Nachricht von seinem Tod erzählt hat, sofort gedacht, dass es eine Herzattacke war, denn er hatte schon mehr als eine gehabt.«

»Er war außerdem der eitelste Mann, den ich je kennengelernt habe. Ein kompletter Narzisst.«

»Ein fetter Narzisst?«, sagte Trubshawe. »Hm, das war gewiss nicht einfach.«

Cora erzählte jetzt zwanghaft, beinahe wie getrieben.

»Ich habe eigentlich immer geglaubt, er sei vor allem seines Narzissmus wegen Filmregisseur geworden. Er hatte einen besonderen Trick – einen einzigartigen Trick, kann man sagen. In jedem seiner Filme, ziemlich am Anfang, bevor die Handlung wirklich in Gang kommt, hat ein Double von ihm, jemand, der aussieht wie er, einen kurzen Auftritt. Das war in gewisser Hinsicht sein Markenzeichen, verstehen Sie, wie der Pelikan bei Guinness oder die Negerfigur auf den Marmeladengläsern.«

»Ich verstehe«, sagte Trubshawe, obwohl er in Wahrheit gar nichts verstand.

»Armer Farch! Er war bekannt dafür, sich rettungs- und hoffnungslos in alle seine Hauptdarstellerinnen zu verlieben. Aber weil er sich immer nach demselben Typ kühler Blondine verzehrte, nach außen kühl und distanziert, aber innerlich brennend vor Leidenschaft, diese kühlen Blondinen, die ihn begreiflicherweise nicht attraktiv finden konnten, fühlte er sich bemüßigt, ihnen stellvertretend – ist das das richtige Wort? –, von all diesen charmanten jungen Schauspielern, die er ihnen in seinen Filmen zur Seite gestellt hat, den Hof machen zu lassen. Er war genau wie Cyrano de Bergerac, nur dass es Farchs Bauch war, der zu groß war, nicht seine Nase!«

Sie erlaubte sich die Andeutung eines Lächelns über ihren eigenen Scherz.

»Wenn er dann sein kümmerliches bisschen Mut aufgebracht hatte, um sich an eine von ihnen ranzumachen und unweigerlich zurückgewiesen wurde, bestand seine Rache darin, sie während der Dreharbeiten zu quälen, ja regelrecht zu foltern.«

»Er hat mit manchen der dazugehörigen Freunde oder Ehemänner Schwierigkeiten gekriegt, kann ich Ihnen sagen. Ich meine mich zu erinnern, dass er einmal in der Lobby vom Dorchester schwer verprügelt worden ist.«

»Er war also unverheiratet?«

»Nein, im Gegenteil. Er ist – ich meine, er war – schon weiß der Himmel wie lange mit ein und derselben Frau verheiratet. Hattie. Jeder kennt Hattie Farjeon. Sie ist eines dieser unscheinbaren kleinen Frauchen, die unsichere Männer gern mit sich herumschleppen wie den sprichwörtlichen Klotz am Bein.«

»Es ist schon komisch. Wenn Farch nicht in der Nähe war, war Hattie die personifizierte Rechthaberin, eine rumnörgelnde Umstandskrämerin, ein wahrer Besen, wie meine liebe alte Mutter zu sagen pflegte, eine Besserwisserin, die sich überall einmischte und intrigierte, von der äußeren Erscheinung her nicht so beeindruckend, um es mal milde, *sehr* milde auszudrücken, die aber dazu neigte, mit ihren kleinen Plattfüßen aufzustampfen, wenn sie verärgert war. Wenn sie zusammen waren, war dagegen auf einmal ganz klar, wie viel Angst sie wirklich vor ihm hatte.«

»Und Sie sagen«, fragte Trubshawe, »dass Sie seinen Tod aus rein beruflichen Gründen bedauern?«

»Ich hatte gerade einen Vertrag für eine Rolle in seinem neuen Film unterschrieben«, sagte sie bitter.

»Ah ... ich verstehe. Die Hauptrolle, nehme ich an?«

»Danke, Trubbers, danke, dass Sie so wunderbar *galant*

sind«, antwortete die Schauspielerin. »Nein, die Hauptrolle war es nicht. Aber so klein die Rolle auch war, sie gab doch viel her – es gab eine große Szene, in der ich wirklich auf den Putz hauen sollte – aber die Hauptrolle? Nein. Um die Wahrheit zu sagen, normalerweise hätte ich mich nie dazu durchgerungen, eine so – na eben eine so kleine Rolle anzunehmen. In diesem Fall habe ich es nur getan, weil es Farch war.«

»Tut mir leid«, sagte Trubshawe, »aber ich kann Ihnen immer noch nicht ganz folgen. Sie behaupten, Sie hätten den Mann verabscheut. Sie haben auch gesagt, er sei dafür bekannt gewesen, seine Darstellerinnen zu quälen. Sie sind sogar so weit gegangen, das Wort ›Folter‹ zu benutzen. Und eben haben Sie zugegeben, dass die Rolle, die Sie angenommen haben, nicht einmal die Hauptrolle war. Warum wollten Sie sie dann unbedingt spielen?«

Auch wenn der gefühlvolle Blick, mit dem Cora sich ihm jetzt zuwandte, in unzähligen Melodramen im West End erprobt worden war und dort ausgezeichnete Dienste getan hatte, wie der Polizist sehr wohl bemerkte, konnte er diesmal doch auch echten Schmerz darin erkennen. Da war zum einen die mitreißende Schauspielerin auf der Bühne. Gleichsam in den Kulissen wartete aber auch der wirkliche, verletzte Mensch.

»Hören Sie, mein Lieber«, sagte sie, »in Ihrer langen und mit Sicherheit abwechslungsreichen Karriere haben Sie bestimmt mit Ganoven zu tun gehabt, die widerlicher waren, als die Polizei erlaubt, und doch konnten Sie nicht anders, als deren professionelle Fähigkeiten und deren Elan widerwillig zu bewundern. Stimmt's, oder hab' ich recht?«

»Ja – ja, sicher«, antwortete der Detektiv. »Ja, ich verstehe, worauf Sie hinauswollen.«

»Genauso hielten wir es alle mit Farch. Er mag eine Ratte gewesen sein, aber er war auch ein Genie, derjenige in der britischen Filmindustrie, der am nächsten an einen Wyler, Duvivier oder einen Lubitsch herankam. Für ihn war das Kino nicht einfach nur ein Job, es war eine Herausforderung, eine permanente Herausforderung. Haben Sie *irgendeinen* seiner Filme gesehen?«

»Ich fürchte, jetzt haben Sie mich erwischt. Es könnte schon sein. Die Sache ist die, ich bin einfach nur ins Kino gegangen, wie man so sagt, aber nicht in einen speziellen Film. Meistens wusste ich vorher nicht einmal, was ich sehen würde. Ich ging nicht in *Casablanca,* sondern ins Tivoli – und wenn *Casablanca* zufällig in jener Woche im Tivoli lief, dann habe ich eben *Casablanca* gesehen. Dieses ganze komplizierte Metier mit Regisseuren und Produzenten und so weiter ist für mich ein Buch mit sieben Siegeln, verstehen Sie.«

»Also, ich kann nur sagen, wenn Sie Farchs Werk nicht kennen, dann bringen Sie sich selbst um ein großes Vergnügen! Es gab einen hinreißenden komödiantischen Thriller von ihm, *Hinterlassenschaften,* über eine Gruppe von englischen Archäologen bei Ausgrabungen in Ägypten. Die ›Hinterlassenschaften‹ sind die Ruinen, die sie ausgraben, aber es sind auch die Überreste des Mordopfers, dessen noch frische Leiche in einem unterirdischen Grabmal entdeckt wird, das dort drei Jahrtausende lang unberührt gelegen hatte! – Das ist schon ein sehr cleverer Einfall, finden Sie nicht? Und am Ende gibt es eine prachtvolle Schießerei in den Pyramiden und drum herum. Oder *Der perfekte Verbrecher.* Erinnerst du dich, Evie? Das war einer seiner Filme, den wir zusammen gesehen haben. Charles Laughton spielt einen Einbrecher, der seine Opfer nie zweimal auf dieselbe Art ausraubt, der keine Essensreste in der Speisekammer anrührt, der nie eine halb gerauchte türkische Zigarette im Aschenbecher zurücklässt. Und das ist der Grund, warum er schließlich geschnappt wird. Weil nämlich, und das wissen Sie selbst sicher am besten, Trubshawe, jeder Verbrecher seine kleinen Schrullen und Eigenarten hat, Schrullen und Eigenarten, die die Polente nach und nach erkennt und auf die sie achtet. Als in dem Film ein perfekter Einbruch nach dem anderen begangen wird und keiner davon auch nur den geringsten Hinweis auf irgendwelche Macken und Markenzeichen der notorischen Täter liefert, kommt die Polizei schließlich darauf, dass sie nur von *ihm* begangen worden sein können!

Oder *Hocus-Focus*, der von Anfang bis Ende in einem voll besetzten Hotellift spielt, der zwischen zwei Etagen stecken geblieben ist. Der ganze Film, wirklich! Und es wird in dem Lift nicht bloß ein Mord begangen, auch die Kamera schwenkt und fährt pausenlos in diesem kleinen, voll besetzten Raum hin und her! Nur Farch konnte sich an so eine aberwitzige Geschichte wagen!«

»Einen Moment mal, ich bitte Sie«, unterbrach Trubshawe sie. »Wie um Himmels willen hat er denn eines seiner Doubles in den Film kriegen können?«

»Oh, das war typisch für ihn – das war alles Teil des Spaßes, Teil der Herausforderung, sich neue Wege auszudenken, wie er sich selbst in seine Filme einschleusen konnte. Verstehen Sie, einer der Gäste, die im Fahrstuhl stecken geblieben sind, ist eine französische Spionin, ein aufreizender Vamp, und die trägt eine kleine Cameo-Brosche auf dem Revers ihrer Chanel-Kostümjacke. Wenn man ganz genau hinsieht, kann man auf dieser Cameo-Brosche ein kleines Porträt von Farch erkennen. Ein visuelles Wortspiel«, erklärte sie. »Hübsch, oder?«

Trubshawes Augenbrauen wölbten sich steil auf seiner Stirn und deuteten seine Verwirrung an.

»Ein visuelles Wortspiel?«, wiederholte er.

»Mein Lieber, so einen kurzen Gastauftritt in einem Film nennen wir in der Branche ein Cameo. Also war Farchs Cameo in *Hocus-Focus* ein Cameo im buchstäblichen Sinn – eine Cameo-Brosche. Verstehen Sie jetzt?«

»Hm … ja«, kam die zögerliche Antwort.

»Sie haben nicht zufällig seinen letzten Film gesehen?«, fuhr sie fort. »*Ein Amerikaner in Gips*? Er ist erst im vergangenen Monat angelaufen.«

Trubshawe schüttelte den Kopf.

»Erlesenster Farjeon. Wieder ein absolut brillanter Thriller! Man sieht den Mörder nicht ein einziges Mal, der vom Helden, einem jungen G. I. in London, dessen linkes Bein von Anfang bis Ende des Films in Gips steckt, zur Strecke gebracht wird. Er verbringt seine Genesungszeit in einem dieser nicht gerade ruhigen Wohnblocks in Bayswater, und allein durch die Geräusche, die er aus der Wohnung über sich hört, kriegt er heraus, dass sein unbekannter Nachbar gerade seine Frau zu Tode geprügelt hat. Ich sage Ihnen, Trubshawe, es gibt nicht einen Schauspieler und nicht eine Schauspielerin in diesem Land, der oder die nicht das eigene linke Bein dafür hergeben würde, um in einem von Farchs Filmen mitzuspielen. Ich hatte die Chance – und jetzt ist sie vertan.«

Sie zitterte, auch wenn der Raum eher überheizt war. Es war, als würde ihr erst jetzt die ganze Tragweite der Katastrophe klar werden, als würde die Erkenntnis erst jetzt durch den brüchigen Panzer ihrer kultivierten Haltung dringen. Durch und durch Schauspielerin, auf der Bühne wie im Leben, war sie mit ihrer Kunst so verschmolzen, dass sie wie eine geborene Lügnerin nicht mehr wusste, wo das Theater aufhörte und wo die Realität anfing. Aber dennoch hatte es immer auch schmerzliche Momente in ihrem Leben gegeben, in denen die Maske fiel und das Gesicht einer Frau zum Vorschein kam, die sich gerade fragte, wie sie zu ihrer nächsten Rolle kommen sollte, so wie sich der Arme immer fragt, wo er seine nächste Mahlzeit herbekommen soll. Dies hier, das war Trubshawe sehr schnell klar, war einer dieser Momente.

Evadne schnalzte verständnisvoll mit der Zunge.

»Du hast diese Rolle wirklich unbedingt gewollt, nicht wahr, Schätzchen?«

Jetzt war die Maske ganz gefallen. Die Tränen, die in ihren Augen glänzten – selbst wenn sie wie jetzt aufrichtig bekümmert war, blieb Cora doch ein Star bis in die Zehenspitzen, und die Tränen eines Stars schimmern nicht einfach, sie glänzen –, diese Tränen waren so schmerzlich anzusehen, wie es bei den Tränen einer Frau, jeder Frau, immer der Fall ist.

»Oh, Evie, du kannst dir gar nicht vorstellen, was ich alles dafür getan hätte! Du kannst dir nicht vorstellen, wie ich gebettelt und gekatzbuckelt habe! Ich habe meinen Agenten dazu gebracht, jeden Tag in Farchs Büro anzurufen, morgens und nachmittags! Er hat mich zwanzig Mal abgewiesen – hat gesagt, ich sei zu alt, zu altmodisch, vorne hui, hinten pfui, nur noch schrottreif …«

»Schrottreif? Das hat er wirklich gesagt?«

»Mir ins Gesicht, Evie, mir ins Gesicht!«

»Oh, mein armer Liebling!«, murmelte die Schriftstellerin und ließ dabei schnell ihren Blick durch den Raum schweifen, um zu sehen, ob irgendjemand Cora im Moment ihrer Verzweiflung beobachtet hatte. Überflüssig zu sagen, dass *alle* sie beobachteten, weil sich die Nachricht von Farjeons Tod im Ivy schon wie ein Lauffeuer verbreitet hatte.

»Und wir waren dabei nicht einmal allein …«

»Das ist nicht wahr!«

»Er war mit seiner neuen Entdeckung zusammen, Patsy Sloots! Patsy Sloots! Was für ein Name! Er hat sie offenkundig in der Tanzgruppe der neuen Crazy-Gang-Revue aufgegabelt. Also, *die* ist wirklich schrottreif. Erinnerst du dich an die Gemeinheit von Dorothy Parker? ›Wir wollen Katharine Hepburn zusehen, wie sie ihre ganze Skala ausspielt – von A bis B.‹ Nach dem, was mir so zu Ohren gekommen ist, reicht die Skala der kleinen Patsy nicht mal bis nach B. Normalerweise ist sie eher die Komparsin als der Star des Programms. Aber sie ist genau die Sorte blondes Dummchen, auf die Farch immer geflogen ist. Und da saß sie über seinen Schreibtisch in Elstree hingegossen und sah aus, als ob ihr ganzer Körper geliftet worden wäre, nicht bloß ihr Gesicht, während er mir erzählte, dass meine Zeit vorbei sei! Ich kann nicht glauben, dass er mich so erniedrigen konnte!«

»Und doch«, sagte ihre Freundin sanft, »hast du dich erniedrigen lassen.«

Cora war jetzt kurz davor, in Tränen auszubrechen, und ihre Unterlippe zitterte wie Pudding. Evadne war mehr als einmal Zeugin ihrer Verletzbarkeit geworden, aber das war immer der Fall gewesen, wenn sie *tête-à-tête* waren, in der Privatheit und Intimität ihrer Wohnungen. Wenn sie hier mitten in einem bekannten Restaurant zusammenbrach, dann war das ein deutliches Zeichen dafür, wie viel ihr diese verpasste Chance bedeutet hatte.

»Es war meine allerletzte Chance. So eine Rolle – ich weiß, ich hätte großartig darin sein können, ich weiß es einfach! Deshalb war ich bereit, vor ihm zu kriechen. Und weißt du«, sagte sie mit erstickter Stimme, »die grausame Ironie an dem Ganzen ist, dass ich überzeugt bin, fest davon überzeugt, dass er mir die ganze Zeit über diese Rolle geben wollte. Mein Agent hat mir versichert, dass überhaupt niemand anders zum Vorsprechen eingeladen wurde. Farch konnte bloß einfach der Versuchung nicht widerstehen, mich zu quälen, nur zu seinem perversen Vergnügen. Und na ja« – sie wandte sich an den inzwischen überaus verlegenen Trubshawe, der während ihrer Tirade versucht hatte, sich so unsichtbar zu machen, wie es für einen großen, schwergewichtigen Mann wie ihn überhaupt nur möglich war –, »Schauspieler würden alles tun, um eine halbwegs gute Rolle zu bekommen, *einfach alles*!«

»Nun, wie ich Ihnen schon sagte, ich verstehe nichts vom Filmgeschäft«, sagte Trubshawe, »aber Farjeon war schließlich nur der Regisseur. Was ich damit sagen will: Die Schauspieler scheinen alle festzustehen, das Drehbuch ist fertig. Kann man nicht jemand anderen finden, der den Film dreht?«

»Sie haben recht«, sagte Cora eisig.

»Ich dachte …«

»Ich sagte, Sie haben recht. Sie verstehen wirklich nichts vom Filmgeschäft.«

»Also, jetzt hör mal, Cora«, sagte Evadne, »ich weiß, wie tief du getroffen sein musst, aber es ist nicht fair, das an dem armen Eustace auszulassen. Er versucht nur, freundlich zu sein.«

Cora ergriff sofort Trubshawes rechte Hand und drückte sie fest mit der ihren.

»*Mea culpissima*, mein Lieber«, sagte sie und betupfte mit der Spitze der gefalteten Serviette ihre schwarz umränderten Augen. »O Gott, ich habe so viele Tränen vergossen, dass meine Wangen einrosten werden. Es tut mir leid, dass ich so gemein war. Sie verzeihen mir?«

»Aber natürlich«, sagte Trubshawe großherzig. »Ich kann Sie verstehen.«

»Und was Sie da eben gesagt haben, ist keineswegs ausgeschlossen, das müssen Sie nicht glauben. Wäre ein anderer Regisseur plötzlich gestorben, würde genau das passieren. Das Studio würde einfach jemand anderen verpflichten. Das Problem ist nur, es *gibt* niemand anderen, der Farchs Platz einnehmen könnte.«

Einen Augenblick lang sprach keiner von den dreien. Dann machte Evadne Mount eine dieser erbaulichen Bemerkungen, die manchmal eine unangenehme Situation vorläufig bereinigen können.

»Cora, Liebes«, sagte sie, »es wird sich bestimmt etwas finden. Das ist doch immer so. Du weißt besser als die meisten anderen, dass das Leben mehr dem Kino ähnelt als das Kino dem Leben – wenn du verstehst, was ich meine –, wobei ich ehrlich gesagt nicht sicher bin, ob ich es selbst verstehe.«

Sie konnte nicht ahnen, als wie wahr sich diese banalen und wenig inspirierten Worte noch erweisen würden …

Viertes Kapitel

Am nächsten Morgen, als Trubshawe gerade anfing, sich über sein Frühstück herzumachen, das aus einem fragwürdig aussehenden Würstchen und einer Scheibe Toast bestand (Ei gab es nur noch alle vierzehn Tage, wenn überhaupt), hörte er, wie sein *Daily Sentinel* auf den Fußabtreter an der Tür klatschte. Er stand auf, trottete in Morgenmantel und Pantoffeln durch die Diele, hob die Zeitung auf und warf einen Blick auf die Schlagzeile.

»Berühmter Filmproduzent stirbt in den Flammen!«, schrie es ihm entgegen.

In der Küche nahm er wieder an dem rechteckigen kleinen Tisch Platz, den er in eine gemütliche Ecke ohne Fenster gestellt hatte, rührte seinen Tee um, entfaltete geräuschvoll und ungeduldig die zusammengerollte Zeitung, begann gedankenlos auf einem Stück Würstchen herumzukauen und wandte sich dann dem entsprechenden Artikel zu.

Bevor er aber auch nur eine Zeile davon gelesen hatte, wanderten seine Blicke zu den beiden Fotografien, zwischen die er gequetscht worden war.

Die erste zeigte einen Mann Mitte vierzig, dessen aufgequollenes, dickes Gesicht so aussah, als seien zwei dünnere Gesichter zu einem einzigen zusammengeknetet worden, und dessen fettes und fleischiges Doppelkinn über seinen weißen Hemdkragen wie ein Soufflé quoll, das über den Rand eines Kochtopfes schwappt. Dies war laut Bildlegende »Alastair Farjeon, der weltberühmte Filmproduzent, in der Branche allgemein als ›Farch‹ bekannt«.

Hm, machte Trubshawe und stellte fest, dass er also nicht der Einzige war, der einen Produzenten nicht von einem Regisseur zu unterscheiden vermochte.

Das zweite Bild zeigte eine schmollende, ernst blickende junge Frau. Trotz ihrer leicht glänzenden Schweinsäuglein und einem Mund, der, obwohl nur ein länglicher Strich, von ihrem Lippenstift zu beinahe monströsen Proportionen akzentuiert worden war, war sie unbestreitbar der Inbegriff weiblicher Verlockung, wenn auch ihre Schönheit eher von der kühlen, unzugänglichen Art war – »marmorn« war das aparte Adjektiv, das einem dazu einfiel –, zu der er selbst sich nie hingezogen gefühlt hatte. Die Bildunterschrift lautete: »Die 22-jährige Patsy Sloots, Mr Farjeons unglückselige Entdeckung.«

Nun wandte Trubshawe sich dem Artikel zu.

»In ihren glorreichen Grundfesten erschüttert: Die britische Filmwelt ist heute in tiefer Trauer. Anlass ist der tragische Tod von Alastair Farjeon, dem berühmten Produzenten solcher Klassiker wie Ein Amerikaner in Gips, Der perfekte Verbrecher, Der Jasager sagt Nein *und zahlreicher anderer Filme.*

Der 47 Jahre alte Mr Farjeon starb gestern Nachmittag in seiner luxuriösen und abgeschiedenen Villa in Cookham. Ein zweites Opfer der Flammen, die ungehindert durch die Holzvilla im Chalet-Stil tobten, war

die 22-jährige Tänzerin und vielversprechende Film-
schauspielerin Patsy Sloots, die Mr Farjeon, der weithin
als der größte Entdecker und Förderer neuer Talente
im britischen Kino gilt, in der Tanzgruppe der Crazy-
Gang-Revue So sind die Matrosen! *aufgespürt hatte.*
Diese läuft jetzt bereits das zweite Jahr im Victoria
Palace.

Es war genau 16.45 Uhr, als sowohl die Polizei als
auch die Feuerwehr von Richmond von Mrs Thelma
Bentley, einer Nachbarin Mr Farjeons, alarmiert wur-
den. Mrs Bentley berichtete, sie habe, als sie in ihren
Garten ging, um den Rasen zu mähen, eine ›Feuer-
wand‹ aus den Wohnzimmerfenstern der Villa lodern
sehen. Als nur wenige Minuten später drei Einsatz-
wagen der Feuerwehr am Schauplatz eintrafen, hatte
sich der Brand leider schon so sehr ausgeweitet, dass er
nicht mehr gelöscht werden konnte. Der Villa konnte
man sich weder nähern noch in sie eindringen, da die
Hitzeentwicklung zu heftig war.

Die achtzehn Mann starke Feuerwehrmannschaft
konzentrierte sich deshalb darauf, den Brand so weit
unter Kontrolle zu bringen, dass er nicht auf die be-
nachbarten Häuser übergriff, deren Bewohner sofort
evakuiert wurden. Auf dem Höhepunkt der Brand-
entwicklung konnte man noch aus einer Entfernung von
dreißig Meilen eine dichte schwarze Rauchwolke sehen.

Um 18.15 Uhr konnten sich die Feuerwehrleute end-
lich Zutritt zu dem Haus verschaffen, das inzwischen
nur noch ein qualmendes Gerippe war. Dort machten
sie eine grausige Entdeckung: Sie fanden zwei ver-
kohlte Leichen. Diese müssen offiziell noch identifiziert

*werden, aber die Polizei hat unseren Reporter bereits
wissen lassen, dass es sich wohl tatsächlich um Mr Farjeon, den Filmproduzenten, und seinen jungen Schützling handeln wird.*

*Der mit dem Fall befasste Beamte, Thomas Calvert
von der Kriminalpolizei in Richmond, beschränkte sich
bei der Frage nach möglichen Anhaltspunkten für ein
Verbrechen auf die Feststellung, dass man die Umstände
der Katastrophe gründlich untersuchen würde, dass alle
bisherigen Indizien aber darauf hindeuteten, dass es
sich um einen tragischen Unfall handele.*

*Einer nicht genannten Polizeiquelle zufolge ist die
plausibelste Erklärung, dass eine noch glimmende Zigarette im Wohnzimmer achtlos gegen die Vorhänge
geschnippt worden war. Diese hätten wohl sofort Feuer
gefangen, und die Flammen hätten Mr Farjeon und
seinen weiblichen Gast überrascht, bevor die beiden irgendwelche Gegenmaßnahmen ergreifen konnten, sodass sie in dem brennenden Haus eingeschlossen wurden.*

*In einem Telefoninterview bezeugte der bekannte
Filmemacher Herbert* (Ich wohne am Grosvenor
Square) *Wilcox Mr Farjeon seine tief empfundene Achtung. ›Sein Tod‹, sagte er, ›ist eine Tragödie für die nach
dem Krieg wiederauferstandene britische Filmindustrie. Er war ein echter Künstler, der kluge Ideen und
ungewohnte Sichtweisen in ein Medium einbrachte, das
auf beides noch nie zuvor so dringend angewiesen war.
Man musste keineswegs alles an seinem Werk schätzen,
um doch immer spüren zu können, dass man sich in der
Gegenwart eines Genies befand.‹*

Maurice Elvey, der so beliebte Filme wie Hochver-

rat *und* Hindle erwacht *gedreht hat, erklärte: ›Ich be-*
zweifle, dass es noch einmal jemand seinesgleichen ge-
ben wird.‹

    Die Untersuchung wird fortgesetzt.«

Trubshawe blätterte zu den Todesanzeigen weiter. Er
stellte sofort fest, dass es zwar einen übermäßig langen
und hymnischen Nachruf auf Farjeon gab, aber keinen
auf die sehr viel weniger berühmte Patsy Sloots. Ihr
Name wurde in der Tat nur einmal in dem Nachruf auf
Farjeon erwähnt, als der einer Schauspielerin, die für die
weibliche Hauptrolle im neuen Projekt des Produzenten (auch der Verfasser des Nachrufs bestand auf dieser
Berufsbezeichnung), *Wenn sie je meine Leiche finden,*
ausersehen war und neben Gareth Knight, Patricia Roc,
Mary Clare, Raymond Lovell, Felix Aylmer und – ganz
zum Schluss! murmelte Trubshawe – Cora Rutherford
spielte.

    Er legte die Zeitung beiseite und begann, über das
nachzudenken, was er gerade gelesen hatte. Verbrennen!
Was für eine entsetzliche Art zu sterben! Es stellte einen
auf dieselbe Stufe wie Jeanne d'Arc und – wie hieß dieser italienische Wissenschaftler noch, den man wegen
Ketzerei zum Tode verurteilt hatte – Giordano Weiß-
nichtwer? – Bruno! – Giordano Bruno! Es schaudert uns
alle, wenn wir über diese Märtyrer lesen, wie man sie mit
einem Strick an den Pflock gebunden, die Reisigbündel
um ihre nackten Füße herum aufgeschichtet und dann
alles in Brand gesteckt hat – und wie lange es wohl dauerte, bis sie erstickten, und dass sie erstickten, hieß sicher
nicht, dass sie nicht fühlten, wie die Flammen allmählich

ihre Beine hochkrochen? Oh, es war unerträglich, daran zu denken!

Aber schließlich waren Jeanne d'Arc und Giordano Bruno schon lange tot, schon seit Jahrhunderten, Gespenster aus einer dunklen, kaum bekannten Vergangenheit, die heute, wenn überhaupt, nur noch als miefige Illustrationen in einem *Geschichtsbuch* für die Schule weiterlebten. Doch was war mit den ganz gewöhnlichen Hinz' und Kunz', die einfach nur das große Pech hatten, in einem brennenden Gebäude eingeschlossen zu werden? Natürlich nicht Alastair Farjeon, der ganz gewiss kein Hinz und Kunz und allen Berichten nach alles andere als gewöhnlich gewesen war. Nein, vielmehr all diese anständigen, einfachen und hart arbeitenden Leute wie die aus dem East End, die während des Blitzkriegs aus ihren Betten gebombt worden waren und von denen wenigstens einige ein vergleichbar schreckliches Schicksal wie Jeanne d'Arc oder Giordano Bruno erlitten hatten, deren Namen aber niemals so ruhmreich durch die Jahrhunderte schallen würden wie ihre – vielleicht nur eine magere Entschädigung für die unvorstellbaren Qualen des Opfergangs, aber immerhin eine Entschädigung. Ja, das machte einen nachdenklich …

Er dachte auch über die Information nach, die leicht irritierende Information, dass die Untersuchung in diesem Fall von Inspektor Thomas Calvert von der Richmonder Kriminalpolizei geleitet wurde. Da schau her. Der junge Tom Calvert war jetzt also Inspektor. Und auch noch in Richmond – ein ruhiger Posten, wenn er sich nicht irrte. Er kannte Tom noch aus der Zeit, als der ein einfacher Streifenpolizist gewesen war, in Bermondsey, wenn er

73

sich recht erinnerte. Er war der typische gerechte und freundliche Bobby, den jeder mochte. Er hatte immer einen Keks oder manchmal auch einen Dauerlutscher für die ärmeren Kinder bei sich, immer ein fröhliches »Guten Abend allerseits!« für die Stammgäste im *Horse and Groom*, war nie zu streng mit einer etwas aus der Fasson geratenen Alten, die das eine oder andere Glas Tawny Port zu viel getrunken hatte. Und jetzt war er Inspektor, na bitte.

Danach wanderten seine Gedanken zu Cora Rutherford. Es war eine merkwürdige Erfahrung gewesen, ihr nach so vielen Jahren wieder zu begegnen – nach Jahren, die, wie er feststellen musste, doch an ihrer makellosen Fassade genagt hatten. Sie war gewiss noch immer der Inbegriff von Glanz und Selbstsicherheit, noch immer umgeben von der strahlenden Aura des Ätherischen und Unnahbaren, die Theaterleute und – wie sollte man sie nennen? – Filmleute allen Widerwärtigkeiten zum Trotz mehr oder weniger intakt in ihre alten Tage hinüberretten können. Aber es konnte keinen Zweifel geben, dass sie nicht mehr wirklich jene übersprudelnde Lebendigkeit besaß, diese durchschlagende Mischung aus der Unanfechtbarkeit eines großen Filmstars einerseits und kindlich-ungezogener Launenhaftigkeit andererseits, die sie noch vor einem Jahrzehnt zu einer so unverwechselbaren Persönlichkeit gemacht hatten. Und die Tatsache, dass sie in der Reihe der Schauspieler, die in Farjeons neuem Film hatten mitspielen sollen, als letzte erwähnt wurde, verbunden mit der ebenso vielsagenden Tatsache, dass sie so haltlos und peinlich zusammengebrochen war, nachdem sie begriffen hatte, dass dieser Film nicht mehr gedreht werden würde – dazu noch im elegantesten Restaurant Londons –, zeigte nur, dass sie nicht mehr annähernd soviel Vertrauen in ihre – wie sollte man es ausdrücken? – ihre Anziehungskraft hatte wie beim ersten Mal, als sie sich begegnet waren. Das war natürlich traurig, sehr traurig. Aber schließlich, wie alt war sie eigentlich? Fünfzig? Sechzig?

Trubshawe erinnerte sich daran, wie Evie während seiner Befragungen in ffolkes Manor enthüllt hatte, dass sie und Cora früher ein winziges Appartement in Bloomsbury geteilt hatten, als sie knapp zwanzig waren und – nein, nein, vergessen wir, was sie sonst noch unfreiwillig über ihr Zusammenleben preisgegeben hatte! Jedenfalls ließ das darauf schließen, dass die Schauspielerin und die Schriftstellerin ziemlich genau im selben Alter waren, und die Letztgenannte, das wusste er, war ganz gewiss kein junger Hüpfer mehr. Und auch nicht mehr schön wie ein Sommertag. Herbst, dachte er, Herbst war die passende Jahreszeit, und zwar Spätherbst. Arme Frau, dachte er, und empfand echtes Mitgefühl für Coras missliche Lage. Das Leben war bestimmt kein Wunschkonzert für eine Schauspielerin, die ihre beste Zeit hinter sich hatte.

Und Evadne Mount selbst? Sie war schon ein Original. Seltsam. Hätte man ihn gefragt, Trubshawe hätte ohne Zweifel geantwortet, dass er in den zehn Jahren, die seit ihrer ersten Begegnung vergangen waren, nicht ein einziges Mal an sie gedacht hatte. Selbst als er ihre Romane gelesen hatte (und er stellte zu seinem Erstaunen fest, dass er inzwischen alle achtundzwanzig verschlungen und sogar die Mühe auf sich genommen hatte, ihr Theaterstück *Die Touristenfalle*, einen echten Dauerbrenner, anzusehen, bei dem sich zu seiner naiven Überraschung und vielleicht auch zu seinem heimlichen Ärger der die Untersuchung führende Polizeibeamte als Mörder erwies), war er davon so gefesselt gewesen, dass er einfach nicht daran gedacht hatte, diese Vorzüge mit der Frau in Verbindung zu bringen, der er tatsächlich einmal begegnet war, so wie eine Mutter, die ihre Kinder aufwachsen sieht, bald vergisst, dass diese eigenständigen und zunehmend unabhängigen kleinen Wesen einmal ihren Schoß bewohnt haben.

Ja, er war ein Fan von Evadne Mount und scheute sich nicht, das auch zuzugeben. Und doch hatte er seinen paar Bekannten gegenüber wohl nie über seine Vorliebe für ihre Kriminalromane gesprochen, und wenn er es doch getan hatte, prahlte er gewiss nicht leichtfertig damit herum, dass er die Autorin persönlich kannte.

Aber sie war nun mal rein zufällig wieder in sein Leben getreten – nein, er war polternd in ihres getreten wie gegen einen Laternenpfahl –, und keine vierundzwanzig Stunden später dachte er an sie und Cora Rutherford und Alastair Farjeon und Patsy Sloots und den jungen Tom Calvert und so weiter. Ob man sie mochte oder verabscheute, wo Evadne Mount war, war immer etwas los.

Und das war auch das Kreuz bei der Sache. Bei ihm selbst schien überhaupt nichts mehr los zu sein. Nach vielen Jahren als Gesetzeshüter, all den Jahren, in denen er überall als einer der Spitzenleute vom Yard gegolten hatte, war er jetzt – ja, was denn, ein komischer Kauz? Ja, ein Kauz. Ein alter Knacker.

Er besaß eine hübsche, komfortabel eingerichtete Doppelhaushälfte in Golders Green, in der er ein hübsches, komfortabel eingerichtetes halbes Leben lebte. Er hatte einen hübschen, kleinen Gemüsegarten, in dem er seinen eigenen Lauch, seine eigenen Radieschen und Möhren zog. Er hatte einen immer kleiner werdenden Freundeskreis aus den alten Tagen, Freunde, mit denen er sich auf ein gemütliches Bier in seiner Stammkneipe traf. Und gelegentlich, inzwischen nur noch sehr gelegentlich, traf er sich in der Stadt zum Mittagessen mit ein paar alten Kumpels vom Yard.

Wenn er mit ehemaligen Kollegen seiner eigenen Generation zu Mittag aß, war das ein wahres Vergnügen. Er genoss es, mit den alten Mitstreitern an die eigentümlich – so paradox das klingen mochte – unschuldigen Gauner zu denken, mit denen es jeder von ihnen im Laufe der Jahre immer wieder zu tun gehabt hatte, Gauner, zu denen sie alle, infolge der unabänderlichen Routine von Festnahme, Anklage, Prozess, Strafe, Entlassung und Wiederfestnahme, eine gewisse Zuneigung gefasst hatten.

Aber sporadisch, äußerst sporadisch, wurde er auch von einem der jüngeren Kollegen zum Essen eingeladen, jemand, dessen Mentor er einmal gewesen war oder gewesen zu sein glaubte – und das wurde immer zu einer Qual.

Es war, wie freundlich gesonnen sie ihm sonst auch sein mochten, nicht allein der kränkende Eindruck, den sie ihm vermittelten, dass die Methoden seiner Generation verglichen mit den neuen schon beinahe lächerlich veraltet waren, dass er und seine Zeitgenossen, weit davon entfernt, die kriminalistische Wissenschaft vorangebracht zu haben, worauf er insgeheim stolz war, sie im Gegenteil unbeabsichtigt um ein paar Jahrzehnte zurückgeworfen hatten. Es war auch die Tatsache, dass sie alle mit faszinierenden Fällen befasst zu sein schienen, die ihm, schon wenn er davon hörte, buchstäblich das Wasser im Munde zusammenlaufen ließen.

Er fühlte sich alt und überflüssig, komplett von gestern. Wenn er einen Vorschlag machte, wie in einem bestimmten Fall vorzugehen wäre, hörten sie ihm geduldig und höflich zu, bis er zum Ende kam, um dann da weiterzumachen, wo sie aufgehört hatten, so als hätte er überhaupt nichts gesagt. Wenn er dagegen auf eine auffällige Ähnlichkeit mit einem Fall hinwies, den er selbst vor einigen Jahren bearbeitet hatte, schüttelten sie mit kaum verhohlener Belustigung den Kopf, als würden sie nur antworten, um ihm einen Gefallen zu tun, und am Ende murmelten sie jedes Mal, so sicher wie der Morgen auf die Nacht folgt: »Also, wissen Sie, Mr Trubshawe, seit Ihren Zeiten haben sich die Dinge doch sehr verändert ...«

O ja, die Dinge hatten sich wirklich sehr verändert seit seiner Zeit ... Aber auch wenn man nur zu Unrecht hätte behaupten können, dass er sich an sein Leben gewöhnt hatte, so ließe sich vielleicht doch sagen, dass er sich wenigstens daran gewöhnt hatte, sich nicht daran gewöhnen zu können. Jedenfalls bis zu dem Augenblick, als er ahnungslos den Teesalon des Ritz betreten und die unvergessliche – und, wie er feststellen musste, nie ganz vergessene – Stimme seiner alten Mitstreiterin Evadne Mount gehört hatte.

Wie ihn dieselbe Stimme vor zehn Jahren auf die Palme gebracht hatte! Und wie sie ihn gestern, das war nicht zu leugnen, wie sehr sie ihn gestern absolut verjüngt hatte! Und alles andere, was danach kam, auch! Nach dem Tee im Ritz der Besuch eines großen Theaters im West End, ein wirklich komischer Ulk, dessen bereitwilliges Opfer er geworden war wie jeder andere auch, Abendessen im Ivy mit Evadne und Cora Rutherford, und schließlich der Schock, aber genauso – gib es ruhig zu, Trubshawe! –, genauso auch die heimliche Erregung, als er – noch bevor das Ganze in die Schlagzeilen kam – die Nachricht vom Tod des berühmten Filmregisseurs erfuhr, dessen Namen ihm vierundzwanzig Stunden zuvor noch gar nichts gesagt hatte! Und all das, und das war deutlich mehr, als ihm in den letzten zehn Jahren zusammen widerfahren war, geschah innerhalb von sechzehn Stunden!

Er saß an dem rechteckigen Küchentisch und zog an seiner kalten Pfeife. Auf den Ruhestand hatte er sich noch nie gefreut, aber schließlich war das der rücksichtslose Lauf einer rücksichtslosen Welt. Man arbeitete vierzig Jahre lang hart – in seinem Fall eine Arbeit, die er ohne Einschränkung liebte –, dann ging man in den Ruhestand. Oder man wurde eher, wie wiederum in seinem Fall, in den Ruhestand *geschickt*.

Mit seinem Glück war es jedoch beinahe vorbei. Seine Frau, mit der er so gern sein Leben im Ruhestand geteilt hätte, war nur wenige Monate, nachdem er den Yard verlassen hatte, gestorben. Und sein ergebener alter Labrador, Tobermory, war in der Nähe von ffolkes Manor im Moor erschossen worden. In all den Jahren danach war ihm nur eine einzige aufregende Sache widerfahren – er hatte Evadne Mount wieder getroffen. Würde danach, fragte er sich wehmütig, noch irgendetwas anderes kommen?

Natürlich wäre er nie darauf gekommen, sie anzurufen,

selbst wenn er ihre Telefonnummer gehabt hätte. Doch dann fiel ihm plötzlich wieder etwas ein. Was hatte sie noch gesagt? Dass man sie täglich zur Teestunde im Ritz antreffen könne. Wie wäre es also, wenn er, Trubshawe, eines Tages gegen fünf in das Hotel schlendern und ihr »rein zufällig« begegnen würde, so wie er ihr gestern zufällig begegnet war? Nein, nicht heute und nicht morgen, nicht einmal übermorgen. Aber Ende der Woche vielleicht? Oder Anfang der nächsten?

Er schüttelte traurig den Kopf. Nein, das ginge überhaupt nicht.

Was ihn bekümmerte, war nicht die Tatsache, dass Evadne Mount das »missverstehen« könnte – nichts könnte absurder sein, wenn man sich ihrer beider Alter, ihr Äußeres und ihr Naturell vergegenwärtigte –, sondern dass sie es im Gegenteil genau richtig verstehen könnte. Dass sie sofort begreifen würde, dass er ein einsamer alter Mann geworden war, dessen Bedürfnis nach Gesellschaft so groß war, dass er tatsächlich hoffte, sie würde die heillos faule Ausrede akzeptieren, dass er schon zum zweiten Mal rein zufällig in das vornehmste Hotel Londons spaziert war.

Nein, das konnte er vergessen. Die Schriftstellerin war so rasch und beiläufig aus seinem Leben verschwunden, wie er in ihrem aufgetaucht war.

Hm, na gut. Ein, zwei Stunden Gartenarbeit taten es vielleicht auch erst mal …

Fünftes Kapitel

An einem ruhigen, sonnigen Sonntagnachmittag im Mai, fünf ereignisarme Wochen später, als Trubshawe gerade seinen Wagen waschen wollte, eine Routinearbeit, die er an jedem trockenen Sonntagnachmittag ausführte, klingelte es an der Tür, und draußen auf der Schwelle stand Evadne Mount.

Er hatte diese fünf Wochen weitgehend so verbracht, wie er die letzten fünf Jahre verbracht hatte. Er hatte seinen *Daily Sentinel* gelesen, im Garten herumgewerkelt und sein tägliches Pint in seiner Stammkneipe getrunken, bevor er zu einem einsamen Abendessen nach Hause zurückgekehrt war. Und jeden Abend hatte er auf dem Hinweg zur Stammkneipe und auf dem Rückweg, ganz gleich ob bei Regen oder Sonnenschein, seinen imaginären Hund ausgeführt.

Man sollte jedoch wissen, dass der Hund nicht etwa imaginär war, weil der frühere Detektiv in ein Stadium infantiler Senilität zurückgefallen war, in dem er von Neuem, wie in der Kindheit, mit einem Gefährten verkehrt hätte, der ausschließlich in seinem Kopf existierte. Er hatte es, als sein blinder, alter Labrador Tobermory in Dartmoor erschossen worden war, einfach nicht übers Herz gebracht, ihn durch einen anderen Hund zu ersetzen.

Tobermory war sein Vorwand – sein Alibi, wie er es

gern nannte – für den Spaziergang gewesen, den er praktisch jeden Abend unternahm, und nun war sein Tod kein
ausreichender Grund für ihn, diesen Spaziergang wieder aufzugeben. Das Hinscheiden seiner Frau, mit der
er sein ganzes Erwachsenenleben verbracht hatte, hatte
ihn schon mit dem pochenden, an Zahnweh erinnernden
Schmerz der Einsamkeit vertraut gemacht, der nie ganz
unerträglich wurde, aber auch nie ganz verschwand. Obwohl er sehr an Tobermory gehangen hatte, war er nicht
dazu bereit, gleich zweimal den trauernden Witwer ab-
zugeben. Er hatte seine Spaziergänge gemacht, bevor er
Tobermory angeschafft hatte, und er weigerte sich, jetzt
einfach damit aufzuhören. Sein einziges Zugeständnis an
die Sentimentalität eines Hundeliebhabers bestand darin,
dass er wie zu Zeiten, als der Labrador noch lebte, ge-
dankenverloren die Leine vom Tisch in der Diele nahm
und während seines Spaziergangs mit ihr schlenkerte, als
handele es sich um einen weichen, gummiartigen Spazier-
stock. Doch selbst diese Angewohnheit konnte genau
genommen nicht als Sentimentalität gelten. Er hatte To-
bermorys Leine so viele Jahre lang auf diese Weise ge-
schwungen, dass er sich ohne sie einfach nicht gut gefühlt
hätte, Hund hin oder her.

In diesen fünf Wochen hatte er seine Zeitung noch einige Tage lang nach weiteren Informationen über den
Brand in Alastair Farjeons Villa durchforstet. Ein- oder
zweimal hatte er sogar ein paar Konkurrenzblätter gekauft. Sein Interesse an dem Fall war natürlich umso
größer, weil der die Untersuchung leitende Beamte sein
früherer Schützling Tom Calvert war.

Aber es fand sich weniger über Farjeons tragischen

vorzeitigen Tod, als er nach Cora Rutherfords Ergüssen eigentlich erwartet hätte. Filmregisseure mögen in den Augen derer, die nach ihrer Pfeife tanzen, Genies sein, für die große Masse sind sie bei Weitem nicht so wichtig. Was Patsey Sloots, die beteiligte Frau anging, so besaß sie zwar »einen Haufen Sexappeal« (was immer das heißen sollte), aber zugleich ahnte er, dass sie kaum ein Star gewesen war, sondern eher ein Starlet, eine von Farjeons ungezählten »Entdeckungen«.

Dem erbärmlich kargen Beweismaterial zufolge, das man aus der Asche des Brandes noch hatte heraussieben können, schien es, als seien Mr Farjeon und Miss Sloots allein in der Villa gewesen. Obwohl es mit Bestimmtheit nicht mehr festzustellen war, wurde spekuliert, dass das Feuer durch eine Zigarette ausgelöst worden sein könnte, die eines der beiden Brandopfer – die beide eindeutig von ihren nächsten Angehörigen identifiziert worden waren – entweder auf den Boden hatte fallen lassen, bevor sie richtig ausgedrückt worden war, oder aber so nachlässig weggeschnippt hatte, dass sie nicht wie geplant im Kamin landete. Wie auch immer es nun gewesen sein mochte, die Zigarette war dann mit ziemlicher Sicherheit über den gebohnerten Parkettboden gerollt und mit den Spitzenvorhängen des Erkerfensters in Berührung gekommen. Die Vorhänge mussten sofort Feuer gefangen haben, und die Flammen hatten anschließend auf das hauchdünne Haute-Couture-Kleid aus durchscheinendem Chiffon übergegriffen, das so zart wie ein Spinnennetz war und in dem man Miss Sloots am früheren Abend fotografiert hatte, als sie in Farjeons silbernen Rolls-Royce stieg. Höchstwahrscheinlich war der Filmregisseur bei dem

Versuch, sie zu retten, selbst von den Flammen eingeschlossen worden.

Kurz gesagt, es war sehr wenig, worauf man sich stützen konnte, aber es war eindeutig nichts anderes als ein
tragischer Unfall, und ein dummer noch dazu, wie man
bei solchen Gelegenheiten gern sagt.

Ein späterer Artikel im *Daily Sentinel* berichtete fein-
fühlig vom Kummer der Familie Sloots, insbesondere von
Patsys Mutter, die noch immer unter Beruhigungsmitteln
stand. In keiner einzigen der Zeitungen, die er durchsah,
stand etwas über Alastair Farjeons »unscheinbares kleines Frauchen« und wie sie die Tragödie verkraftet hatte.
Und danach gab es neue Nachrichten, weil sich die Welt
weiterdreht.

Das war der Stand der Dinge, als Trubshawes Türklin-
gel läutete und er schon durch den Briefkastenschlitz ungeduldig begrüßt wurde, bevor er auch nur die Zeit fand,
aufzumachen.

»Hallo, Eustace!«, dröhnte es.

Wieder diese Stimme!

Diesmal aber freute er sich wie ein Kind, als er sie hörte,
wie er sich selbst eingestand, bevor er wirklich aufmachte.

Sie stand in einer der zottligsten und tweedigsten Auf-
machungen vor ihm, die er je eine Frau hatte freiwillig
tragen sehen.

»Miss Mount!«, dröhnte er zurück. »Was für eine angenehme Überraschung!«

»Ja, das habe ich mir gedacht«, antwortete sie selbstzu-
frieden.

»Aber warten Sie«, sagte er, gerade als er sie herein-
bitten wollte, »woher wissen Sie denn, wo ich wohne?«

Trubshawe hatte wie die meisten seiner Kollegen im Yard seine Telefonnummer nie ins Telefonbuch eintragen lassen, nicht einmal seit er im Ruhestand war, denn es gab einfach zu viele Ex-Sträflinge auf freiem Fuß, die sich gefreut hätten, durch einfaches Blättern im Telefonbuch die gegenwärtige Adresse desjenigen Polizisten herauszubekommen, der sie hinter Schloss und Riegel gebracht hatte. Obwohl er sich wirklich freute, Evadne Mount wiederzusehen, war er sein Leben lang Polizist gewesen, und er war – und wenn das nur seine eigene Empfindung war – immer noch Polizist, und als Polizist war er hochinteressiert daran, zu erfahren, wie sie es fertiggebracht hatte, ihn ausfindig zu machen.

»Mein Gott, was sind Sie misstrauisch!«, lachte sie und wedelte mit einem ihrer Wurstfinger vor ihm herum. »Sie hätten lieber sagen sollen, wie erfreut Sie sind, mich zu sehen, anstatt mich gleich ins Verhör zu nehmen.«

»Aber natürlich freue ich mich, Sie zu sehen, Evie«, sagte Trubshawe, der jetzt einsah, wie grob er gewesen war. »Sehr sogar. Das versteht sich doch von selbst.«

»Schon klar, aber es wäre netter gewesen, wenn Sie es noch einmal gesagt hätten. Aber ich will jetzt nicht kleinlich sein. Wie ist es Ihnen in den letzten Wochen ergangen?«

»Oh, wissen Sie«, lautete die typisch vorsichtige Antwort des Polizisten. »Eigentlich wie immer. Ich habe ein bisschen Gartenarbeit gemacht, jetzt, wo wir endlich Frühling haben, und wenn ich so sagen darf, es sieht alles …«

Er fiel sich selbst ins Wort.

»He, halt mal. Sehr clever, Evie, sehr clever.«

»Was denn bitte?«, fragte sie ganz unschuldig.

»Die Art, wie Sie eben das Thema gewechselt haben. Ich habe Sie gefragt, wie Sie an meine Adresse gekommen sind.«

»Wenn Sie es unbedingt wissen müssen, ich habe sie von Calvert.«

»Calvert?«

»Inspektor Thomas Calvert. Sie erinnern sich doch an ihn, oder? Das sollten Sie jedenfalls. Nach dem, was er erzählt hat, haben Sie ihn unter Ihre Fittiche genommen, als er noch ein einfacher Bobby auf Streife war.«

»Natürlich erinnere ich mich an Tom Calvert. Der vielversprechendste Neuling im Dienst, der mir je begegnet ist. Aber wie haben Sie ihn kennengelernt?«

»Sie haben vielleicht gehört, dass Calvert der Polizist war, der diese schreckliche Sache in Alastair Farjeons Villa untersuchen musste. Den Brand? Wir haben im Ivy darüber mit Cora gesprochen, aber vermutlich haben Sie das inzwischen alles schon wieder vergessen.«

»Nein«, antwortete Trubshawe, »das habe ich nicht vergessen«, und tief in seinem Herzen wusste er, dass Evadne Mount es auch irgendwie wusste.

»Nun«, fuhr sie fort, »er hat diesen Fall untersucht und dabei einige von Farchs Bekannten befragt, um herauszufinden, ob sie irgendwelches Licht in die Sache bringen könnten, und eine der Befragten war Cora, und zufällig war ich in ihrer Wohnung in Mayfair, als sie von ihm befragt wurde und, kurz und gut, so habe ich ihn kennengelernt. Angenehmer junger Mann, sehr aufgeweckt, sehr scharfsinnig. Ich nehme an, er wird es weit bringen.«

»Oh, das wird er ganz gewiss«, antwortete Trubshawe

schroff, »sobald er gelernt hat, keine vertraulichen Informationen wie etwa die Telefonnummern ehemaliger Detektive von Scotland Yard an wildfremde Leute weiterzugeben.«

»Ach, jetzt seien Sie nicht so kleinkariert! Ich habe ihm erzählt, wie wir beide uns nach so vielen Jahren wiederbegegnet sind und einen netten Schwatz miteinander gehalten haben und dann ins Theater gegangen sind und wie wichtig es für mich wäre, Sie jetzt wiederzusehen. Ich muss sagen, zuvorkommender als er kann man gar nicht sein.«

»Hm, na gut, in Ordnung. Aber wo hab' ich denn meine Manieren? Kommen Sie doch rein, bitte, kommen Sie rein.«

»Alle beide?«

»Was meinen Sie mit ›alle beide‹?«

»Dafür, dass Sie Kriminalbeamter sind«, sagte Evadne Mount, »sind Sie nicht besonders aufmerksam, oder?«

Sie deutete mit dem Kopf hinter sich.

»Gucken Sie mal, wer da ist.«

Trubshawe warf einen kurzen Blick über die Schulter der Schriftstellerin. Direkt vor seinem Haus parkte ein taubenblauer Bentley – das Objekt der Bewunderung von einem Haufen Straßenkinder, einer Bewunderung, die sie Bauklötze staunen und in Ehrfurcht erstarren ließ. Hinter dem Steuer saß Cora Rutherford und winkte ihm fröhlich zu.

»Ah, das ist … das ist ja Miss Rutherford«, sagte er und winkte zurück.

»Huhhuu!«, rief die Schauspielerin und löste bei ihrem zerlumpten Publikum schäumende Begeisterung aus. Auch wenn niemand sie zu erkennen schien, denn niemand bat sie um ein Autogramm, erkannten doch alle einen echten Star, wenn sie ihn sahen. Die Mädchen hatten aufgehört, Himmel und Hölle zu spielen, und die Jungen Fußball, und sie fingen an, sich um das Auto zu sammeln und praktisch darüber hinwegzuklettern, stellte es wenigstens für die Jungen vermutlich die größere Attraktion dar als seine bezaubernde Insassin.

»Dürfen wir nun reinkommen«, fragte Evadne Mount, »oder nicht?«

»Aber natürlich, natürlich dürfen Sie reinkommen!«, antwortete Trubshawe.

Er lief die Einfahrt hinunter, verscheuchte freundlich die Bande von Straßenkindern, öffnete die Wagentür und geleitete die Schauspielerin in sein Haus.

Nachdem er mit einer Flasche Sherry und drei Gläsern aus der Küche zurückgekehrt war, saßen sie alle ein paar Minuten später vor dem Wohnzimmerkamin.

»Also hören Sie, Trubbers«, sagte Evadne Mount, ohne sich mit den üblichen Höflichkeitsfloskeln aufzuhalten, »kann ich davon ausgehen, dass Sie morgen früh auch nicht mehr zu tun haben werden als neulich Nachmittag, als Sie ins Ritz reinschneiten?«

»Oh, na ja ...«

Er zögerte einen Augenblick lang – es ist nie leicht, anderen einen Einblick darin zu gewähren, wie leer das eigene Leben geworden ist –, bevor er zu dem Schluss kam, dass das, was immer die Schriftstellerin und ihre Freundin ihm auch vorschlagen würden, in jedem Fall spannender wäre als das, was ihn erwartete, wenn er ablehnte.

»Nein, habe ich nicht«, gab er widerstrebend zu. »Immer derselbe langweilige Tagesablauf. Warum fragen Sie?«

»Weil etwas wirklich Wunderbares passiert ist. Sie erinnern sich an unser kleines Abendessen *à trois* im Ivy?«

»Natürlich erinnere ich mich daran.«

»Und daran, dass ich die schlimme Nachricht von Alastair Farjeons Tod überbringen musste?«

»Wie könnte ich das vergessen?«

»Gut, und erinnern Sie sich auch, dass wegen seines Todes sein neuer Film nicht weitergedreht werden sollte?«

»Ja, daran erinnere ich mich sehr gut.«

»Nun, er wird doch weitergedreht, wenn ich mal so sagen darf.«

Trubshawe dachte als Erstes daran, der Schauspielerin zu gratulieren.

»Also, das ist wirklich eine ausgezeichnete Nachricht für Sie, oder? Ich kann Ihnen gar nicht sagen, wie glücklich ich darüber bin.«

»Danke, mein Lieber«, sagte die Schauspielerin. »Wie schön, dass Sie sich für mich freuen.«

»Oh, das tue ich, das tue ich wirklich«, bekräftigte er. »Aber erklären Sie mir eins, bitte.«

»Ja?«

»Als wir über die Situation gesprochen haben, über Farjeons Tod und so weiter, haben Sie mir erklärt – und zwar klar und deutlich, wie man so sagt –, dass es unmöglich sei, dass irgendjemand anders den Film drehen könne, weil Farjeon – unersetzlich sei, ich glaube, das ist das richtige Wort. Ja, unersetzlich in einem gewissen Sinn, den ich nicht wirklich nachvollziehen konnte.«

»Nur stellte sich in diesem Fall heraus«, antwortete sie, »dass es den Studiobossen mächtig vor den finanziellen Verlusten graute, die sie einfahren würden, wenn man das Ding nicht abdrehte, weil die Vorbereitungen für den Film nämlich schon so weit gediehen waren, die Sets schon aufgebaut waren und alle Schauspieler ihre Verträge unterschrieben hatten, diese Sachen, verstehen Sie. Aber sie wussten einfach nicht, wer in Farjeons Fußstapfen treten könnte, wenn das überhaupt jemand kann. Und dann hat Hattie – Sie erinnern sich doch an Hattie, Farjeons Frau? – offensichtlich in der Londoner Wohnung in seinen Papieren gekramt – und – was glauben Sie wohl? –, sie hat ein ziemlich merkwürdiges Dokument ausgegraben. Es war in seiner Handschrift geschrieben und verfügte, dass, falls er aus irgendwelchen Gründen nicht in der Lage sein sollte, seinen Film zu Ende zu drehen, sein Assistent – der Regieassistent, wie wir in unserer Branche sagen – sein Werk fortführen sollte. Und genau das ist jetzt eingetreten.«

»Hm«, murmelte Trubshawe mit Bedacht. »Das klingt aber sonderbar.«

»Ja? Warum sagen Sie das?«

»Na ja, es klingt ja fast so, als hätte Farjeon schon geahnt, dass er den Film nicht drehen könnte …«

»Ach, ihr Ex-Polizisten!«, rief Evadne Mount schlagfertig. »Ihr könnt es nicht lassen, überall verborgene Motive zu wittern! Vergessen Sie Farjeon. Wichtig ist, dass letzte Woche die Dreharbeiten angefangen haben und Cora überglücklich ist, wie Sie sich denken können.«

»Ja, natürlich, und ich gratuliere noch einmal«, sagte

Trubshawe zu der Schauspielerin. »Ich – nun, ich habe ja mit ansehen müssen, wie sehr die Nachricht vom Tod dieses Mannes Sie getroffen hat.«

»Der Punkt ist«, sagte Cora, »der Film wird in Elstree gedreht, und ich glaube, ich habe Ihnen schon gesagt, dass ich keine so großen Szenen darin habe, aber eine davon wird morgen Nachmittag gedreht, und weil ich Evie an allem teilhaben lasse, seit wir kleine Mädchen waren, habe ich sie natürlich eingeladen, beim Dreh dabei zu sein.«

»Dann hatten wir beide zur selben Zeit denselben Gedanken – wie das manchmal noch der Fall ist, wenn ich das so sagen darf. Und da der gute alte Trubbers schon dabei war, als die schlechte Nachricht kam, warum sollte er nicht auch bei der guten dabei sein? Außerdem muss ich zu irgendeiner unchristlichen Morgenstunde da sein, und Evie, die noch nie ein Morgenmensch war, würde natürlich lieber später kommen, aber sie kann nicht Auto fahren, aber Sie doch vermutlich. Sie fahren doch Auto, oder?«

»Ja, sicher. Einen Rover. Also«, schloss er, »wenn ich recht verstehe, laden Sie mich ein, morgen Evies Chauffeur zu sein?«

»Sie undankbarer Mensch!«, fuhr Cora ihn nicht ganz ernsthaft an. »Müssen Sie immer so offiziell und steifleinen und hundert Prozent Polizist sein! Ich habe bloß gedacht, weil wir uns alle drei gerade erst wieder getroffen haben, würde es Ihnen Spaß machen, Evie zu begleiten. Sie haben doch bestimmt noch nie zuvor ein Filmstudio von innen gesehen, das müsste Sie doch interessieren. Also, was sagen Sie?«

Trubshawe sagte ohne zu zögern zu. Um die Wahrheit zu sagen, er konnte sein Glück kaum fassen.

»Nun, Miss Rutherford«, fragte er dann, »worum genau geht es in diesem Film?«

»Nennen Sie mich Cora, Liebchen«, antwortete sie leichthin, und der Mann von Scotland Yard war verblüfft, wie wundersam verjüngt sie jetzt auf einmal wirkte, da durch eine unvorhergesehene Wendung des Schicksals ihre Karriere wieder in Gang gekommen zu sein schien. Er war allerdings auch eine Spur verlegen, weil er nicht wusste, ob er sie nun »Cora« oder »Cora, Liebchen« nennen sollte.

Aber sie ließ ihm gar keine Zeit, sie auch nur bei irgendeinem Namen zu nennen, denn sie begann sofort mit der Beschreibung des Films.

»Der Film heißt *Wenn sie je meine Leiche finden.* Guter Titel, oder was meinen Sie?«

»Oh, sicher«, stimmte er zu. »Sehr verlockend. *Wenn sie je meine Leiche finden,* ja? Ja, das ist ein Film, den ich bestimmt gern sehen würde. Klingt wie ein ausgesprochen guter Thriller. Und darf ich fragen, worum es geht? Oder würde das schon zu viel verraten?«

»Hm, ich fürchte, ja … Das Drehbuch ist von Farjeon selbst, wissen Sie, und wenn die Thriller anderer Regisseure oft einen überraschenden Schluss haben, so haben seine immer einen überraschenden Anfang.«

Diese Idee war neu für Trubshawe.

»Einen überraschenden Anfang?«

»Haben Sie nie seinen Film *Semi-Koma* gesehen?«

»Tut mir leid. Wissen Sie, ich gehe …«

»… nicht ins Kino. Ja, das haben Sie uns schon gesagt.«

»Wenn das so ist, meine liebe Miss Rutherford«, bemerkte er spitz, »dass ich Ihnen das schon erzählt habe, warum fragen Sie mich dann noch mal? Und wenn ich schon mal das Wort habe, kann ich *Sie* auch etwas fragen?«

Die Schauspielerin blinzelte.

»Ja – ja, natürlich«, antwortete sie. »Bitte.«

»*Hocus-Focus. Semi-Koma. Ein Amerikaner in Gips.* Hat dieser Farjeon jemals einem seiner Filme einen ganz normalen Titel gegeben, bei dem man sofort versteht, worum es geht?«

»Trubbers, mein Lieber«, sagte Cora, die in ihrem ganzen Leben noch nie jemand anderem das letzte Wort überlassen hatte, »ich meine mich zu erinnern, dass Sie, als wir uns das erste Mal trafen, einen Hund bei sich hatten.«

»Das stimmt. Einen Labrador.«

»Richtig. Ich erinnere mich. Und wie hieß er noch mal?«

»Tobermory.«

»Ach!«, rief sie sarkastisch. »Nicht Fido?«

Trubshawe gestand bereitwillig seine Niederlage ein.

»Sie haben gewonnen«, sagte er lächelnd. »Fahren Sie bitte fort.«

»Nun, in *Semi-Koma* spielt Robert Donat einen bescheidenen, sanften Bankangestellten, der in der allerersten Szene des Films in seinem armseligen möblierten Zimmer in Clerkenwell zu Bett geht. Aber als er am nächsten Morgen aufwacht – wirklich am nächsten Morgen, wohlgemerkt –, liegt er, noch immer in demselben gestreiften Pyjama, in dem er zu Bett gegangen ist, auf einer belaubten Lichtung ausgerechnet in den kanadischen Rockies, mit einem einsamen Rothirsch – wunderbares Bild! –, einem Rothirsch, der ein paar Meter weiter friedlich äst. Und natürlich braucht er den ganzen Film, um herauszubekommen, wie er über Nacht den Atlantik überquert hat.«

»Das ist lupenreiner Farch. Bei den Pressevorführungen seiner Filme erhielten die Kritiker kleine Zettel mit dem Hinweis, dass sie den Anfang des Films nicht verraten sollten – was im Endeffekt bedeutete, dass die Filme gegen Kritik völlig immun waren. Die Kritiker durften den Anfang des Films nicht verraten, sie durften auch nicht das Ende verraten und den mittleren Teil erst recht nicht. Sie durften überhaupt nichts ausplaudern!«

»Guter alter Farch«, seufzte sie, »was für ein Genie!«

Trubshawe war kurz davor, sein Erstaunen darüber zu äußern, dass sie so warmherzig von einem Mann sprach, den sie noch vor einem Monat ein verlaustes spinnenartiges Schwein genannt hatte. Aber schließlich, dachte er dann im Stillen, war der arme Mann tot und Cora in Hochstimmung, warum sollte er also ihre Euphorie dämpfen, indem er das Thema ansprach?

»Also«, fragte er stattdessen, »was passiert denn nun am Anfang des Films?«

»Ja, du alte Schachtel«, meldete sich Evadne Mount zu Wort »jetzt spann uns nicht länger auf die Folter. Das macht dann schon der Film!«

Cora steckte eine neue Zigarette in die Spitze und senkte ihre ohnehin schon heisere Stimme zu einem verschwörerischen Flüstern.

»Also«, sagte sie, »es fängt alles im Drury Lane Theater an mit diesen beiden Busenfreundinnen, beides Frauen in den frühen Zwanzigern. Sie haben eben zu Mittag gegessen, ein bisschen im West End eingekauft und warten jetzt auf die Matinee – ich glaube, es soll ein Musical sein. Da sitzen sie also in der siebten oder achten Reihe des Parketts, blättern in ihren Programmheften, schwatzen über alles Mögliche, über die Stars der Show, ob sie gute oder schlechte Kritiken bekommen haben, Sie verstehen schon, was man eben so redet, wenn man sich's gerade im Theater gemütlich macht.

Dann erstarrt eine von den beiden plötzlich.«

»Sie startet womit?«, unterbrach sie Evadne Mount.

»Also, Evie, wirklich! Idiotische Frage! Sie startet nicht mit irgendetwas, sie erstarrt einfach. Sie wird stocksteif. Wenn ich mich recht erinnere, geht das deinen zweidimensionalen Figuren andauernd so.

Egal, ihre Freundin fragt natürlich, was los ist. Nichts, sagt die andere, überhaupt nichts. Aber weil sie ganz blass geworden ist, bleibt die Freundin hartnäckig, und schließlich sagt die Frau: ›Siehst du den Mann vier Reihen vor uns, allein am Ende von Reihe C?‹ Die andere Frau wirft einen kurzen Blick dorthin, entdeckt den Mann, den ihre Freundin gerade beschrieben hat, und sagt: ›Ja, und was ist mit ihm?‹ Die erste Frau sagt einen Moment gar nichts. Dann antwortet sie mit Grabesstimme: ›Wenn sie je meine Leiche finden‹ – der Filmtitel, ihr erinnert euch? –, ›wenn sie je meine Leiche finden, war er der Mann, der es getan hat.‹

Jetzt ist ihre Freundin natürlich brennend neugierig, wie man sich vorstellen kann, aber unglücklicherweise kann sie von dem Mann nur den Hinterkopf sehen. Und als sie gerade den Hals reckt, um ihn besser sehen zu können, wird das Licht gedämpft, das Orchester spielt auf, der Vorhang hebt sich, eine Batterie langbeiniger Tänzerinnen trippelt auf die Bühne, und natürlich vergisst sie in der Folge den Mann in ihrer Begeisterung über die Show völlig.«

Cora konnte sich über mangelnde Aufmerksamkeit bei ihren beiden Zuhörern nicht beklagen. Sie hingen ihr buchstäblich an den Lippen.

»An dieser Stelle«, fuhr sie nach einer Unterbrechung fort, die Evadne Mount in einem ihrer Kriminalromane gedankenlos als »schöpferische Pause« bezeichnet hätte, »wird direkt zur nächsten Szene geschnitten, in der – ich bin sicher, ihr habt es schon erraten – die Polizei den Leichnam der Frau in ihrer Wohnung in Belgravia untersucht.«

»Hm«, machte Evadne Mount nachdenklich, »ich muss gestehen, auf die Idee bin ich ein bisschen neidisch. Und was passiert dann?«

»Ich finde wirklich nicht, dass ich noch mehr verraten sollte.«

»Na, na, jetzt zier dich nicht so. Das steht dir nicht.«

»Na gut. Überflüssig zu sagen, dass die Freundin sich entschließt, auf eigene Faust ein bisschen Schnüfflerin zu spielen, und eines Tages sitzt sie bei einem Abendessen dem Mann aus Reihe C gegenüber – *jedenfalls glaubt sie das.* Nur ist sie sich eben nicht sicher, versteht ihr? Also schmeichelt sie sich bei ihm ein, fängt wild an zu flirten – sie weiß immer noch nicht, ob er wirklich der Mörder ist – und verliebt sich rettungslos in ihn.

Und ich denke«, beendete sie mit großer Geste ihre Erzählung, »das ist alles, was ihr fürs Erste wissen müsst. Wenn ihr mehr wissen wollt, müsst ihr warten, bis der Film in einem Kino in eurer Nähe gezeigt wird.«

»Und Sie, meine Liebe«, fragte Trubshawe, »spielen sicher die brillante junge Schnüfflerin?«

Cora, die einen Moment lang nicht wusste, ob man sie ein bisschen auf den Arm nehmen wollte oder nicht, warf ihm einen durchdringenden Blick zu.

»Nein«, sagte sie schließlich, »Nein, Trubshawe, ich glaube, ich habe Ihnen schon beim letzten Mal erzählt, dass meine Rolle nicht – nein, ich müsste lügen, wenn ich behaupten würde, dass es die Hauptrolle ist.«

»Welche Rolle *spielst* du denn nun?«, fragte Evadne.

»Die Frau des Mör…« Sie verschluckte hastig den Rest des Wortes. »Ich meine, die Frau des Mannes, die schon lange leidet, sehr lange, weil sie nur zu gut weiß, dass ihr Göttergatte hinter ihrem Rücken eine ganze Reihe von Affären hatte.«

»Am Anfang war es nur eine sehr kleine Rolle, eigentlich eine Beleidigung – aber vor einigen Tagen habe ich es geschafft, dass sie nicht unbeträchtlich aufgeblasen wurde, und jetzt habe ich zwei oder drei wirklich saftige Szenen, Szenen, in denen ich nicht bloß auf den Putz haue, sondern in denen er schließlich auch von der Decke kommt. O ja«, sagte sie in einem Tonfall, der einen leicht frösteln ließ, »wenn die kleine Cora ihre Karten richtig ausspielt, was sie durchaus vorhat, dann gibt es keinen Grund, warum das hier nicht der Anfang ihres Comebacks sein sollte.«

Die Schriftstellerin warf ihr einen scharfen Blick zu.

»Cora?«

»Ja?«

»Wie hast du das hingekriegt?«

»Was?«

»Dass die Rolle aufgeblasen wurde?«

»Stell mir keine Fragen, Schätzchen, und ich erzähle dir keine Lügen. Sagen wir nur, ich war noch nie schüchtern, wenn's ums Vorwärtskommen ging. Wenn mir schon etwas in den Schoß fällt, dann kann ich auch was damit anfangen.«

Sie wandte sich an Trubshawe.

»Die erste von meinen großen Szenen wird morgen gedreht, und deshalb dachte ich, Evie und Sie könnten einen Tag in Elstree verbringen und hinter der Kamera zugucken.«

»Das würde mir sehr gefallen«, sagte der Chefinspektor. »Bisher lief alles reibungslos?«

Cora sah plötzlich ziemlich nachdenklich aus.

»Na ja …«, antwortete sie, »inzwischen ja, Gott sei Dank. Eine Zeit lang stand es auf des Messers Schneide.«

»Wie meinen Sie das?«

»Ich habe bisher noch keine einzige Szene gedreht, verstehen Sie. Aber natürlich musste ich praktisch jeden Tag im Studio sein. Haarprobe, Gesicht, Kostümprobe, Schminkprobe, all diese Dinge, Sie kennen das. Nein, Sie kennen das natürlich nicht, aber Sie verstehen sicher, was ich meine. Und nach allem, was ich an Klatsch hinter den Kulissen gehört und was ich selbst gesehen habe, war Hanway anfangs eine absolute Katastrophe.«

»Hanway?«

»Rex Hanway. Farjeons früherer Assistent, der jetzt der Filmregisseur ist. Mein Gott, was war der nervös, als er zum ersten Mal ans Set kam! Dem zitterten wirklich die Knie. Hatte keinen Schimmer, was er machen sollte. Wusste nicht, wo die Kamera stehen sollte, konnte den

Schauspielern keine Anweisungen geben, hatte keine Ahnung, was der Kameramann meinte, wenn er mit ihm über Linsen und Filter reden wollte.

Fairerweise muss man sagen, dass es einem schon ganz schön Angst machen kann, zum ersten Mal einen Film zu drehen. Die ganzen Leute am Set, alles Routiniers, viel erfahrener als man selbst, stellen einem hundert verschiedene Fragen und erwarten noch mehr richtige Antworten. Ganz zu schweigen von dem ständigen Gedanken an das Kinopublikum, das den Film eines Tages sehen wird. All diese hungrigen Augen, die was zu sehen bekommen wollen!

Wann immer ich eine freie Minute hatte, habe ich Hanway beobachtet. Oh, er sah gut aus, in seinem eleganten Arbeitsanzug, der nur ein kleines bisschen zerknittert war, in seinem Hemd von Turnbull & Asser, seinem Seidenschal von Charvet und seinem Bildsucher, der so elegant an seiner Brust baumelte wie ein Monokel. Aber sobald es ans Praktische ging, wie der Film gemacht werden sollte, wusste er nicht mehr, wo oben und unten ist. Er kam einfach nicht mit den ganzen Entscheidungen und Fragen zurecht, die beim Drehen auftreten, mit all den verwirrenden und verworrenen Dingen, an die man denken muss.

Am Ende des dritten Tages stand es so schlimm, dass wieder darüber geredet wurde, die Dreharbeiten abzubrechen!«

»Und was ist dann passiert?«, fragte Evadne.

»Was dann passiert ist? Das will ich dir gern sagen. Am vierten Tag – das muss der Donnerstag gewesen sein – war Hanway plötzlich ein neuer Mensch. Man konnte förmlich sehen, wie ihm das Selbstvertrauen aus den Poren triefte. Ich habe keine Ahnung, wie er sein Lampenfieber oder Kamerafieber oder wie man's nennen soll, besiegt hat, aber daran, *dass* er es besiegt hatte, gab es überhaupt keinen Zweifel. Alkohol? Drogen? Medikamente? Was es auch immer gewesen sein mag, plötzlich schien er nicht nur zu wissen, was er wollte, sondern auch, wie er es bekommen konnte.

Seine Verwandlung war unheimlich. Er bellte den Beleuchtern und Helfern seine Befehle zu, er konnte mit den Technikern fachsimpeln, und die Schauspieler fraßen ihm aus der Hand. Die Studiobosse waren begeistert von den Schnellkopien – fragen Sie nicht, was das ist, Trubshawe, eines schönen Tages werde ich es Ihnen erklären –, die Geldgeber hörten gar nicht mehr auf, sich ihre schwitzigen Hände zu reiben, alles lief nach Plan.«

»Weißt du, Cora«, sagte Evadne Mount nachdenklich, »was du gerade beschrieben hast, finde ich gar nicht so befremdlich. Ehrlich gesagt habe ich oft dieselbe Erfahrung gemacht.«

»Du?«

»Absolut. Ich sitze und sitze an meiner alten Oliver-Schreibmaschine, und nichts passiert. Und dann, ganz plötzlich, keiner weiß, wie und warum, sehe ich mich fröhlich weitertippen. Es ist fast so, als ob meine Finger ihre eigenen Ideen hätten, Ideen, bei denen sie mich gar nicht weiter um Rat fragen. Und was das Merkwürdigste ist: In der Regel sind das meine besten Passagen.«

Cora, die nicht besonders interessiert an der Metaphysik des literarischen Schaffensprozesses zu sein schien, zuckte mit den Schultern.

»Was soll ich sagen? Wie ich erst neulich zu Orson gesagt habe, das ist Showbusiness.«

Dann fischte sie zwei, drei hübsche, kleine Schminkutensilien aus ihrer Handtasche, machte schnell ihr Gesicht zurecht, ein Gesicht, das ihrem wirklichen Alter immer unähnlicher wurde, und sagte:

»*Voilà*. Sie werden Evie in ihrer Wohnung im Albany abholen, Trubbers – sagen wir, morgen früh um neun Uhr? Dann fahren Sie nach Elstree raus, wo wir uns treffen und ich Ihnen alles zeige und Sie einigen Schauspielern und Mitarbeitern vorstelle, die übliche Routine eben. Dann drehe ich am Nachmittag meine große Szene. In Ordnung?«

Trubshawe brauchte nur noch zu nicken.

Sechstes Kapitel

Am nächsten Morgen läutete Trubshawe um genau viertel vor neun an Evadne Mounts Tür.

»Unpünktlich«, schimpfte sie und führte ihn hinein. »Ich hätte es wissen müssen.«

»Unpünktlich?«, rief er. »Also wirklich! Was werde ich mir wohl als Nächstes anhören müssen?« Er sah auf seine Armbanduhr. »Es ist genau acht Uhr fünfundvierzig. Ich bin fünfzehn Minuten zu früh.«

»Genau«, sagte sie. »Zu früh zu sein, ist auch eine Form von Unpünktlichkeit, verstehen Sie. Jetzt haben Sie mir Schuldgefühle eingeimpft, weil Sie auf mich warten müssen. Nein, mein lieber Eustace, wenn wir uns weiterhin treffen wollen, müssen Sie lernen, pünktlich zu sein. Und mit pünktlich meine ich pünktlich.«

Bevor er an ihrer jesuitischen Logik etwas aussetzen konnte, huschte sie an ihm vorüber auf den Treppenflur. Ihr alter Sealyham-Terrier Gilbert (benannt nach Chesterton, wie sie dem Chefinspektor erklärte) war nach draußen getrottet, als er die offene Tür gesehen hatte, und musste den üppigen Teppichen des Albany zuliebe sofort wieder zurück in die Wohnung gelockt werden.

»Ich fürchte«, seufzte sie, »der arme Gilbert ist auf seine alten Tage ein bisschen undicht geworden wie wir alle!«

Nachdem Gilbert wohlbehalten wieder in der Wohnung war und sie endlich unterwegs waren, dauerte es weniger als eine Stunde, bis sie in Elstree ankamen. Das große Studio stellte sich jedoch für beide als grausame Enttäuschung heraus. Auch wenn es beeindruckend war, ähnelte es weniger der gängigen Vorstellung von einer Traumfabrik als einer ganz gewöhnlichen Industrieanlage, einer Gerberei vielleicht oder einer großen Ziegelei. Mit seinen unverputzten Betonmauern und dem Wellblechdach und architektonisch völlig unauffällig sah es, wie Trubshawe beinahe spöttisch bemerkte, wie ein Warenhaus aus, nicht mehr und nicht weniger. Es strahlte keinen Glanz aus und hatte nicht den geringsten Hauch von Romantik.

Am Haupteingang stellte sich ihnen sofort ein aufsässiger Türwächter in den Weg, der typische kleine unbedeutende Tyrann des *genus bureaucratum*.

»Ich kann Sie nicht reinlassen«, sagte er, »wenn Sie keine Einladung haben.«

Evadne Mount konnte natürlich nichts dergleichen vorweisen.

»Eine Einladung«, bellte sie ihn an. »Meine Güte, Sie alberner Trottel! Glauben Sie vielleicht – glauben Sie *wirklich* –, wir hätten den ganzen Weg von London hierher gemacht, wenn wir keine Einladung hätten?«

»Dann zeigen Sie sie mir«, sagte der Türwächter misstrauisch.

»Die Einladung wurde mündlich ausgesprochen. Wie kann ich Ihnen etwas zeigen, das überhaupt nicht gedruckt wurde?«

»In dem Fall kann ich Sie nicht durchlassen. Dazu ist mir mein Job zu wertvoll.«

»Unsinn! Ich will Ihnen mal was sagen, guter Mann,

mein Freund und ich sind hier, um Miss Cora Rutherford zu besuchen – und zwar auf ihren ausdrücklichen
Wunsch. Ich wiederhole, Cora Rutherford. Wenn Sie
nicht sofort diese Schranke öffnen, dann werde ich mich
persönlich darum kümmern, dass Sie durch einen anderen ersetzt werden, der das macht! Dann können Sie sehen, wie wertvoll Ihnen Ihr Job ist!«

Ein paar Augenblicke lang quälte er sich mit der Frage
herum, was er tun sollte.

»V'lleicht könnte ich mal telefonieren ...«

Evadne fixierte ihn mit ihrem bekannten »Typisch-
Mann!«-Blick.

»Sie werden nichts dergleichen tun. Ich fürchte, Miss
Rutherford macht sich schon Sorgen, fragt sich vielleicht,
ob wir in irgendeinen schrecklichen Unfall verwickelt
sind. Sie wird unheimlich wütend sein – ach was, so wie
ich Cora kenne, wird sie glühen vor Zorn! –, wenn sie er-
fährt, dass wir nicht bei ihr sein konnten, weil Sie zu blöd
waren, uns durchzulassen. Wenn Sie wissen, was gut für
Sie ist, dann sollten Sie uns jetzt durchlassen, ja?«

Schließlich hob er noch immer zögerlich die Schranke
und im Bewusstsein, dass er einen bedauerlichen Präze-
denzfall schuf, gewährte er den beiden Besuchern Zutritt
zum Allerheiligsten. Als der Wagen aufs Studiogelände
fuhr, musste Evadne kichern, als sie durch die Heck-
scheibe den armen Türwächter sah, der mit jedem Meter,
den sie fuhren, kleiner wurde und der jetzt sichtlich entsetzt darüber war, dass er sich hatte überrumpeln lassen,
ihnen ihren Willen zu lassen.

Als Trubshawe einige Minuten später den Wagen abge-
stellt hatte, erhob sich das Problem, wo Studio 3 zu finden

war, in dem Coras Worten nach *Wenn sie je meine Leiche finden* gedreht wurde. Es wäre eine naheliegende Lösung gewesen, irgendjemanden zu fragen, dem sie begegneten. Dabei gab es jedoch ein Problem. Praktisch alle, die sie auf ihrem Weg trafen, steckten in ausgefallenen Kostümen – da gab es Roundheads und Cavaliers[6], Zigeunerinnen und Musketiere, Stutzer aus der Regency-Zeit und Pearly Queens[7], und keinem von ihnen mochten sie eine so profane Frage wie die nach dem richtigen Weg stellen.

Aber wie so oft standen sie plötzlich ganz zufällig, nachdem sie orientierungslos zwischen den Fertighallen herumgeirrt waren, aus denen der Studiokomplex fast ausschließlich zu bestehen schien, vor der größten von allen. Auf der riesigen Metalltür stand: Studio 3. Sie hatten ihr Ziel erreichet.

Eine literarische Legende besagt nun, dass der Dichter Coleridge, nachdem er durch den sprichwörtlichen »Mann aus Porlock« unterbrochen worden war, nie mehr fähig war, die glückselige Inspiration zurückzuerlangen, die ihm die unvergänglichen ersten Stanzen von *Kubla Khan* eingegeben hatte.[8] Weiß der Himmel (war Evadne Mounts Gedanke, als sie die Tür geöffnet hatte und das Schauspiel betrachtete, das sich ihnen nun bot), wie irgendetwas von Bedeutung in einem Studio geschaffen werden sollte, das bis unters Dach mit der gesamten Bevölkerung von Porlock vollgestopft zu sein schien.

Mechaniker entrollten auf dem mit Kabeln übersäten Boden Straßenbahngleise – oder etwas, das Straßenbahngleisen ähnelte – und verbanden sie miteinander. Hoch oben über ihren Köpfen, so weit oben, dass man sie kaum mehr sehen konnte, verbanden andere Drähte mit Leitungsmasten und Leitungsmasten mit Drähten und schraubten gigantische Bogenleuchten daran, die, nachdem sie eingeschaltet waren, blendende Helle verbreiteten. Wegen des allgegenwärtigen Staubs und des ebenso allgegenwärtigen Zigarettenrauchs, der sich in den kreuz und quer fallenden Lichtstrahlen fing –, denn jeder hier hatte ungeachtet mannigfaltiger »Rauchen verboten«-Schilder eine feuchte Woodbine im Mundwinkel stecken – war die Luft buchstäblich zum Schneiden.

Als sie ihrem Begleiter ihren ersten Eindruck von der Filmwelt mitzuteilen versuchte, musste selbst Evadne Mount die ohnehin schon beachtliche Dezibelstärke ihrer Stimme noch einmal steigern.

»Wissen Sie«, donnerte sie, »woran mich das Ganze hier erinnert?«

»Nein, woran?«, brüllte der Chefinspektor zurück.

»An ein Schiff!«

»An ein was?«

»An ein Schiff! An einen Schoner aus dem neunzehnten Jahrhundert. Sehen Sie doch selbst. Da sind die Decks, die Segel, die Masten, die Takelage. Ich sage Ihnen, es sieht genauso aus wie ein Schiff, das gleich ablegen wird.«

»Ja, da haben Sie völlig recht. Ich weiß genau, was Sie meinen. Und wir beide sind die Freunde, die auf dem Kai zurückbleiben und den Passagieren zum Abschied zuwinken.«

»Für die gute Cora wollen wir nur hoffen«, sagte Evadne Mount, »dass es nicht die Mary Celeste[9] ist. Wo wir von Cora sprechen«, fügte sie hinzu, »ich frage mich, wie wir sie wohl finden können.«

Das musste sie sich nicht lange fragen. Eine merkwürdig elfenähnliche und dabei doch sehr nüchtern wirkende junge Frau mit einem Clipboard in der rechten, einem Skript, das zu einem Zylinder zusammengerollt war, in der linken Hand und einer eulenartigen Hornbrille, die sie sich wie ein zweites Paar Augen auf die Stirn geschoben hatte, kam direkt auf sie zu gerauscht.

»Entschuldigen Sie«, sagte sie mit einer bemerkenswert ruhigen und sachlichen Stimme, »aber ich fürchte, ich muss Sie bitten, sofort zu gehen. Wenn gedreht wird, sind Außenstehende nicht zugelassen.«

»Sie haben ganz gewiss recht«, sagte Evadne Mount und musterte sie interessiert, »aber *primo* sind wir nicht wirklich Außenstehende, und *secundo,* soweit ich das sehen kann, wird hier zurzeit nicht gedreht.«

»Aber natürlich wird gedreht«, antwortete die junge Frau. »Lassen Sie sich nicht durch die Tatsache täuschen, dass keine Kamera läuft und keine Schauspieler spielen. Das ist nur die Spitze des Eisbergs. Filmemachen ist vor allem eins – Vorbereitung. Aber warum soll ich meine Zeit damit verschwenden, Ihnen alle Raffinessen unseres Geschäfts zu erklären, wenn ich Sie nicht einmal kenne?«

Sie schob sich die Brille auf die Nase und musterte die beiden intensiv.

»Wer sind Sie überhaupt? Und wie sind Sie ins Studio gekommen?«

»Also, sehen Sie, wir sind beide Freunde von …«, begann Trubshawe.

»Sie sind nicht etwa Komparsen für den Agatha-Christie-Film, den René Clair auf Bühne 5 dreht? Wie heißt er noch? *Zehn kleine Soundsos?*«

Die Schriftstellerin platzte fast vor Wut.

»Komparsen bei …?«, fuhr sie auf, unfähig, den Namen ihrer Rivalin auszusprechen, in deren übermächtigem Schatten sie anscheinend für ewig dahindümpeln sollte. »Ganz bestimmt nicht!«, schrie sie. »Allein schon die Vorstellung!«

»Dann gehen Sie bitte auf der Stelle. Ich möchte wirklich nicht den Sicherheitsdienst rufen müssen.«

»Dies«, erklärte die Schriftstellerin und steckte die Fronten ab, »dies ist Chefinspektor Trubshawe von Scotland Yard, und ich, ich, gute Frau, *ich* bin Evadne Mount.«

»Evadne Mount? Tatsächlich? *Die* Evadne Mount?«

»Ebendie – zurzeit Präsidentin des Detection Clubs und eine liebe Freundin von Cora Rutherford, einem der Stars dieses Films, die, wie ich hinzufügen darf, uns beide für heute hierher eingeladen hat und sich ohne Zweifel in diesem Augenblick fragt, wo zum Teufel wir bleiben.«

Die junge Frau konsultierte eilig ihr Clipboard.

»Ja, ja natürlich«, antwortete sie schließlich und tippte sich energisch mit der Spitze ihres Bleistifts an den Hinterkopf. »Verzeihen Sie, wir sind in der Tat darüber verständigt worden, dass Sie kommen. Es ist nur, Sie sehen ja selbst, es ist alles so verrückt hier im Moment, und ich muss an so viele verschiedene Dinge gleichzeitig denken. Ich bitte um Entschuldigung. Darf ich mich vorstellen? Lettice Morley – Rex Hanways persönliche Assistentin.«

»Rex Hanway?«, sagte Trubshawe. »Er ist der Produzent des Films, nicht wahr?«

»Um Gottes willen, nein!«, zuckte die Assistentin zusammen. »Bitte lassen Sie ihn das nie hören! Er ist der Regisseur. Er hat den Film übernommen, nachdem

Mr Farjeon – nun, ich bin sicher, Sie haben alles über Mr Farjeons vorzeitiges Dahinscheiden gehört.«

»Und Cora?«, fragte Evadne Mount. »Hat sie schon angefangen zu drehen?«

Als der Name der Schauspielerin fiel, verschwand auch das ohnehin nur höfliche und oberflächliche Lächeln völlig aus Lettice Morleys Gesicht.

»Miss Rutherford? Nun ja, sie ist selbstverständlich eine große Künstlerin, aber ich fürchte, wie nicht wenige große Künstler ist sie – wie soll ich das ausdrücken? –, kann sie manchmal gegenüber den Bedürfnissen ihrer Kollegen ein wenig rücksichtslos sein. Das Filmgeschäft ist Gemeinschaftsarbeit, müssen Sie wissen, und einige unserer großen Stars, die weiblichen vor allem, zeigen unglücklicherweise manchmal einen gewissen Mangel an etwas, das man Gemeinsinn nennen könnte. Filme sind wie Züge. Wenn Sie fahren sollen, dann nach Fahrplan.«

»Sie wollen sagen«, sagte Evadne Mount, »sie ist zu spät.«

»Wenn Sie von heute Morgen sprechen, vierzig Minuten zu spät. Das ist für Mr Hanway äußerst aufreibend. Besonders, da Miss Rutherfords Rolle keinesfalls besonders wichtig ist.«

Die Schriftstellerin lachte.

»Ich fürchte, Cora gehört zu den Leuten, die *immer* unpünktlich sind und *immer* eine Entschuldigung parat haben – jedes Mal eine andere.«

»Ja, sicher, das ist alles ganz reizend, will ich mal sagen, aber bei einem Film ist Unpünktlichkeit die Todsünde schlechthin, eine, die nur vergeben wird – und das nur sehr widerwillig –, wenn sie von einem großen Star begangen wird, von Margaret Lockwood zum Beispiel oder von Linden Travers. Wogegen Cora Rutherford …«

Sie ließ den Schluss ihrer Ausführungen unausgesprochen, nicht nur, weil sie vielleicht die Gefahr erkannt hatte, die Grenzen der Professionalität zu überschreiten, sondern auch, weil genau in diesem Moment die Schauspielerin endlich höchstselbst ins Bild schwebte, angetan mit einem adretten kleinen Cocktailkleid, samtschwarz mit malvenfarbenem Besatz, und mit der unvermeidlichen Zigarettenspitze wedelnd.

Evadne und Trubshawe beobachteten aus der Entfernung, wie Cora sich jemandem näherte, der auf einem Klappstuhl aus Leinen saß, auf dessen Rückenlehne die Worte »Mr Hanway« standen, wie sie erst jetzt bemerkten. Wie bei dem männlichen Charakter in der Eröffnungsszene des Films, die ihnen Cora geschildert hatte, konnten sie nur seinen Rücken und eine Andeutung des Profils erkennen, und erst als er seinen Kopf zur Seite drehte, um sich die Entschuldigung der Schauspielerin dafür anzuhören, dass sie die Dreharbeiten aufgehalten hatte, gewannen sie einen etwas vollständigeren Eindruck von seinen Gesichtszügen. Sein Alter, das schwer zu schätzen war, mochte irgendwo zwischen dreißig und vierzig liegen. Seine Gesichtszüge wirkten irgendwie gleichzeitig gefühlstief und ausdruckslos, und seine Augen waren von einschüchternder, gläserner Undurchdringlichkeit. Von allen möglichen und unmöglichen Kleidungsstücken trug er ausgerechnet einen Overall, aber einen so modisch geschnittenen und verarbeiteten Overall, dass sein eleganter Seidenbinder in keiner Weise unpassend wirkte. Und auf seinem Schoß saß eine ausnehmend knochige

Siamkatze, die mit jenen nervösen kleinen Pfotenstübern ihr Gesicht putzte, die unweigerlich an die glücklosen Schläge eines angeschlagenen Boxers erinnern.

»Rex, mein Lieber!«, rief die Schauspielerin. »Ich weiß, ich weiß – wieder zu spät! Aber ich schwöre dir, es war nicht meine Schuld! Wenn ich zu spät komme, dann immer der Kunst wegen, und ganz sicher muss man das jeder Künstlerin vergeben, vor allem einer Perfektionistin wie mir.«

Nach einem kurzen Augenblick des Schweigens, währenddessen Hanway die Katze mit solcher Kraft zu kraulen begann, dass er riskierte, ihr den Rest zu geben, sagte der Regisseur nur: »Meine liebe Cora, was ich von dir möchte, ist nicht Perfektionismus, sondern Perfektion. Was für ein Problem gab es diesmal?«

Cora zupfte unbarmherzig an ihrem Cocktailkleid herum.

»Das hier war das Problem. Ich musste Vi bitten, die Taille enger zu machen. Es war so unvorteilhaft, ich sah beinahe, na beinahe schlampig aus, kannst du dir das vorstellen? Ich und schlampig? Das geht doch nicht.«

Sie beugte sich vor, um die schmusige, schmollende Katze des Regisseurs zu kraulen, die jetzt umso mehr schmollte, als sie bei ihrer Säuberung gestört worden war.

»Feines Kätzchen«, gurrte sie nervös. »Wer ist denn das hübsche Kätzchen?«

Hanway setzte eine Maske heroischer Geduld auf.

»Darf ich dich daran erinnern, Cora, dass du die schlampige und vernachlässigte Gattin spielen *sollst*? Du darfst nicht zu attraktiv aussehen.«

Der Regisseur riss sich aus seiner Trägheit los. Er hob

die Katze von seinem Schoß, löste ihre Krallen so behutsam vom Saum seines Overalls wie der Wanderer einen Faden seines Pullovers aus einem Stacheldrahtzaun und ließ sie auf einen Segeltuchstuhl fallen, der neben seinem stand und auf dessen Rückenlehne der Name *Cato* stand. Dann sprang er auf die Füße und klatschte in die Hände.

»Okay, alle auf ihre Plätze! Wir drehen jetzt die Szene!«

Er wandte sich an Lettice, die sich während des kurzen Gesprächs zwischen ihm und Cora beflissen in seiner Nähe aufgehalten hatte, und sagte: »Alle Komparsen an das Set.«

»Komparsen auf die Bühne für Szene 41! Komparsen auf die Bühne für Szene 41!« Wie bei Stille Post wurde die Anweisung von einem Assistenten zum anderen weitergegeben, bis sie ganz aus dem Studio zu entschweben schien.

Inzwischen bemerkte Cora die Anwesenheit ihrer Freunde, artikulierte ein flüchtiges »Juhu!« und winkte ihnen zu. Sie drehte die mit Kajal geschminkten Augen nach oben, als wollte sie sagen: »Keine Ruhe für die Mühseligen und Beladenen!«, dann steckte sie mit Hanway den Kopf zusammen, während er ihr vermutlich ein paar letzte Anweisungen gab, wie die Szene zu spielen sei. Zur selben Zeit hatten die Komparsen wie vorgesehen ihre Plätze eingenommen. Es waren zwölf, die eine Hälfte Männer, die andere Hälfte Frauen. Im Hintergrund erschienen, begleitet von einem ziemlich ernst aussehenden Kindermädchen, zwei kleine Kinder – ein engelhafter Junge von etwa zehn Jahren, in seinem steifen Matrosenanzug der Inbegriff von Jungentrotzigkeit, und, kaum halb so alt wie er, ein scheues kleines Mädchen in einem weißen Kleidchen, das mit Bändern geschmückt war, und entzückenden winzigen Ballettschühchen, die mit ihren Grübchen und den rosa Engelsbäckchen so aussah wie eine Postkarte von Mabel Lucie Attwell, der man Leben eingehaucht hatte.

Jetzt war es an der Zeit für die beiden Hauptdarsteller des Films, das Set zu betreten. Auch wenn Gareth Knight vielleicht nicht mehr ganz der *jeune premier* von früher war, so machte er doch mit seinem rabenschwarzen Schnurrbart, seinem smarten, lässigen Gehabe und einem Lächeln, das wohl mancher jungen Verkäuferin das Herz gebrochen haben mochte, immer noch eine beneidenswert verwegene und unbekümmerte Figur. Und Leolia Drake, die Schauspielerin, die anstelle von Patsy Sloots besetzt worden war, war ganz gewiss das, was man in der Branche eine fotogene Erscheinung nannte. Sie war üppig, prächtig, kurvig, knackig und hatte außerdem noch alle anderen grundlegend weiblichen Attribute, die auf »-ig« enden.

»Heiliger Bimbam«, rief Trubshawe aus und leckte sich die Lippen, »ein echter Knaller!«

Ohne sein Schablonenlächeln auch nur für einen Moment abzulegen, machte Knight eine knappe Verbeugung vor Cora und schüttelte dann Hanway die Hand. Der Regisseur ging zu den beiden Kindern, um ihnen ein paar aufmunternde Worte zuzusprechen. Alles war bereit für die Proben.

Und Trubshawe bemerkte sofort, dass die Szene, die geprobt wurde, im Kern eine erstaunliche Ähnlichkeit mit Evadnes *Ene-Mene-Mörder-Muh* hatte. Ort des Geschehens war eine schicke Cocktailparty, und obwohl er mit den Feinheiten des Plots fast gar nicht vertraut war, hatte er nach den Probeläufen, durch die Hanway die Schauspieler scheuchte, doch bald herausgefunden, dass die Party von Knight und seiner Frau (Coras Rolle) gegeben wurde und auch, dass Letztere, während sie sich unter die Gäste mischte, angefangen hatte, ein wachsames Auge auf ihren Gatten zu werfen, der dem allerjüngsten Gast mit dem größten Sexappeal, der Heldin des Films, gespielt von Leolia Drake, eine doch den Rahmen sprengende Aufmerksamkeit schenkte.

Als Knight so weit ging, Drake süße Nichtigkeiten ins Ohr zu flüstern – süße Nichtigkeiten, die zwar nicht zu verstehen, sehr wohl aber zu sehen waren, kam es zur Eskalation. Cora hielt ein Glas Champagner in der Hand und wurde schließlich über ihre flirtende bessere Hälfte so wütend, dass sie den Stiel zerbrach. An dieser Stelle brüllte der Regisseur, auch wenn die Kamera noch gar nicht lief, laut »Schnitt!«.

Es gab insgesamt vier Durchläufe. Keiner davon schien Rex Hanway jedoch zufriedenzustellen. Jeder seiner »Schnitt!«-Rufe klang gereizter als der vorherige. Nach der vierten und letzten Probe rutschte er vor lauter Enttäuschung beinahe aus seinem Regiestuhl und schrie:

»Nein! Nein, nein, nein, nein! So geht das überhaupt nicht!«

Alle wurden still, die Schauspieler, die Techniker und die Komparsen. Auch wenn seine Autorität in den ersten paar Tagen äußerst schwankend gewesen sein mochte, inzwischen konnte Hanway seinen Untergebenen zweifellos stille Achtung abnötigen.

Lettice ging vor ihm auf die Knie.

»Aber, Rex, genauso steht es im Skript.«

»Was geht mich das an?«, sagte Hanway unbeherrscht.

»Das Skript ist falsch!«

»Falsch? Aber …«

»Meine Güte, das ist doch nicht *Krieg und Frieden*! Es ist nur ein Entwurf!«

»Natürlich, Rex, natürlich.«

»Nein, nein, irgendetwas fehlt hier, irgendetwas fehlt auf jeden Fall! Die Szene ist langweilig. Es ist ein großes Nichts von einer Szene. Nicht einmal ein großes Nichts, es ist ein kleines Nichts, ein nichtiges Nichts.«

Er presste, in einer vielleicht unbewussten Imitation von Rodins *Denker*, seine geballte Faust gegen die Stirn.

»Mein Lieber, vielleicht«, wagte sich Cora vor, »wenn wir …«

»Bitte sei still!«, blaffte er. »Siehst du nicht, dass ich nachdenke?«

»Ich wollte nur vorschlagen …«

Erneut wurde sie daran gehindert, ihren Satz zu beenden. So plötzlich und dramatisch, wie er seine Faust gegen seine Stirn gepresst hatte, gab er seine Pose wieder auf.

»Ich hab's!«

Er stand auf und ging zielbewusst zum Set, nahm die drei Hauptakteure beiseite und fing an, mit ihnen zu tuscheln. Als sie seine neuen Anweisungen verstanden hatten – Cora nickte fieberhafte Zustimmung, Leolia Drake sah anhimmelnd zu ihm auf, Gareth Knight schüttelte in stummer Bewunderung den Kopf –, schnippte Hanway mit den Fingern, damit man das kleine Mädchen zu ihm brachte. Noch mehr Getuschel – diesmal brauchte es etwas länger, bis die Kleine verstand, was sie tun sollte. Aber auch sie fing an zu kichern, nachdem sie erst einmal begriffen hatte. Dann wechselte er ein paar ruhige Worte mit dem Kameramann, der sofort damit begann, die nötigen Einstellungen vorzubereiten.

Jetzt konnte die Szene gedreht werden. Es wurde wiederholt um Ruhe gebeten –, ein unglückseliges Mitglied der Crew wurde von allen Kollegen gleichermaßen verflucht, weil er dreimal hintereinander nieste –, und Hanway, der in gespannter Erwartung auf der Stuhlkante saß, rief schließlich: »Action!«

Anfangs war die Szene unverändert. Cora hatte dasselbe Glas Champagner in der Hand und hielt Small Talk mit demselben Komparsen im Abendanzug, während sie immer wieder zu Knight hinüberspähte, der, während er bei seinem Zickzack durch den Raum dieselben einsilbigen Nichtigkeiten austauschte, doch den kürzesten Weg zu Leolia Drake suchte. Als habe sie inzwischen Angst vor der Intensität ihrer eigenen Gefühle für ihn bekommen, versuchte sie, seinem Blick auszuweichen, während sie langsam zur Tür zurückwich.

Dann kam das Stichwort, und sie lief rückwärts in das kleine Mädchen, das umfiel und zu Boden stürzte.

Die Schauspielerin ging sofort in die Knie, um ihr wieder aufzuhelfen.

»Oh, Süße, das tut mir so furchtbar leid! Was bin ich nur für ein Tollpatsch! Ist alles in Ordnung? Keine blauen Flecken?«

Als das Kind feierlich den Kopf schüttelte, küsste Leolia es aus einem plötzlichen Impuls heraus auf die rechte Wange.

Und genau in diesem Augenblick trat Knight schnell nach vorn. Er kniete ebenfalls neben dem kleinen Mädchen nieder und küsste es, indem er seine Geste geschickt mit der von Leolia koordinierte, auf die linke Wange. Für jeden, der ihnen dabei zusah – und falls keiner der Komparsen zuschaute, dann doch ganz bestimmt alle hinter der Kamera –, sah es haargenau so aus, als würden die beiden einander *durch das Mädchen hindurch* küssen.

Dann flüsterte Knight in das niedliche kleine Ohr des Kindes, als würde er in ein Telefon sprechen:

»Ich liebe dich, Margot.«

»Oh, Julian«, antwortete Leolia Drake zitternd in das andere Ohr, »bitte nicht. Nicht hier. Jemand könnte uns hören.«

»Wie kann uns irgendjemand hören«, widersprach er sanft, »wo wir doch unser eigenes privates Telefon haben? Keine Angst, da ist kein anderer in der Leitung.«

Die verständnislosen Blicke des Kindes schossen hin und her.

»Sag es, Liebling«, flehte Knight, »bitte, ich möchte hören, wie du es sagst.«

»Wie ich was sage?«

»Dass du mich auch liebst.«

»Ja, das tue ich. Ich liebe dich so sehr.«

Die Augen des kleinen Mädchens gingen hin und her wie die eines Zuschauers auf dem Centre Court in Wimbledon.

Die Schriftstellerin und der Detektiv sahen fasziniert zu, wie die Kamera jetzt langsam ihre kleine Strecke auf dem ausgelegten Gleisstück zurückfuhr, während sie gleichzeitig, in einer perfekten Bewegungskoordination, auf einer ausfahrbaren Leiter nach oben in die feuchte und pudrige Studioluft stieg, einer Leiter, die sich allmählich über das ganze Set erstreckte, bis es unter den Dutzend Feiernden keinen mehr gab, der nicht einmal in ihrem Gesichtskreis aufgetaucht und dann wieder verschwunden war.

Schließlich kam sie direkt vor Cora selbst zum Stillstand. Sie starrte unerbittlich auf das kokettierende Paar. Während ihr Gesicht von Zuckungen der Eifersucht entstellt wurde, murmelte sie einen unterdrückten Fluch. Dann zerbrachen ihre Finger mit perfektem Timing den schmalen und empfindlichen Stiel ihres Champagnerglases in zwei gleich große Hälften.

»Schnitt!«, rief Rex Hanway.

Siebtes Kapitel

Evadne Mount, Eustace Trubshawe und Cora Rutherford saßen an einem Ecktisch in der Cafeteria oder in dem, was man im Filmgeschäft das Kasino nennt. In der wirklichen, ungeschminkten, glanzlosen Welt hätte man »Kantine« dazu gesagt. Ungeachtet der gerahmten und signierten Fotos von einigen der beliebtesten Schauspieler der Elstree-Studios – David Farrar und Jeanne de Cazalis, Guy Rolfe und Beatrice Varley, Joseph Tomelty und Joyce Grenfell – an allen vier Wänden ähnelte es tatsächlich einer Kantine und war auch eine.

Weil der Raum selbst beinahe genauso zugig und durchlässig war wie die Bühne, von der aus sie zum Lunch gegangen waren, hatte keiner von ihnen Lust gehabt, Jacke oder Mantel abzulegen. Cora hatte sogar ihre Handschuhe anbehalten, was jedoch zur Folge hatte, dass sie es mit ihrer angeborenen Eleganz fertigbrachte, jeden anderen in der Kantine glauben zu machen, ein Lunch mit Handschuhen sei das Allerneueste, *le dernier cri*, wie sie selbst es gesagt hätte, und das, obwohl sie sich zugleich zum Schutz ihrer kunstvoll aufgetürmten Frisur notgedrungen mit unvorteilhaften rosaroten Lockenwicklern in der Öffentlichkeit sehen lassen musste.

Die anderen Tische waren von den grellbunt gekleideten Komparsen beschlagnahmt, die Evadne und Trubshawe schon anfangs, als sie das Studiogelände betreten hatten, bewundert hatten. An einem Tisch speiste ein verwegener Husar in Gesellschaft zweier Hofdamen aus dem Versailles Ludwigs XIV. An einem anderen unterhielt sich ein älterer Bobby mit einem nikotingeschwängerten Walrossbart, den Helm aufrecht auf der Tischplatte wie ein überdimensionierter Salzstreuer, freundlich mit der letzten Person, mit der man sein Pendant im wirklichen Leben jemals zusammen beim Mittagessen gesehen hätte, einem drahtigen Einbrecher nämlich, der einen schwarzen Bodystocking trug. Und an einem dritten Tisch saß eine merkwürdige Frau mit scharfgeschnittenem Gesicht ganz allein, die verbissen an irgendeinem monströsen Kleidungsstück aus purpurfarbener Wolle strickte. Sie zollte den anderen im Kasino so wenig Beachtung wie diese ihr und legte ihre Arbeit nur beiseite, um dann und wann einen Löffel Grießbrei zu essen.

»Psst, Cora«, flüsterte Evadne.

»Hm?«

»Sag mal. Madame Lafarge da drüben, kennst du die?«

Cora drehte sich um, gänzlich unbekümmert darüber, ob das Objekt, das die Neugierde der Schriftstellerin erweckt hatte, das bemerkt haben könnte.

»Ach so, das ist doch Hattie«, sagte sie desinteressiert.

»Hattie?«

»Hattie Farjeon. Farchs Frau. Witwe, meine ich.«

»Farjeons Witwe? Was um alles in der Welt macht die denn hier?«

»Ach, wenn Farch einen Film dreht, ist Hattie immer am Set. Sie sitzt immer allein in einer Ecke und strickt, wobei sie mit keiner Menschenseele ein Wort redet, genauso mäuschenhaft und verschlossen wie jetzt. Offiziell war sie Farchs Drehbuchberaterin, aber in Wahrheit war sie, wie wir alle wussten, immer dabei, um aufzupassen, dass es zwischen ihm und seinen Hauptdarstellerinnen kein Techtelmechtel gab. Techtelmechtel, oder, wie ich's mal gehört habe, kein ›Trixie-Wixie‹. Ich selbst würde auf so etwas nicht kommen«, schloss sie züchtig.

»Aber warum ist sie dann heute hier? Jetzt, wo Farjeon tot ist und alles?«

Lustlos stocherte Cora in ihrem Corned Beef herum.

»Wer weiß? Vielleicht betrachtet Levey – Benjamin Levey, der Produzent des Films – sie als Maskottchen. Du musst wissen, es war Farchs Erfolgsserie, die ihn zum Millionär gemacht hat. Oder vielleicht ist sie immer noch irgendwie finanziell an dem Projekt beteiligt und will hier ihre Interessen gewahrt sehen. Vielleicht will sie aber auch nur sichergehen, dass Hanway sich treu an das Drehbuch ihres Mannes hält.«

»Aber das ist es ja gerade«, sagte Evadne.

»Was ist was?«

»Hanway hat sich nicht treu an das Drehbuch gehalten. Heute Morgen erst kam er mit dieser Idee, die Ohren eines Kindes wie zwei Telefone zu benutzen. Ich muss übrigens sagen, ich fand es wunderbar von ihm, dass ihm mitten beim Drehen so ein Kunstgriff eingefallen ist.«

»Oh, das finde ich auch«, antwortete die Schauspielerin. »Könnte Farchs Genius irgendwie in ihm weiterwirken? Emanation, verstehst du«, sagte sie unbestimmt. »Oder meine ich Ektoplasma?«

Angewidert schob sie das Fleisch beiseite.

»Wirklich, das ist ein elender Fraß hier. Sogar Brot und Margarine sind nicht mehr frisch.«

Sie zündete sich eine Zigarette an und nahm das Thema wieder auf.

»Ja, wenn er so weitermacht, kann Hanway gut und gern der neue Farjeon werden. Farch hatte auch oft diese brillanten Einfälle in letzter Minute. Ich weiß noch, wie ich mal reinschneite, um dem lieben Ty – für euch Ignoranten Tyrone Power – Hallo zu sagen, als er mit Farch *Ein Amerikaner in Gips* drehte – oh, Mann!«

Ohne die Anekdote zu Ende zu erzählen, griff sie rasch wieder zu Messer und Gabel, beugte sich tief über ihren Teller und wandte ihre ungeteilte Aufmerksamkeit wieder dem Essen zu, das sie gerade eben noch weggeschoben hatte.

»Um Himmels willen, was immer ihr macht«, flüsterte sie, »bitte, *bitte* guckt euch nicht um! Keinen Blickkontakt!«

»Mit wem sollen wir keinen Blickkontakt haben?«, fragte Evadne, als sie sich zum Entsetzen der Schauspielerin sehr wohl umsah.

Sofort fand sie sich von Angesicht zu Angesicht, ja Auge in Auge mit einem ernst dreinblickenden, bleichgesichtigen jungen Mann, der mit seinem kahl geschorenen Kopf, der randlosen dunklen Brille, seinem sorgfältig gestutzten Spitzbart und seinem schwarzen Rollkragenpullover eher in einen verräucherten Jazzkeller in Saint-Germain-des-Prés gehört hätte. Er trug ein Tablett mit Essen und war unzweifelhaft auf dem Weg zu ihnen.

»Jetzt hast du's vermasselt!«, zischte Cora.

Der junge Mann erwiderte gleichgültig den Blick der Schriftstellerin, näherte sich dem Tisch und nickte Cora zu. Aus dem Nichts zauberte sie so geschickt ein Lächeln auf die Lippen, als würde sie sich ein Paar falscher Zähne einsetzen, und reichte ihm die rechte Hand. Er hielt sie einen Augenblick in seiner, hob sie an die Lippen und küsste leicht den Druckknopf ihres Handschuhs.

(»Wie äußerst kontinental!«, sagte Evadne Mount fast unhörbar zum Chefinspektor.)

»Ah, Mademoiselle Russerford«, sagte er mit beinahe unverständlichem französischen Akzent, »Sie sehen so *charmante* aus wie immärr.«

»Oh, haben Sie vielen Dank, Philippe«, antwortete Cora. »Vielleicht möchten Sie mit uns essen? Wie Sie sehen, haben wir noch einen Platz frei.«

»Das wäre überaus freundlich«, sagte der Franzose, der in Wahrheit schon um den Tisch herumgegangen war und jetzt den freien Platz ansteuerte.

»Ich glaube, meine Freunde kennen Sie noch nicht«, sagte Cora. »Das ist Evadne Mount, die Kriminalautorin. Und Chefinspektor Trubshawe, früher bei Scotland Yard. Und das hier«, erklärte sie den beiden und zeigte auf ihren neuen Tischgenossen, »ist Philippe Françaix. Er ist Kritiker«, fügte sie grimmig hinzu.

Nachdem man sich die Hand geschüttelt und Grußformeln ausgetauscht hatte, wandte sich Evadne an Françaix.

»So, Sie sind Kritiker? Ein Filmkritiker?«

»*Mais oui* – wie sagt man auf Englisch? –, aber ja. Ich bin Filmkritiker.«

»Wie interessant. Aber sagen Sie mal, ist das nicht höchst ungewöhnlich, dass ein Kritiker tatsächlich bei den Dreharbeiten zu einem Film zuschaut? So etwas habe ich, glaube ich, noch nie gehört.«

Françaix schüttelte den Kopf.

»Sehen Sie, in Frankreich ist das ganz normal, weil dort viele ungewöhnliche Dinge ganz normal sind. In Ihrem Land, da haben Sie recht, da passiert das nicht oft. Aber das hier ist ein besonderer Fall – eine lange Geschichte.«

Cora beeilte sich einzugreifen.

»Das stimmt, Schätzchen. Philippe hat ein Buch über Farjeon geschrieben. Es besteht aus Interviews, stimmt's? Die Franzosen bewundern Farch unheimlich. Sie sehen in ihm nicht bloß den Entertainer, den Macher eleganter Thriller, sondern auch den – den – sagen *Sie* mir noch mal, was die Franzosen in ihm sehen, Philippe.«

»Wo soll ich anfangen?«, seufzte er. Dann, weil er sehr wohl wusste, wo er anfangen sollte, begann er beherzt mit seinen Ausführungen:

»Für uns Franzosen ist Alastair Farjeon nicht nur der Meister der Spannung, wie man ihn hier nennt. Er ist vor allem ein tiefreligiöser Künstler, ein Moralist, aber auch ein Metaphysiker, das uneheliche Kind, wenn Sie so wollen, von Pascal und Descartes. Er ist – wie sagt man in Ihrer Sprache – ein Schachgroßmeister, der eine Blindpartie gegen sich selbst spielt. Ein Dichter, der die Botschaften entschlüsselt, die er selbst ausgesandt hat. Ein Detektiv, der die Verbrechen aufklärt, die er selbst begangen hat. Kurz gesagt, er ist – *mille pardons,* er war – ein ganz ganz großer *cinéaste,* einer, der grausam – wie sagt man bei Ihnen – *sous-estimé* …?«

»Unterschätzt?«, schlug Evadne Mount vor.

»Unterschätzt, *mais oui.* Er ist von euch Engländern enorm unterschätzt worden.«

»Aber, mein Lieber, ich sage es noch einmal, wir Eng-

länder mögen ...«, fing Cora an, wurde aber sofort unterbrochen.

»Mögen! Mögen! Das ist keine Frage von ›mögen‹.«
Er betonte das Verb so angewidert, als halte er ein Stück
schmutziger Unterwäsche von jemand anderem in der
Hand. »Der Mann war ein Genie! Genies ›mag‹ man
nicht. ›Mag‹ man Einstein? ›Mag‹ man Kafka? ›Mag‹ man
Poe? Nein, nein, nein! Man verehrt sie! Man vergöttert
sie! So wie wir Franzosen Farjeon vergöttern! Natürlich«, beendete er seine Ausführungen abrupt, »war er
ein *crapule* – ein *cochon* –, ein menschliches Schwein.
Aber was heißt das schon. Schlechte Manieren sind das
untrügliche Zeischen eines Genies.«

»Wenn Sie meinen«, warf die Schriftstellerin höflich
ein. »Aber trotzdem, Monsieur Françaix, da Farjeon tot
ist und der Film von Rex Hanway inszeniert wird, gibt
es für Sie doch eigentlich gar keinen Grund, länger hier
auszuharren?«

Lag es an dem Lichteinfall, oder fiel da ein kaum wahrnehmbarer Schatten auf das Gesicht von Françaix?

»Ich habe meine Gründe«, war alles, was er antwortete.

Vielleicht aus Angst davor, etwas zu sagen, das er bereuen könnte, fuhr er in einem gemäßigteren Ton fort:

»*D'ailleurs*, dieser Film war Farjeons Projekt. Er wird
seine Handschrift tragen, nein? Zwar führt Hanway Regie, aber das Ergebnis wird *totalement Farjeonien* sein.
Und weil ich mein Buch beinahe beendet habe, will ich
die Dreharbeiten zu diesem letzten – leider *posthumen* –
Werk in den Anhang aufnehmen.«

»Es sieht tatsächlich so aus«, sagte Evadne Mount,
»dass der junge Hanway von seinem Meister gelernt hat.

Die Szene, der wir heute Morgen beigewohnt haben, in der die beiden Hauptdarsteller über das kleine Mädchen Küsse austauschen. Es war gar nicht so geplant, habe ich gehört, aber jeder hat gespürt, dass es mindestens so brillant war wie das Originaldrehbuch. Ganz auf der Höhe von Farjeon selbst.«

»Das stimmt. Es stand *definitiv* nicht im Originaldrehbuch«, sagte Françaix und betonte dabei hörbar das Adverb.

Es folgte ein Augenblick des Unbehagens. Dann bemerkte die Schriftstellerin, die vielleicht sogar einen noch größeren Horror vacui hatte als die Natur, da ihr nichts Besseres einfiel:

»Also sind Sie ein französischer Filmkritiker, ja? Wie interessant. Wir sehen hier nicht allzu viele französische Filme. Überhaupt nicht so viele ausländische Filme.«

»Aber nein, Mademoiselle, da irren Sie sich, da irren Sie sich sehr. Meiner Erfahrung nach seht ihr Engländer nur ausländische Filme.«

»Also hören Sie, Monsieur Françaix«, protestierte sie, »in London werden nur sehr wenige ausländische Filme gezeigt, vorwiegend in einem Kino, das Academy heißt. Ein Geschenk des Himmels für uns Liebhaber der siebten Kunst.«

»Mademoiselle, ich hatte an die Filme aus 'ollywood gedacht.«

»Hollywoodfilme? Aber die sind doch amerikanisch.«

»*Précisement.* Britisch sind sie nicht. Also sind es ausländische Filme, oder?«

»N-nun, ja«, sagte sie unsicher. »Es ist trotzdem komisch. Irgendwie kommen sie uns nicht ausländisch vor.«

»Vielleicht sollten sie das aber, so wie wir das auch sehen«, antwortete der Franzose mit einer Schroffheit, die nur knapp an der Unhöflichkeit vorbeischrammte.

Es folgte ein weiteres peinliches Schweigen, ehe schließlich Trubshawe, der bisher noch gar nichts gesagt hatte, das Wort ergriff.

»Ich habe einmal einen französischen Film gesehen.«

Françaix starrte ihn an, unverhohlen und beleidigend ungläubig.

»Sie? Sie haben einen französischen Film gesehen? Ich gestehe, Sie verblüffen mich.«

»Ich bin mit meinen früheren Kollegen vom Yard hineingegangen. Nach unserem Wiedersehenstreffen im letzten November.«

»Ach wirklich. Und welcher Film war das?«

»Eine gelinde Enttäuschung, fürchte ich. Er hieß *Die Damen vom Bois de Boulogne*.«

»O ja. Das ist ein Klassiker. Ein echtes *chef-d'œuvre*.«

»Ein Klassiker? Tatsächlich?«, murmelte Trubshawe nachdenklich und wiederholte: »Ein Klassiker? So, so, so.«

»Sie stimmen mir nicht zu?«

»Nun, auf meine Kollegen und mich – und ich muss gestehen, das Abendessen war ein bisschen zu fett gewesen, wenn Sie verstehen, was ich meine – wirkte das alles reichlich zahm.«

»Zahm? Was heißt ›zahm‹?«

»Wir hatten ein bisschen was Derberes erwartet, etwas Unanständigeres – Sie verstehen, die Schönen der Nacht und das alles. Natürlich meine ich das ironisch, denn wenn es wirklich so gewesen wäre, wären wir womöglich gezwungen gewesen, das Kino schließen zu lassen, schließlich waren wir alle Ex-Polizisten! Aber nun, unter diesen Umständen hatten wir alle das Gefühl, wir sollten unser Geld zurückverlangen.«

Nach ein paar Sekunden, in denen er überlegte, ob er beleidigt sein sollte, warf Françaix den Kopf in den Nacken und schüttelte sich vor Lachen.

»Ihr Engländer! Eure wunderbare 'euchelei! Ich glaube, die mag ich noch mehr als euren berühmten Sinn für 'ümor.«

Weil sie nicht genau wusste, wie sie darauf reagieren sollte, wandte sich Evadne an Cora.

»Also, meine Liebe, heute Nachmittag kommt deine große Szene. Erzähl uns etwas darüber.«

Cora drückte ihre Zigarette in einem billigen Blechaschenbecher aus.

»Wie ich dir schon gesagt habe, Schätzchen, ist die Szene, wie sie jetzt gedreht werden soll, sehr viel gepfefferter als ursprünglich geplant. Ich habe es geschafft, Hanway davon zu überzeugen, dass die vernachlässigte Ehefrau – das bin ich – jetzt ein vielschichtigerer Charakter ist, psychologisch gesprochen. Aber wir brauchen nicht in die Einzelheiten zu gehen. Alles, was ihr wissen müsst, ist, dass ich wegen der eklatanten Tändelei meines Gatten mit Margot – das ist die Rolle von Leolia Drake – vor Wut platze.«

»Diese Leolia Drake …«, murmelte Trubshawe anerkennend. »Die würde ich bestimmt nicht von der Bettkante stoßen. Verzeihen Sie meine Ausdrucksweise, Ladies«, sagte er zu Cora und Evadne mit einem entschuldigenden Augenzwinkern, während Françaix ihn fassungslos ansah.

»Männer!«, schnaubte Cora. »Egal, wie alt ihr seid, wenn ihr einen herzförmigen Mund und Wimpern bis hier seht, dann fangt ihr an zu sabbern. Ich warne Sie, Trubbers, lassen Sie sich nicht von Leolia zum Narren halten. Sie ist ungefähr so süß wie ein Hakenkreuz. Und Sie sollten mal hören, wie sie über sich selbst redet. Als ob sie die kommende Vivien Leigh wäre! Die dumme Kuh hat es gerade mal auf die erste Stufe der Leiter geschafft und schon ist ihr schwindlig!«

»Was für ein gehässiges Biest du bist«, blaffte Evadne sie an. »Ich erinnere mich dunkel, dass auch du mal jung warst.«

»Wie ich schon sagte«, fuhr Cora fort, ohne auf die Bemerkung einzugehen, »ich stelle meinen Ehemann nach der Cocktailparty zur Rede, es folgt ein furchtbarer Streit, und es endet damit, dass ich ihm ein Champagnerglas an den Kopf werfe.«

»Kann das nicht gefährlich werden?«, fragte Trubshawe.

»Ja nun, es ist natürlich kein echtes Glas aus Glas, verstehen Sie. Es ist aus etwas, das man Plastik nennt. Aber auf der Leinwand wird es niemand von einem echten unterscheiden können.«

»Und könnte es wieder passieren, dass Hanway die Szene in letzter Minute aufmöbelt?«

»Oh, das hat er schon.«

»Hat er schon?«

»Als wir heute Morgen aufgehört haben, sagte er mir, dass ihm ein kleiner Gag eingefallen sei, der dem Streit eine gewisse Pikanterie gebe. Ich habe doch von dem Champagnerglas erzählt? Laut Drehbuch ist es leer, versteht ihr. Aber wenn ich es jetzt hochhebe, sehe ich, dass noch ein kleiner Rest drin ist, und den kippe ich runter, bevor ich das Glas werfe! Ist das nicht einfach wunderbar? Die Tatsache, dass diese Frau nicht einmal ein paar Tropfen Champagner an diesen Tunichtgut von Ehemann verschwenden will, vermittelt dem Publikum ihre Verachtung für ihn viel besser als ein Dutzend Dialogzeilen! Ja, ich glaube wirklich, dass Hanway das Zeug zu einem neuen Alastair Farjeon hat.«

Wieder am Set, gelang es der Schriftstellerin und dem Polizisten mehr oder weniger erfolgreich, sich die Techniker vom Leib zu halten, die an ihnen vorbei, vor ihnen, hinter ihnen, hierhin und dorthin, raus aus dem Studio und dann wieder rein- und schließlich wieder raushuschten und -rauschten. Cora bekam gerade von einer zierlichen kleinen Chinesin unbestimmten Alters die Stirn, das Kinn und die Nasenspitze gepudert. Gareth Knight memorierte stumm seinen Dialog, während ein effeminierter junger Mann mit einem kanariengelben Halstuch, das so fest gebunden war, dass seine Adern hervortraten, ihm sein Haar bis zur gewellten Vollendung kämmte. Rex Hanway, der ein mit Anmerkungen versehenes Skript unter den Arm geklemmt hatte, sah immer wieder und scheinbar völlig wahllos durch seinen Bildsucher. Und Hattie Farjeon saß allein in ihrer Ecke, in ihrer eigenen Welt und strickte, als hinge ihr Leben davon ab, auf erhabene Weise gleichgültig gegenüber dem Trubel, der sie umgab.

Schließlich war alles für die erste Aufnahme vorbereitet. Hanway richtete sich in seinem Stuhl nahe der Kamera ein, während Cato sich in seinem Schoß zusammenrollte und Lettice ein Bündel Notizen an ihre Brust drückte und ihren Platz neben ihm einnahm. Am Set hörte man wiederholt die Rufe »Ruhe, bitte!«. Dann hieß es nur noch: »Ruhe!« Und schließlich: »*Äußerste* Ruhe jetzt, bitte! Aufnahme!«

»Gut«, sagte der Regisseur zu den beiden Schauspielern. »Dies hier soll die Mutter aller Ehestreitigkeiten werden, deshalb möchte ich eine Menge Saft und Kraft haben. Gareth, vergiss nicht, auch wenn du mit gleicher Münze zurückzahlst, hast du trotzdem ein unterschwelliges Schuldgefühl. Du *weißt*, dass Cora mit ihren Anschuldigungen sehr wohl recht hat. Deshalb: Wenn du anfängst zurückzubrüllen, möchte ich irgendwo trotzdem in deinen seelenvollen babyblauen Augen eine wirkliche Abwehrhaltung durchschimmern sehen, eine echte Unsicherheit. Wir können es überhaupt nicht gebrauchen, wenn du an diesem Punkt des Films die Sympathie des Publikums verlierst.

Und Cora? Dies ist vielleicht nicht der Tropfen, der das Fass zum Überlaufen bringt, aber es ist schon wieder einer, und du bist absolut nicht bereit, Gareth davonkommen zu lassen. Verstehst du?«

Er wandte sich an den Kameramann.

»Kamera okay?«

Der Kameramann nickte.

»Ton?«

Der Tonmeister nickte.

Jetzt nickte er selbst – für alle und keinen zugleich.

»Okay, wir fangen an. Und – Action!«

Der Mann an der Klappe las vor: »*Wenn sie je meine Leiche finden*, Szene 25, die erste«, und schlug die Klappe.

Es war, wie angekündigt, eine wirklich saftige Szene, und beide Akteure spielten sie bis zur Neige aus, während sie über die Bühne, einen üppig gepolsterten Salon, streunten, der übersät war mit den Überresten einer mondänen Cocktailparty.

Cora, die eine großartige Schauspielerin war, wenn sie sich entfalten konnte (wie Trubshawe bereits bemerkte), gelang es, gleichzeitig warmherzig und grob, verletzlich und doch zäh wie eine Schuhsohle zu sein. Wie eine Virtuosin stieg sie auf der Tonleiter menschlicher Bitterkeit und menschlicher Ressentiments zuerst hinauf und dann wieder schwindelnd hinab, bezähmte ihre Hysterie, um danach umso heftiger in die Luft zu gehen, sprach nie zwei Dialogzeilen hintereinander in demselben Tonfall und wiederholte nicht ein einziges Mal einen Effekt.

Knights Vorstellung zu beobachten war ebenso faszinierend. Es gab Augenblicke, in denen er nur als ein widerlicher, betrunkener, auf unheimliche Art fröhlicher Polterer erschien, mit einem starren Grinsen, das von einem Zähnefletschen kaum zu unterscheiden war. In anderen Momenten, wenn er sich bemühte, Coras stürmischer Wut auszuweichen, ihrer schrillen Stimme und ihrem auf ihn deutenden Zeigefinger, beteuerte er seine Unschuld mit einer solchen Offenheit und Aufrichtigkeit, dass man sich gezwungen sah, all seine vorgefassten Meinungen darüber zu revidieren, wer von den beiden denn nun letztendlich für das Scheitern ihrer Ehe verantwortlich war.

Der Streit wurde mit solch überzeugender Entschlossenheit geführt, so nervenaufreibend, spannungsgeladen und realistisch – bis zu dem Punkt, an dem es beinahe unanständig wurde, eine so intime Tragödie zu belauschen –, dass jeder am Set selbst dann mucksmäuschenstill gewesen wäre, wenn er nicht vorher die Anweisung dazu erhalten hätte.

Plötzlich richtete sich Knight zu seiner vollen Höhe von knapp einem Meter neunzig auf und stand drohend über der augenblicklich verängstigten Cora.

»Gib es zu, Louise«, sagte er, und seine Stimme fiel um eine Oktave, »unsere Ehe ist eine Fälschung.«

»Eine Fälschung?«

»Ja, es ist von Anfang eine Fälschung gewesen. Von dem Tag an, als ich dir den Antrag machte. Ich habe dich um deine Hand gebeten, aber du warst nur bereit, mir den Arm zu reichen.«

»Was um alles in der Welt soll das heißen?«

»Du hast überhaupt keinen Ehemann gewollt. Was du gesucht hast, war ein Begleiter.«

»Also, das ist …«

»Und was die Liebe anbelangt, das war etwas, das du mir nie geben konntest, weil du nicht weißt, was das ist. Du hast nie gewusst, was das ist. Und darum«, endete er in traurigem Ton, »habe ich anderswo danach gesucht, das gebe ich zu.«

Durch jene undefinierbare Alchemie, deren Geheimnis nur die größten Schauspieler kennen, war der Ärger, der Coras Miene eben noch entstellt hatte, mit einem Schlag dem zwar kurzen, aber dennoch deutlich sichtbaren Aufblitzen von Selbsterkenntnis gewichen, sodass man nicht nur die emotionale Frigidität dieser Frau erkannte, sondern auch die entsetzliche Tatsache, dass sie selbst sie ebenfalls erkannt hatte. Das war eine Offenbarung, die den Charakter für ein paar Momente sympathisch machte, ja sogar Mitgefühl erregte.

Einen Augenblick später hatte jedoch das zänkische Weib wieder die Oberhand.

»Was, du …!«, kreischte sie und hob das Champagnerglas über den Kopf. In diesem Augenblick freilich – und jeder erkannte sofort, was Hanway für einen brillanten Einfall gehabt hatte – merkte sie, dass es noch halb voll war. Mit einem seltsam verzerrten Lächeln auf den Lippen stürzte sie den Champagner mit einem Schluck hinunter und hob das Glas erneut, um es auf Knight zu schleudern.

Dann passierte es.

Die Zeit selbst kam zum Stillstand. Einen Augenblick lang hielt Cora das leere Glas über ihrem Kopf, und im nächsten ließ sie es auf den Boden fallen. Mit beiden Händen umkrallte sie ihren Hals, bis ihre hervortretenden Augen beinahe aus den Höhlen zu springen schienen. Danach wollte sie offensichtlich schreien, brachte aber nur noch ein Röcheln zustande, dann wich alle Farbe aus ihrem Gesicht, und sie sackte auf dem Boden zu einem Häufchen zusammen.

Nicht schon wieder!

Das waren die drei Worte, die Trubshawe durch den Kopf schossen. Es schien erst gestern gewesen zu sein, dass er eine ähnliche Szene auf der Bühne des Theatre

Royal am Haymarket gesehen hatte. Die hatte sich als Aprilscherz herausgestellt. Würde auch diese Szene sich als irgendein geschmackloser Scherz erweisen?

Er warf einen schnellen Blick zu Evadne Mount hinüber. Wenn es ein Scherz war, dann wusste sie bestimmt davon. Aber sie war hypnotisiert, versteinert. Für die Schriftstellerin war dies kein Ulk.

Auch für niemanden sonst. Das ganze Studio ähnelte einem *tableau vivant* der Art, wie man es normalerweise mit dem Cover eines zweitklassigen Thrillers in Verbindung bringt. Niemand sprach, niemand bewegte sich, niemand schien in der Lage, etwas Sinnvolles zu tun. Das heißt, niemand außer dem Chefinspektor. Trotz seines Alters, trotz seiner massigen Erscheinung, stürmte er nach vorn auf die Bühne, wobei er über Drähte stieg und Techniker aus dem Weg schob, bis er direkt über dem zusammengesunkenen Körper stand.

Er kniete sofort neben Cora nieder, hob ihren Arm; fühlte ihren Puls und legte seinen Kopf seitlich an ihre Brust.

Obwohl ihn natürlich fast keiner der Schauspieler und der Filmcrew kannte, bestritt niemand seinen Anspruch, die Schauspielerin zu untersuchen, oder seine Berechtigung, überhaupt hier zu sein. Und auch wenn viele von denen, die ihn beobachteten, schon wussten, was er gleich sagen würde, warteten sie angespannt darauf, dass er es sagte.

Ein paar Augenblicke danach sagte er es dann tatsächlich.

»Sie ist tot.«

Zweiter Teil

Achtes Kapitel

Ruhig, altes Mädchen ...«

Trubshawe kauerte vor Evadne nieder, die an einem der leer geräumten Laminattische im Kasino saß, ihre Stirn glänzte vor Schweiß und ihr Gesicht war noch immer so kreideweiß wie in dem Augenblick, als sie das Schauspiel von Coras Tod mit angesehen hatte.

Eine Stunde war seitdem vergangen. Die Polizei war unverzüglich alarmiert worden und zweifellos inzwischen eingetroffen, und auf Trubshawes persönliches Anraten hin war es keinem, der während des Mordes am Set gewesen war (vielleicht beeinflusst durch die Art des Films, an dem sie arbeiteten, war jeder sofort davon ausgegangen, dass es nur Mord sein konnte), gestattet worden, das Set zu verlassen. Aber als er sah, wie verzweifelt Evadne war, hatte er vorgeschlagen, sich mit ihr in eine weniger belebte Ecke zurückzuziehen, eine etwas geschütztere, kurz gesagt, irgendwohin, wo sie abseits öffentlicher Aufmerksamkeit Ruhe finden würde.

Niemand hatte dagegen einen Einwand erhoben. Ehemalige Autorität wirkt beinahe genauso stark wie gegenwärtige, und selbst wenn jemand es gewollt hätte, hätte niemand versucht, einem ehemaligen Beamten von Scotland Yard zu widersprechen.

»Wie geht es Ihnen, Evie?«, fragte er jetzt mit überraschend sanfter Stimme. »Bleiben Sie tapfer, ja ...?«

Sie sah zu ihm auf und zwang sich zu einem matten Lächeln.

»Eustace, Sie sind wunderbar.«

»Wunderbar?«, wiederholte er. »Ich?«

»Ja, Sie. Ich habe nie gewusst, dass große, kräftige, stämmige Polizisten so gut mit Elenden umgehen können. In meinen Krimis gibt es ganz sicher niemanden, der das kann, und ich begreife, wie gemein ich euch alle verleumdet habe. Ich weiß nicht, was ich ohne Sie getan hätte. Wahrscheinlich hätte ich mich nach Strich und Faden blamiert.«

»Na, na, na! Sie haben sich meiner Ansicht nach bewundernswert gehalten, besonders wenn man bedenkt, wie nahe Sie einander standen, Sie und – und Miss Rutherford.«

Obwohl die Schauspielerin und er sich zum Schluss mit Vornamen angeredet hatten, war es ihm unangenehm, nach ihrem Tod vertraulich von ihr zu sprechen.

»Wissen Sie, Eustace«, antwortete die Schriftstellerin, »ich habe die letzten zwanzig Jahre damit verbracht, fröhlich meine Figuren um die Ecke zu bringen und mir dabei den Kopf zerbrochen, wie ich möglichst bizarre Todesarten für sie finden könnte, und irgendwie habe ich mich in den tiefsten Tiefen meiner Seele vermutlich immer gefragt, wie ich reagieren würde, wenn dieses Schicksal jemanden treffen würde, den ich kenne. Roger ffolkes war schon eine Prüfung – aber Cora! Wie konnte so etwas ausgerechnet Cora passieren? In den letzten paar Jahren hatten wir ein bisschen den Kontakt verloren. Aber wissen Sie, so wie man's von den letzten Atemzügen eines ertrinkenden Menschen immer behauptet:

Wenn eine Frau wie Cora stirbt, dann sehen auch ihre Freunde plötzlich ihr ganzes Leben an sich vorbeiziehen. Wir hatten so schöne Zeiten … Sie war eine muntere Alte, und früher bei Gott ein wilder junger Hüpfer. Oh, sie hatte ihre Fehler. Es gab Augenblicke, da konnte sie eine wahre Teufelin sein, wenn man sie reizte, aber sie wollte nie jemandem wirklich etwas Böses antun. Sie konnte nur nicht widerstehen, wenn sie eine bissige Retourkutsche anbringen konnte. In den meisten Fällen war sie wirklich bestürzt, wenn sie merkte, dass sie die Gefühle von jemandem verletzt hatte.«

»Verstehe«, murmelte Trubshawe und winkte ab. »Natürlich habe ich sie kaum gekannt, aber ich glaube, ich erkenne sie in dem wieder, was Sie erzählen. Bei all ihrer Spöttelei war es so, als würde sie bloß Theater spielen, wenn Sie verstehen, was ich meine, als ob nichts von dem, was sie sagte, den anderen mehr treffen sollte als eben den Schauspieler, der gerade den Kontrahenten spielte.«

»Genau so! Schließlich buht man ja auch nicht hinterher auf der Straße den Schauspieler aus, den man gerade als Iago oder Richard III. auf der Bühne gesehen hat, oder? Cora hat einfach nur eine Rolle gespielt, die Rolle, für die sie geboren war – den launischen, bissigen Theater- und Leinwandstar. Und jetzt ist sie tot. Die arme, liebe, großartige, unerhörte Cora! Der Himmel ist nun wirklich der Himmel, wo sie jetzt da oben ist … Es ist komisch«, setzte sie sanft hinzu, »ich bin mir nicht sicher, warum, aber ich bin immer davon ausgegangen, dass ich die Erste von uns beiden sein würde, die geht. Es ist beinahe so, als ob sie sich vorgedrängelt hätte. Cora tot«, sagte sie wieder, noch immer nicht ganz fähig, das zu glauben. Und sie wiederholte gerade »Cora tot …«, als die Kantinentür sich öffnete und Lettice Morley hereinkam. Hinter ihr erschien ein ansehnlicher junger Mann in einem glanzlosen beigen Regenmantel, der einen steifen schwarzen Bowlerhut in den Händen hielt.

»Hier bitte, Miss Mount«, sagte Lettice und hielt ihr einen verbeulten, silbernen Flachmann entgegen. »Der gehört Gareth Knight. Ich fürchte, es ist Scotch, kein Brandy, aber der wird schon seine Dienste tun. Nehmen Sie ruhig einen Schluck.«

»Vielen Dank, meine Liebe, Sie sind wirklich ein reizendes Mädchen.«

Sie schraubte den Deckel der Flasche auf, hob sie an die Lippen und nahm einen langen, gurgelnden Schluck daraus. Fast auf der Stelle kehrte ein wenig Farbe auf ihre Wangen zurück.

»Oh«, seufzte sie, »das habe ich gebraucht.«

Weil er spürte, dass der Augenblick günstig war, trat der junge Mann im Regenmantel vor und wendete sich voller Respekt an den Chefinspektor.

»Mr Trubshawe, Sir?«

»Ja?«

Trubshawe musterte ihn scharf.

»Entschuldigung, kenne ich Sie nicht von irgendwoher?«

»Also, Sie würde ich überall erkennen, Sir«, sagte der junge Mann mit einem zögerlichen Lächeln, wobei sein Adamsapfel nervös auf und ab hüpfte, »selbst wenn wir uns bald fünfzehn Jahre nicht mehr gesehen haben. Ich bin Tom Calvert.«

Trubshawe starrte ihn an.

»Ja, natürlich! P. C. Tom Calvert. Oder vielmehr – ich bitte um Verzeihung – Inspektor Tom Calvert von der Kriminalpolizei Richmond, wie ich gelesen habe. Gratuliere, mein Junge!«

Der junge Polizist nickte und drehte verlegen den Bowler in seinen Händen.

»Danke. Meinen Erfolg verdanke ich vor allem Ihnen. Und wenn ich so sagen darf, Sir, es ist schon erstaunlich, aber Sie haben sich in all den Jahren überhaupt nicht verändert.«

»Hm. Dachte mir irgendwie schon, dass Sie das sagen würden«, antwortete Trubshawe mit einem sardonischen Lächeln.

»O ja, warum?«

»Ach, egal, völlig egal. Man hat Ihnen also auch diesen Fall übertragen, ja?«

»Auch?«

»Nun, ich habe gelesen, dass Sie den Brand in Alastair Farjeons Villa in Cookham untersucht haben. Und jetzt sind Sie hier.«

»Sie haben davon gehört, ja?«

»Ich habe nicht nur davon gehört, ich habe das genauer verfolgt, als Sie sich vorstellen können.«

»Ja, Sir, es war ziemlich logisch, dass ich jetzt auch diese Sache hier untersuche. Wir nehmen zwar nicht an, dass es da irgendeine Verbindung zwischen den beiden Fällen gibt – aber Farjeon war, wie Sie sicher wissen, bevor er starb, als Produzent für den Film ausersehen, den man hier dreht.«

»Als Regisseur«, sagte Trubshawe trocken.

»Bitte?«

»Glauben Sie mir, Tom, mein Junge. Als Regisseur, nicht als Produzent.«

»Sehr wohl, Sir. Ich sehe, Sie haben sich schon mit dem Jargon vertraut gemacht.«

»In der Tat. Sehen Sie, ich habe den Tag hier mit …«

Er drehte sich zu Evadne um.

»… mit der namhaften Kriminalautorin Evadne Mount verbracht.«

»O ja, sicher«, sagte Calvert herzlich und schüttelte ihr die Hand. »Ich bin sehr erfreut, unsere Bekanntschaft zu erneuern, Miss Mount. Persönlich, meine ich. Und ich möchte Ihnen sagen, wie furchtbar leid es mir tut. Ich weiß, dass Cora Rutherford eine sehr alte Freundin von Ihnen war.«

»Ihre Bekanntschaft erneuern?«, fragte Trubshawe verblüfft. »Was soll das heißen?«

»Haben Sie's vergessen, Eustace?«, sagte die Schriftstellerin. »Als ich Sie einladen wollte, war es Mr Calvert, der so freundlich war, mir Ihre Privatadresse zu geben.«

Bevor Trubshawe antworten konnte, erklärte Calvert, der ein Lächeln unterdrücken musste, als er den Vornamen des Chefinspektors hörte: »Das stimmt, Sir. Ich habe Miss Mount Ihre Adresse gegeben. Ich weiß, dass wir das nicht tun sollen, selbst bei pensionierten Beamten wie Ihnen, aber sie schwor Stein und Bein darauf, dass Sie sich bestimmt freuen würden, von ihr zu hören, und so nahm ich an …«

»Schon gut, schon gut«, antwortete Trubshawe leutselig. »Ich habe mich *wirklich* sehr gefreut. Unglücklicherweise hat sich das, was so schön begonnen hat, jetzt in einen Albtraum verwandelt.«

»In einen scheußlichen, ja.«

»Sie wurde doch vergiftet, nehme ich an?«

»Alle Anzeichen deuten darauf hin, Sir. Der Arzt ist allerdings gerade erst angekommen, und selbst der wird uns nichts Endgültiges sagen können, bevor er nicht die Autopsie gemacht hat. Eine Vergiftung ist aber bisher am wahrscheinlichsten. Mit welchem Gift, ist natürlich noch eine andere Frage.«

»Es riecht nicht zufällig nach Bittermandeln, oder?«, fragte Evadne Mount.

»Kommt mir nicht so vor«, sagte Calvert. »Aber da wir uns hier in der wirklichen Welt bewegen, fürchte ich, liebe Miss Mount, dass uns Beweise dieser Art nicht auf dem Silbertablett serviert werden. Es tut mir leid, aber das hier ist nicht einer Ihrer Romane, wissen Sie.«

Er wandte sich wieder an Trubshawe.

»Der Polizeiarzt – das ist übrigens Dr. Beckwith, Sie kennen ihn sicher noch von früher …«

Trubshawe nickte.

»Also, er gehört zu den vorsichtigen Vertretern, der Typ, der nicht viel sagt, bevor er sich seiner Sache nicht hundertprozentig sicher ist, aber was ich aus ihm herausgekriegt habe, ist, dass er ein Gift auf Säurebasis für am wahrscheinlichsten hält. Die sind ziemlich geschmack- und farblos, wissen Sie, und entsetzlich, wenn man sie schlucken muss, aber dafür ist es auch in zehn Sekunden vorbei. Wie gesagt, vor der Autopsie werden wir es nicht herausbekommen.«

»Ein kniffliger Fall, Calvert«, sagte Trubshawe, »bei so vielen Leuten, die hier rumlaufen.«

»Das können Sie laut sagen«, antwortete Calvert mit

einem Seufzer. »Wissen Sie, dass von der Mittagspause bis zu dem Augenblick, als Cora Rutherford tot zusammenbrach, nicht weniger als dreiundvierzig Leute am Set waren? Und alle hatten die Gelegenheit, das Gift zu verabreichen. Wir wissen immerhin, wann die Limonade ins Glas gegossen wurde und von wem, aber das ist auch alles.«

»Limonade? Ich dachte, es war Champagner.«

»Man kann den Schauspielern nicht dauernd Champagner geben, wissen Sie. Nein, es war irgendeine Art von Limo. Als der Arzt die Leiche untersuchte, kam – den Tränen nahe – dieser Bursche zu ihm, der für die Requisite verantwortlich ist und der um ein Uhr, als die Nachmittagsaufnahmen anfingen, eine Flasche Limo aufgemacht und das Champagnerglas halb gefüllt hat, ganz nach Vorschrift. Er wollte sich entlasten, bevor er befragt wurde, und ich muss sagen, ich finde das richtig. Der Erste, nach dem wir gesucht hätten, wäre doch der gewesen, der das Glas gefüllt hat.«

»Und Sie meinen, man kann ihm glauben?«

»Oh, ich wüsste wirklich nicht, warum nicht. Kein Motiv, verstehen Sie. Ist seit dreißig Jahren im Filmgeschäft, sagt er. Und außerdem hat er Zeugen.«

»Zeugen?«

»Offenbar war sein Assistent, der Bursche, der die Limonade aus der Studiokantine geholt hatte, die ganze Zeit dabei, auch als er den Deckel abgeschraubt hat. Und Miss Morley hier« – er zeigte auf Lettice – »war auch dabei, um sicherzustellen, dass das Glas genauso viel Flüssigkeit enthielt wie vorher.«

Er hielt inne und drehte sich zu Lettice um, damit sie weiter erklärte.

»Wie war das, Miss, was haben Sie mir gerade erzählt?«

Lettice antwortete mit der für sie charakteristischen Gelassenheit.

»Es ist so«, sagte sie zu Trubshawe, »ich bin auch für die *continuity* zuständig, das heißt, ich stelle sicher, dass ein rotes Taschentuch, das ein Schauspieler in einer Szene aus der Jackentasche zieht, nicht in der nächsten Szene ein gelbes ist, das er dann aus der Hosentasche zieht, solche Details eben. Also, als Stan mit der Flasche Limonade an das Set kam, musste ich dabei sein, um sicher zu sein, dass für die Nachmittagsszene genauso viel ›Champagner‹ in Miss Rutherfords Glas war wie am Vormittag. Und ich kann bezeugen, dass Stan die Flasche vor meinen Augen geöffnet hat.«

»Und damit scheidet er aus.« Calvert seufzte erneut. »Womit nur noch zweiundvierzig mögliche Verdächtige übrig bleiben, von denen jeder das Gift verabreicht haben könnte. Ich habe bereits in Erfahrung gebracht – denn diese Filmleute sind ziemlich mitteilsam, das kann ich Ihnen sagen –, also, ich habe bereits in Erfahrung gebracht, dass das Glas mehr als eine Stunde lang auf dem Tisch stand, weil es so lange dauert, eine neue Aufnahme vorzubereiten, und jeder ging seiner Arbeit nach – Licht installieren, Kabel verlegen, die Schauspieler und Schauspielerinnen schminken und was weiß ich noch alles. Ich habe nicht die leiseste Ahnung, wo wir anfangen sollen. Um die Wahrheit zu sagen, ich habe überhaupt keine Ahnung. Punkt.«

»Dann darf ich Ihnen vielleicht einen Tipp geben?«, fragte Evadne Mount, die dem Gespräch zwischen Calvert und Trubshawe sehr aufmerksam zugehört hatte.

»Einen was?«

»Einen Tipp. Einen ziemlich wichtigen, wenn ich mich nicht ganz täusche.«

»Ich wäre selbst für den allerbanalsten Tipp dankbar, Miss Mount.«

»Also«, sagte sie, »Eustace wird Ihnen bestätigen, dass wir heute Morgen zusammen die Dreharbeiten verfolgt haben und dann mit Cora zum Mittagessen ins Kasino gegangen sind. Und beim Mittagessen hat Cora erwähnt, dass Hanway sie, nachdem die Szene abgedreht war, beiseitegenommen hat, um ihr von seiner neuen Idee zu erzählen, die ihm gerade für die große Nachmittagsszene eingefallen war: Die Idee war, dass noch etwas Champagner oder Limonade im Glas sein und Cora es austrinken sollte, bevor sie es Gareth Knight an den Kopf warf. Verstehen Sie, im Originaldrehbuch sollte sie einfach nur nach einem leeren Glas greifen, und natürlich hat jeder angenommen, dass es auch so gedreht wird. Ergo«, schloss sie und hatte sichtlich Freude daran, das lateinische Wort über ihre Zunge rollen zu lassen, »ergo konnte, wer immer Cora vergiften wollte, diesen Plan nur zwischen zwölf Uhr mittags, als Hanway seine Idee entwickelte, und zwei Uhr ausgeheckt haben, als sie die Limonade trank.«

»Verflucht!«, schimpfte Trubshawe mit sich selbst. »Warum habe ich daran nicht gedacht?«

»Und das heißt natürlich«, fuhr sie fort und hob ihren Arm noch einmal wie ein Polizist, um gewissermaßen den Gesprächsverkehr zu regeln und den Chefinspektor davon abzuhalten, einfach der Spur nachzugehen, die sie bereits als ihre ureigenste betrachtete, »dass der Mörder sicher zu einer ziemlich privilegierten Gruppe gehören muss. Damit meine ich die zwei Leute, die wirklich etwas von Hanways Änderung wussten.«

Calvert und auch Trubshawe erkannten sofort, wie zutreffend und wichtig ihre Ausführungen waren.

»Mein Gott, Evie!«, rief Trubshawe. »Eben erst ist die arme, alte Cora ermordet worden, und schon haben Sie einen wichtigen Hinweis gefunden! Sie sind großartig!«

»Ja, bravo«, fiel Calvert ein. »Mit diesem einen Geistesblitz haben Sie unseren Untersuchungsaufwand erheblich reduziert. Jetzt müssen wir nur noch eine Liste all derjenigen erstellen, die wegen ihrer Rolle zwangsläufig von der Sache mit dem Champagnerglas erfahren haben. Ich sage Ihnen, jetzt kommen wir wirklich voran.«

»Gibt es irgendeinen Grund dafür, Mr Calvert, warum wir nicht gleich damit anfangen?«, fragte die Schriftstellerin. »Dieses Verbrechen wird sich nicht von selbst aufklären.«

»Was meinen Sie mit ›gleich anfangen‹?«

»Die Liste erstellen. Das dauert bestimmt nicht lange. Ich glaube nicht, dass irgendeiner von diesen – wie hat Cora sie genannt? –, von diesen Handlangern und Helfern über die Änderung informiert worden ist. Wie gesagt, es können nur einige wenige gewesen sein. Ich glaube sogar, dass zwei der Hauptverdächtigen gerade hier im Raum sind.«

Bei den letzten Worten erstarrte Calvert, der bisher zu jedem treffenden Argument, das genannt worden war, genickt hatte, beinahe als wollte er auf der Stelle, wenn nötig mit Handschellen, die beiden zu benennenden Verdächtigen festnehmen.

Trubshawe dagegen lächelte nur.

»Wenn ich mich nicht irre, Tom«, sagte er, »meint sie uns – mich und sich selbst. Stimmt doch, Evie, oder?«

Als die Schriftstellerin zustimmend nickte, schüttelte Calvert den Kopf.

»Sie beide verdächtig? Hören Sie, Miss, wir wollen doch ernst bleiben.«

»Oh, ich versichere Ihnen, ich meine es ernst, sehr ernst. Was hätte es für einen Sinn, eine solche Liste aufzustellen, wenn sie nicht vollständig und unvoreingenommen wäre? Eustace und ich waren die Allerersten, die in Coras eigenen Worten von der neuen Sachlage erfahren haben. Und obwohl wir uns heute Nachmittag nicht einmal aus den Augen gelassen haben – und man hätte uns als bloßen Besuchern, ja geradezu Eindringlingen, sowieso nicht erlaubt, das Set zu betreten –, waren wir trotzdem die ganze Zeit am Tatort anwesend und könnten das Verbrechen durchaus begangen haben, einzeln oder gemeinsam, meinetwegen durch irgendeinen unglaublich geschickten Trick. Eben eins dieser unmöglichen Verbrechen, von denen man in den Anthologien liest.«

»Also gut, Miss Mount«, sagte Calvert, »dann machen wir das so, wenn Sie darauf bestehen. Sie und Mr Trubshawe sind also die Verdächtigen Nr. 1 und Nr. 2. Und können wir dann mal zur Sache kommen? Der dritte Verdächtige – und, meiner Ansicht nach, der erste echte – ist dieser Rex Hanway. Schließlich war es *seine* Idee.«

»Ja, aber verstehen Sie denn nicht, Inspektor: Wenn ich nicht ganz danebenliege, ist die Tatsache, dass Hanway Cora tatsächlich *angewiesen* hat, aus einem Glas Limonade zu trinken, die sich als vergiftet herausstellte, haargenau sein Alibi.«

»Sein Alibi? Das ist genau das Gegenteil von einem Alibi.«

»Keineswegs«, antwortete sie. »Ich kann geradezu hören, was er auf eine solche Anschuldigung erwidern würde. ›Mein lieber Inspektor‹«, sie ahmte auf unheimliche Weise die geschliffene Sprechweise des Regisseurs nach, »›wenn ich wirklich vorgehabt hätte, die arme, liebe Cora zu ermorden, glauben Sie, ich hätte ihr – in aller Öffentlichkeit, wohlgemerkt, in aller Öffentlichkeit – gesagt, dass sie aus einem Glas trinken soll, von dem ich schon vorher wusste, dass es Gift enthalten würde?‹«

»Hm«, sagte Calvert und strich sich über die Wange, auf der das raue Werk einer Rasierklinge nur wenige Spuren hinterlassen hatte, »ich verstehe, was Sie meinen …«

Jetzt war es Trubshawe, der das Wort ergriff.

»Einen Moment noch«, sagte er. »Ja, Evie hat wirklich überzeugend dargelegt, dass wir weit weniger als die ursprünglich zweiundvierzig Verdächtigen ernsthaft in Betracht ziehen müssen. Hut ab – auch wenn«, setzte er etwas ungnädig hinzu, »der eine oder andere von uns irgendwann auch darauf gekommen wäre. Aber dafür scheint sie etwas anderes vergessen zu haben.«

»Oh«, sagte Evadne Mount, »und darf ich fragen, was?«

»Also, ich will ja nicht behaupten, sehr viel über Filmleute zu wissen, aber ich habe eine Menge Erfahrung mit Mördern. Jemand, der den Vorsatz gefasst hat zu töten, mag sich vielleicht dafür entscheiden, mit einer am Körper versteckten Pistole oder einem Revolver oder sogar einem Messer an den Ort des geplanten Verbrechens zu kommen und auf einen passenden Augenblick hoffen, um seine Tat auszuführen. Aber mit Gift? Bis unmittelbar vor der Mittagspause konnte nicht die Rede davon sein, dass Cora aus dem Champagnerglas trinken würde. Glauben Sie ernsthaft, dass ihr Mörder sich in den letzten Tagen – seitdem sie begonnen hatten, diesen verfluchten Film zu drehen – mit einer Flasche Gift in seiner oder ihrer Tasche auf dem Set herumgetrieben hat? Hm? Und wenn nicht, wo hätten er oder sie in den zwei Stunden zwischen Hanways Verkündigung seiner neuen Idee und dem Moment, da Cora das Gift trank, eine solche Flasche auftreiben können? Beantworten Sie mir das mal.«

Calverts Augenbrauen zeigten an, dass er die scharfsinnige Logik des Chefinspektors verstanden hatte.

»Ja-a, das ist sicher noch ein Punkt, den wir bedenken müssen.«

»Das will ich wohl meinen«, sagte Trubshawe. »Und das bedeutet, dass Hanway mit Sicherheit Ihr Hauptverdächtiger bleibt.«

»Gut«, sagte Calvert, »damit haben wir drei, Sie beide und Hanway. Fällt uns sonst noch jemand ein?«

»Philippe Françaix«, warf Evadne Mount ein.

»Und wer ist das, wenn ich fragen darf?«

»Ein französischer Filmkritiker.«

»Hm. Das reicht mir. Für Kritiker habe ich wenig übrig. Alles, was sie tun, ist kritisieren.«

»Er ist einer von Farjeons größten Bewunderern – schreibt ein Buch über ihn, das behauptet er jedenfalls –, und er ist hier in Elstree, um bei den Dreharbeiten zuzuschauen. Sie sollten vielleicht auch wissen, dass er mit Eustace, Cora und mir im Kasino zu Mittag gegessen hat – er hat sich gewissermaßen selbst eingeladen. Also wusste er alles über das Champagnerglas.«

»Irgendein erkennbares Motiv?«

»Aus dem Stand, Tom?«, fragte Trubshawe. »Wir haben den Kerl vor ein paar Stunden zum ersten Mal getroffen. Geben Sie uns alten Herrschaften eine Chance, bitte.«

»Wie denken Sie darüber, Miss Mount?«

»In diesem Punkt bin ich mit Eustace einer Meinung. Allerdings … allerdings, da gab es etwas …«

»Was?«

»Ich hatte so ein Gefühl«, antwortete sie und war kurz in Gedanken versunken. »Nicht einmal eine Ahnung. Lohnt nicht, darüber zu sprechen. Jedenfalls noch nicht.«

»Also. Wir haben jetzt vier Verdächtige. Wen noch?«

»Mich.«

Alle drehten sich erschrocken um und erblickten Lettice Morley.

»Sie, Miss? Sie geben zu, dass Sie eine Verdächtige sind?«

»Ich gebe gar nichts zu«, antwortete sie mit der leicht verstörenden Selbstbeherrschung, die ihr Markenzeichen zu sein schien. »Ich sage nur, wenn ich den Kriterien folge, nach denen Sie die Verdächtigen auswählen, kann ich mich schlechterdings nicht ausschließen.«

»Verzeihen Sie, aber Sie sind …?«

»Lettice Morley ist mein Name. Ich bin die persönliche Assistentin von Rex – von Mr Hanway, sollte ich wohl sagen. Daher erfahre ich natürlich alles, was ihm einfällt, in dem Moment, in dem es ihm einfällt. Als er Miss Rutherford sagte, sie solle den Champagner trinken, hat er mich auch gleich informiert, und ich bin losgezogen und hab es Stan erzählt, damit das halb gefüllte Glas genau dort stand, wo es stehen sollte, sobald Rex anfangen würde zu drehen.«

»Ich verstehe«, sagte Calvert. »Und danke, dass Sie so offen sind. Das ist sehr ungewöhnlich und wirklich erfrischend.«

»Wissen Sie«, fuhr sie unerschütterlich fort, »ich will natürlich keine Sekunde lang behaupten, dass ich Cora Rutherford ermordet habe. Auch wenn das unprofessionelle Gehabe der guten Frau mich geärgert hat, war mein Unwille gegen sie nicht persönlich gemeint, und da meine eigene berufliche Zukunft ganz davon abhängt, dass ich bei diesem Film gute Arbeit leiste, wäre es sehr töricht von mir gewesen, die Zukunft dieses Films zu gefährden, indem ich ein Mitglied der Besetzung aus dem Weg räume. Aber«, fügte sie zum unverminderten Erstaunen ihrer Zuhörer hinzu, »da Sie schon alle erdenklichen klugen Schlüsse gezogen haben, möchte ich von meiner Seite noch einen beitragen, bevor er gegen mich verwendet werden kann. Ich habe in meinem Leben eine ganze Menge Kriminalromane gelesen – einige von Ihren zählen dazu, Miss Mount –, und wenn ich eins aus ihnen gelernt habe, dann, dass Gift üblicherweise von Frauen als Mordwaffe eingesetzt wird.«

Sie sah Evadne Mount an.

»Stimmt das nicht?«

»N-nun«, sagte die Schriftstellerin, zum ersten Mal beinahe sprachlos, »das ist tatsächlich sehr verbreitet im Genre. Das heißt aber nicht, dass alle Kriminalautoren glauben, dass jedes Mal, wenn jemand vergiftet wurde, zwangsläufig eine Frau die Täterin war.«

»Nein?«, fragte Lettice. »Das ist aber der Eindruck, den Sie beim Leser hinterlassen.«

»Wenn Sie Evies Romane wirklich gelesen *haben*, dann vergessen Sie nicht«, sagte Trubshawe, »dass auch ein Mann Gift als Mordwaffe einsetzen kann, gerade weil er die Polizei damit auf eine falsche Fährte führen will – weil er hofft, dass sie automatisch annehmen werden, das Verbrechen sei von einer Frau begangen worden.«

»Sicher, das kann schon sein. Ich habe das, was Miss Mount ›verbreitet‹ genannt hat, nur erwähnt, um Sie daran zu erinnern, dass die Tatsache, dass Miss Rutherford vergiftet worden ist, mich auf den ersten Blick noch verdächtiger macht als die anderen.«

Sie schüttelten alle die Köpfe über ihren Redeschwall, teilweise aus Verwirrung, teilweise in offener Bewunderung. Schließlich brach Calvert das Schweigen.

»Also gut. Demnach scheinen Sie die Verdächtige Nr. 5 zu sein. Und da Sie Ihre Meinung so bewundernswert offen geäußert haben, Miss, und sich auch im Studio besser auskennen als irgendjemand sonst, könnten Sie uns vielleicht auch noch einen Kandidaten für die Nr. 6 vorschlagen.«

»Gewiss doch«, sagte Lettice mit derselben unerschütterlichen Gelassenheit, die sie von Anbeginn an den Tag gelegt hatte. »Nicht nur für die Nr. 6, sondern auch für die Nr. 7. Jemand muss Sie schließlich früher oder später darauf hinweisen, also kann ich das ebenso gut jetzt gleich tun. Gareth Knight und Leolia Drake müssen ebenfalls als mögliche Verdächtige gelten.«

»Gareth Knight, ja?«, sagte Calvert. »Der Name kommt mir irgendwie bekannt vor.«

»Das will ich hoffen: Er ist der Hauptdarsteller in *Wenn sie je meine Leiche finden*. Ich habe Mr Knight persönlich von den Änderungen im Drehbuch unterrichtet. Er musste davon wissen, weil er ja den Gegenpart von Miss Rutherford geben sollte. Kurz bevor er zum Mittagessen ging, habe ich es ihm gesagt.«

»Und Miss Drake?«

»Zufällig unterhielten Mr Knight und sie sich in diesem Moment gerade miteinander. Natürlich hat sie dadurch auch von der Sache mit dem Champagnerglas erfahren, auch wenn das ihre eigene Rolle überhaupt nicht betraf.«

»Nochmals vielen Dank, Miss Morley, Sie haben uns wirklich sehr geholfen, sogar mehr, als ich erwarten durfte.«

Er rieb seine beiden rosigen Handflächen aneinander und drehte sich zu Evadne Mount und dem Chefinspektor um.

»Hören Sie«, sagte er, »ich werde jetzt alle nach Hause gehen lassen – so wie ich das sehe, gibt es keinen Grund, die Leute länger hier herumhängen zu lassen –, aber ich weiß natürlich nicht, wie Sie darüber denken – Sie ganz besonders, Miss Mount, weil Sie dem Opfer ja so nahegestanden haben. Ich würde für meinen Teil jedenfalls gern so bald wie möglich mit der ersten Befragung der fünf Verdächtigen beginnen – wenn Sie nichts dagegen haben, lasse ich Sie beide aus –, vielleicht morgen Nachmittag, und lieber hier als im Yard, meine ich. Und wenn ich bedenke, wie viel wir bei dieser kleinen Plauderei am Rande herausgekriegt haben – also, ich hoffe, dass Sie beide dabei sein werden.«

Trubshawe antwortete als Erster.

»Tom, ich würde mich sehr freuen, Ihnen jede erdenkliche Hilfestellung zu geben, die Sie gebrauchen können, wirklich sehr. Das wäre wie in alten Tagen, als ich mit Ihrem verstorbenen Vater zusammengearbeitet habe.«

»Ja, aber –«, sagte Calvert, »mein Vater ist noch nicht verstorben. Ich meine, er lebt noch, wissen Sie.«

»Tatsächlich?«, fragte Trubshawe zutiefst erschrocken. »Das tut mir schrecklich leid!«

Dann versuchte er, seinen Fauxpas wiedergutzumachen und erklärte: »Nein, nein, ich meine – ich meine natürlich, ich bin hocherfreut, dass er noch lebt. Hocherfreut. Ich weiß gar nicht, warum ich dachte, er sei tot. Ich neige vielleicht dazu, alle meine Altersgenossen für tot zu halten, weil ich nichts mehr von ihnen höre.«

Da er merkte, dass er auf dem besten Wege zu einer zweiten Entgleisung war, wechselte er schnell das Thema.

»Ich möchte noch einmal wiederholen, dass ich mich sehr freuen würde, Ihnen behilflich zu sein. Ich kann natürlich nicht für Evie sprechen. Ich kann mir vorstellen, dass Coras Ermordung ein großer Schock für sie war.«

»So ist es«, sagte die Schriftstellerin, »ein Grund mehr für mich, unbedingt dabei zu sein. Vor vielen Jahren haben Chefinspektor Trubshawe und ich schon einmal in einem anderen Mordfall sehr erfolgreich zusammengearbeitet. Aber diesmal bedeutet das mehr für mich, sehr viel mehr.«

Energisch setzte sie sich ihren Dreispitz auf den Kopf.

»Diesmal«, sagte sie mit einem überaus finsteren Blick, »ist es eine persönliche Angelegenheit.«

Neuntes Kapitel

Im Studio hatte sich die Stimmung dramatisch verschlechtert.

Der Schock von Cora Rutherfords Tod war so durchschlagend gewesen, dass alle, Schauspieler, Techniker und Komparsen, es völlig legitim fanden, als man ihnen sagte, dass sie sich keinen Schritt von der Stelle rühren durften, an der sie sich befunden hatten, als das Verbrechen begangen worden war. Sie fanden es ebenfalls legitim, dass sogar ein Gang zur Toilette nur in Begleitung eines uniformierten Polizisten erlaubt war, und auch, dass vorher eine rasche und gründliche Leibesvisitation vorgenommen wurde – vermutlich, um sicherzustellen, dass niemand auf die glänzende Idee kam, irgendein belastendes Beweisstück wegzuspülen. Wenn man allerdings bedenkt, dass die Schauspielerin nicht etwa erstochen, erschossen oder erdrosselt, sondern vergiftet worden war, was jedem auf der Hand zu liegen schien, auch wenn es noch gerichtsmedizinisch bestätigt werden musste, dann war schwer zu verstehen, was für Beweisstücke die Polizei bei den Einzelnen wohl zu finden wähnte.

Aber die Zeit vergeht, und nichts geschieht, oder es kommt einem so vor, als ob nichts geschieht, und selbst die unbeteiligten Zuschauer fangen an, sich zu ärgern und unruhig zu werden, weil selbst der Schock, Zeuge eines kaltblütigen Mordes geworden zu sein, irgendwann abklingt. Die Leiche des Opfers hatte man bereits mit professionellem Geschick und diskret abtransportiert, warum sollte man alle anderen also daran hindern, nach Hause zu gehen? Es herrschte überhaupt kein Zweifel daran, dass man die Dreharbeiten einstellen würde, womöglich ganz und gar, und viele derjenigen, die dort im Studio festgehalten wurden, hatten begonnen, sich Gedanken darüber zu machen, wo und – noch vordringlicher – wann sie mit dem nächsten Engagement rechnen konnten.

Einige malten sich düster aus, dass die meisten Traumjobs, auch bei den wenigen neuen Filmen, die demnächst in Elstree produziert werden sollten, wohl schon vergeben waren, während andere sich flüsternd darüber verständigten, dass es schließlich – ja, ihnen war schon klar, dass Cora Rutherford eben erst ermordet worden und ihr Körper noch warm war – dennoch wohl keinen Mangel an Respekt der armen Frau gegenüber bezeugte, wenn man darauf hinwies, dass ihre Rolle beileibe nicht so wichtig gewesen war, als dass man sie nicht leicht ersetzen könnte. Ein Mitglied der Filmcrew erlaubte sich, wenn auch nur *sotto voce,* anzumerken, dass nach dem Tod des Regisseurs und einer Schauspielerin irgendwie ein Fluch auf dem Film liegen müsse, während ein anderer, ein Zyniker, sich lauthals darüber ausließ, dass bei einem Film mit dem Titel *Wenn sie je meine Leiche finden* der Mord an einer der Hauptdarstellerinnen, und zwar mitten während der Dreharbeiten, doch zumindest für die Art von Schlagzeilen auf der ersten Seite sorgen werde, die man nicht für Geld und gute Worte kaufen kann.

Kurz gesagt, die Reaktionen entsprachen einem typischen Querschnitt der fehlbaren Menschheit angesichts einer Tragödie: echtes Mitgefühl, das sich unentwirrbar mit genauso echtem Egoismus vermischt.

Als Calvert jedoch, begleitet von Evadne, Trubshawe und Lettice Morley, wieder ins Studio kam, nahm jeder resigniert Haltung an.

Als Erstes rief der junge Inspektor die beiden Polizeibeamten, mit denen er gekommen war, zu sich und stellte sie seinem früheren Vorgesetzten vor.

»Nur damit Sie es wissen, Sir. Dies sind zwei Kollegen von mir aus Richmond, Sergeant Whistler und Constable Turner.«

Während die beiden Beamten respektvoll nickten, konnte sich Evadne Mount mit einem Anflug ihrer alten Unverwüstlichkeit den Scherz nicht verkneifen:

»Sergeant Whistler? Constable Turner? Meine Güte! Das klingt eher nach der Tate Gallery als nach der Kriminalpolizei.«[10]

»Ja-a, Madam«, murmelte Calvert mit steinerner Miene, »ich glaube, den haben die beiden schon mal gehört.«

»Tut mir leid. War nur ein Versuch, mich aufzumuntern.«

»Schon in Ordnung. Ich verstehe Sie.« Er wandte sich an den Sergeant. »Also, Whistler, was können Sie uns sagen?«

»Nun, Sir, die Leiche ist bereits abtransportiert worden. Und Dr. Beckwith ist gleich mitgefahren. Er sagte, er werde sich melden, wenn es etwas Definitives zu berichten gibt.«

»Schön, schön.« Calvert warf einen Blick auf die wartenden Schauspieler und die Filmcrew. »Ich hoffe doch, dass keiner ungeduldig wird?«

»Die meisten sind ruhig«, fuhr der Sergeant fort. »Drei oder vier werden vielleicht ein bisschen ungeduldig. Fragen, wie lange sie hier noch festgehalten werden sollen. Und der – er sagte, er sei der Produzent des Films, glaube ich – ist aufgetaucht. Ziemlich aufgewühlt ist er. Das ist der da, neben der Kamera«, sagte er und zeigte auf einen fülligen Herrn in den Fünfzigern, der sich gerade mit Rex Hanway unterhielt.

»Sehr gut. Ich werde erst mal ein paar Worte mit ihm wechseln. Bitten Sie ihn zu uns herüber, ja?«

Beinahe augenblicklich stand der Produzent vor ihm. Er hatte pausbäckige, rötliche Gesichtszüge, die offenkundig nicht englischen Ursprungs waren, und trug einen zweireihigen auffälligen Nadelstreifanzug aus der Savile Row, aus dessen Brusttasche er immer wieder ein parfümiertes gepunktetes Taschentuch zog, um sich die Stirn zu tupfen. Wenn er einen Hut getragen hätte – in seinem Fall sicher einen Panama –, hätte er sich damit gewiss unablässig Luft zugefächelt.

Calvert reichte ihm die Hand.

»Inspektor Calvert, Sir. Kriminalpolizei Richmond. Ich leite die Untersuchung in diesem Fall. Wie ich höre, sind Sie der Produzent des Films, der hier gedreht wurde?«

»Ja, ja, das stimmt.«

Nervös schüttelte er Calvert die Hand.

»Levey ist mein Name, Benjamin Levey. Was für eine schreckliche Geschichte! So bald nach … Einfach schrecklich! *Got majner,* was habe ich getan, dass ich das verdien'?«

Ein paar Sekunden lang herrschte gespannte Stille, in der alle gleichzeitig ein äußerst interessantes Detail an ihren Schuhen zu entdecken schienen, das ihnen noch nie zuvor aufgefallen war, eine Stille, die schließlich von Trubshawe unterbrochen wurde.

»Benjamin Levey?«, fragte er. »Ja, natürlich, jetzt erinnere ich mich. Sie sind 37, glaube ich, nach England gekommen?«

»Das ist richtig.«

»Ja, da wäre es beinahe zu einem kleinen diplomatischen Zwischenfall gekommen, wenn ich mich richtig erinnere. Sogar der Yard wurde eingeschaltet. Sie haben Deutschland ziemlich überstürzt verlassen, nicht wahr?«

»Jo, jo«, sagte Levey, plötzlich auf der Hut. »Ich hätte beinahe den Zug verpasst.«

Der Chefinspektor unterdrückte ein Lächeln.

»Nein, nein, Sir, Sie verstehen nicht«, sagte er. »Ich – nun, was ich meinte, war, dass Sie aus dem Land fliehen mussten wegen – wegen der Verfolgung, die Sie erlitten haben.«

Levey zog sein Taschentuch heraus und tupfte sich die Stirn.

»Ajo? Die Verfolgung, ja! Diese deutschen Kritiker!«

»Nein, verzeihen Sie, ich meinte …«, begann Trubshawe erneut und entschied sich dann, nicht weiter nachzuhaken.

Dann fragte Evadne Mount:

»Mr Levey, haben Sie nicht *Das Wunder* produziert?«

»Nein, ich habe das Desaster produziert.«

»Das Desaster? Was für ein Desaster?«

»Meine Produktion von Goethes Faust. In Berlin. Sie haben sicher davon gehört?«

»Tut mir sehr leid, nein.«

»Die hatte einen richtig wunderbaren Clou. Ein jüdischer Faust. Der Teufel kauft Fausts Seele – wie sagt man – im Großhandel? Aber was für ein Desaster! Die Nazis hassten das Stück. Die Juden hassten es. Meine Mutter hasste es. Jeder hasste es! Als der Vorhang schließlich fiel, war es dermaßen still, dass man eine Stecknadel hätte fallen hören können!

Und jetzt das hier! Zuerst verbrennt mein Regisseur, bis er schwarz wird, und dann wird eine meiner Schauspielerinnen ermordet, vor den Augen der gesamten Crew vergiftet! Wissen Sie, lieber Inspektor, ich bin kein abergläubischer Mann, aber langsam glaube ich, mein Film ist *verdommich*. Aber warum bloß, warum? Wofür werde ich bestraft?«

»Nun, Sir«, versicherte Calvert dem Produzenten, »ich werde alles tun, was in meiner Macht steht, um der Sache auf den Grund zu gehen. Und ich darf Ihnen sagen, dass ich schon ein paar interessante Spuren habe. Aber zunächst muss ich Sie fragen, ob Sie mich unterstützen wollen.«

»Ich tue alles, was Sie wollen, mein Lieber, alles.«

»Ich werde Ihre Leute jetzt nach Hause gehen lassen. Übrigens wird der Constable vorher ihre Namen, Adressen und Telefonnummern aufnehmen – bei denen, die einen Anschluss haben. Ich bin mir natürlich darüber im Klaren, dass Sie all die Personalien in Ihren Akten haben, aber es waren so viele Leute am Set, dass wir sichergehen müssen, dass niemand hier war, der nicht hierhergehört – und umgekehrt, dass keiner aus irgendeinem Grund gefehlt hat, der eigentlich hätte hier sein sollen. Sie verstehen, was ich meine, Sir?«

»Sicher, sicher«, antwortete Levey. »Sie müssen alle notwendigen Maßnahmen ergreifen.«

»So ist es. Es gibt jedoch fünf von ihnen, die ich gern innerhalb der nächsten vierundzwanzig Stunden befragen möchte, wenn ich darf. Wenn sie die Ereignisse noch frisch im Gedächtnis haben. Ich hoffe, Sie haben nichts dagegen?«

»Dagegen?« Levey schmeckte das Wort ab. »Habe ich das Recht, etwas dagegen zu haben?«

Calvert lächelte kurz und unverbindlich.

»Nun, ich fürchte nein. Ich habe wohl nur versucht, höflich zu sein. Aber ich wollte Ihnen vor allem sagen, dass unter denen, die ich befragen möchte, auch Ihre beiden Stars sind, Gareth Knight und Leolia Drake. Und wer war es noch? Ach ja, der Regisseur, Rex Hanway. Ich hatte das Gefühl, ich sollte Sie vorwarnen.«

Levey tupfte sich erneut die Stirn.

»Oi! Seien Sie bitte vorsichtig, Inspektor. Wenn dieser Film noch eine *Chance* haben soll, dürfen meine Schauspieler nicht eingeschüchtert werden.«

Ein furchtbarer Gedanke schoss ihm durch den Kopf.

»Sie wollen doch nicht etwa einen von ihnen festnehmen?«

»Nein, nein, nichts dergleichen«, antwortete Tom Calvert beschwichtigend. »Wie gesagt, es ist nur eine erste Verneh…« – mitten im Wort brach er hastig ab –, »ein erstes Gespräch, um festzustellen, was genau passiert ist und wie. Eine reine Formalität.«

Levey schüttelte bekümmert den Kopf.

»Eine reine Formalität, ja? Oh, wie wir Deutschen diesen Ausdruck kennen und fürchten. Aber gut, das hier ist England, wo man solche Methoden nicht kennt, nicht wahr? Ja, Inspektor, machen Sie nur. Fangen Sie ruhig an mit Ihrer Vernehmung«, schloss er, das letzte Wort irgendwie ironisch hervorhebend.

»Danke, Mr Levey. Jetzt möchte ich Sie noch um einen letzten Gefallen bitten.«

»Bitte?«

»Ich möchte die – sagen wir mal – die Unterredungen morgen Nachmittag führen. Verstehen Sie, ich würde das lieber vor der gerichtlichen Untersuchung tun, bei der vermutlich alle dabei sein müssen. Ich würde es auch vorziehen, wenn wir das hier machen, in Elstree. Das ist für sie weniger einschüchternd als im Yard, und ich muss aus allen möglichen ermittlungstechnischen Gründen sowieso wieder hierherkommen. Aber ich bräuchte einen Raum, einen ruhigen Raum. Vielleicht ein ungenutztes Büro? Etwas Abgeschirmtes, wo ich sitzen und ungestört reden kann. Könnten Sie mir was Passendes vorschlagen?«

»Natürlich«, sagte Levey ohne Zögern. »Sie nehmen Rex Hanways Büro.«

»Ich dachte mehr an ein …«

»Unsinn. Es ist bequem, er wird es derzeit nicht brauchen, leider, und ich werde dafür sorgen, dass Sie nicht gestört werden.«

»Und Sie selber …?«

»Ajo, ich muss nach London. Wardour Street. Ich habe eine Unterredung mit meinen Geldgebern, wissen Sie.« Er rieb demonstrativ Daumen und Zeigefinger aneinander. »Um rauszufinden, ob wir diesen *verdommten* Film noch retten können!«

Zehntes Kapitel

Am nächsten Nachmittag um zwei hatte Calvert hinter Rex Hanways massivem Mahagonischreibtisch Platz genommen, dessen Posteingangsfach überquoll von eselsohrigen Manuskripten, während das Ausgangsfach leer war. Ihm direkt gegenüber saß der erste der zum Verhör geladenen Verdächtigen, Hanway selbst. Rechts und links neben dem Regisseur hatten sich steif auf zwei identischen Metallstühlen in kompromisslos modernistischem Design Evadne Mount und Chefinspektor Trubshawe postiert. Sergeant Whistler stand an der Tür diskret Wache.

Am Morgen hatte Calvert seinen beiden inoffiziellen Kollegen bestätigt, dass dem medizinischen Bericht zufolge, den er gerade vom Labor erhalten hatte, Cora Rutherford tatsächlich vergiftet worden war. Der Polizeiarzt hatte sowohl im leeren Champagnerglas der Schauspielerin als auch in ihrem Körper Spuren eines weitverbreiteten und legal erhältlichen Zyanids entdeckt, das in der Industrie vielfache Anwendung fand, namentlich beim Drucken, in der Fotografie und in der Galvanotechnik. Der Tod ist äußerst qualvoll, tritt aber zum Glück fast auf der Stelle ein, wie Calvert am Set schon angedeutet hatte. Die gerichtliche Feststellung der Todesursache sollte in drei Tagen erfolgen, aber weder Evadne noch Trubshawe mussten dabei sein. Eine reine Formalität in dem ganzen Verfahren, die vom Gerichtsmediziner schnell abgewickelt werden würde.

Jetzt schenkte der junge Polizeibeamte Rex Hanway seine volle Aufmerksamkeit.

»Nun, Mr Hanway«, sagte er, »ich hoffe, Sie nehmen es mir nicht übel, dass ich Ihr Zimmer in Beschlag genommen habe. Es war Mr Leveys liebenswürdiger Vorschlag, vorübergehend Ihr Büro zu benutzen.«

»Das ist vollkommen in Ordnung, Inspektor. Mein Büro ist es nur in dem Sinne, dass ich nebenan gerade an einem Film arbeite – gearbeitet habe. So wie die Dinge gelaufen sind, kann ich mich des Gefühls nicht erwehren, dass es sehr bald das Büro eines anderen Regisseurs sein wird.«

»Ja, sicher, ich verstehe, was Sie meinen. Trotzdem vielen Dank. Ich will Ihnen kurz erklären, was das hier alles soll. Ich dachte, es könnte nützlich sein, wenn ich Ihnen – Ihnen und noch einigen anderen, sollte ich wohl dazu sagen – ein paar vorläufige Fragen zu dieser furchtbaren Sache stelle, solange die Einzelheiten noch frisch im Gedächtnis sind.«

»So schnell werde ich sie wahrscheinlich nicht vergessen. Aber ich verstehe natürlich, wie wichtig die ersten Eindrücke für Sie sein können. Darf ich trotzdem fragen …?«

»Ja, bitte?«

Hanway wandte sich zur Seite, um den beiden anderen im Raum einen Blick zuzuwerfen.

»Verzeihen Sie, wenn ich geradeheraus frage, aber wer sind diese beiden Leute? Ganz gewiss keine Polizeibeamten?«

»Nein, das sind sie nicht. Das heißt, dieser Herr« – er zeigte auf Trubshawe – »ist tatsächlich ein ehemaliger Polizeibeamter, Chefinspektor Trubshawe, früher bei Scotland Yard, und diese Dame« – er streckte seinen Arm in die Richtung der Schriftstellerin aus – »ist Miss Evadne Mount, wissen Sie, die Autorin.«

Hanway nickte der Schriftstellerin höflich zu.

»Natürlich, natürlich. Ich habe Sie gestern Nachmittag am Set gesehen und mich tatsächlich gefragt, wo ich Sie schon einmal gesehen haben könnte. Sie waren eine gute Freundin von Cora, nehm ich an?«

»Ja, das war ich.«

»Mein Beileid. Dies muss ganz besonders schlimm für Sie sein.«

Calvert übernahm wieder die Regie.

»Da Sie sich nun schon einmal fragen, warum die beiden hier sind, möchte ich Ihnen erklären, dass wir den Fall gestern zu dritt in der Cafeteria diskutiert haben und sowohl Miss Mount als auch Mr Trubshawe im Verlauf unseres Gesprächs ein paar sehr interessante Beobachtungen geäußert haben. Deshalb habe ich sie gefragt, ob es ihnen etwas ausmachen würde, dabei zu sein, ganz inoffiziell, wenn ich meine Befragungen durchführe. Wenn Sie irgendwelche Einwände dagegen haben, müssen Sie es nur sagen, und ich …«

»Nein, ganz und gar nicht. Ich bin mit allem einverstanden, was – oder auch wer – dabei hilft, dieses furchtbare Verbrechen aufzuklären.«

»Gut. Dann haben wir das geklärt und können beginnen. Sie sind Rex Hanway, der Regisseur von *Wenn sie je meine Leiche finden*?«

»Der bin ich.«

»Wenn ich richtig verstehe, haben Sie den Film nach dem Tod von Alastair Farjeon übernommen?«

»Ja, stimmt.«

Plötzlich schaltete sich Evadne Mount ein.

»Darf ich, Inspektor?«

Obwohl er einwilligen wollte, war Calvert trotzdem etwas irritiert. Es war schon richtig, er selbst hatte die Schriftstellerin zusammen mit seinem früheren Vorgesetzten eingeladen, an den Befragungen teilzunehmen, aber er hatte nicht damit gerechnet, dass sie so schnell, beinahe ungehörig schnell, die Einladung in die Tat umsetzen würde. Weil er aber ein Augenzwinkern Trubshawes ausmachen konnte – eines, das wohl so viel heißen sollte wie »das hätte ich Ihnen gleich sagen können« –, sagte er nur:

»Bitte, Miss Mount.«

»Mr Hanway«, fragte sie, »stimmt es, dass Sie den Film unter etwas ungewöhnlichen Umständen übernommen haben?«

»Wenn Sie ›ungewöhnlich‹ sagen«, fragte Hanway zurück, »kann ich wohl annehmen, dass Sie auf die Umstände von Mr Farjeons Hinscheiden anspielen?«

»Zum Teil, ja. Aber ich dachte eigentlich mehr an das sehr eigenartige Testament, das er in seiner Londoner Wohnung hinterlassen hat.«

»Testament«, sagte Calvert. »Was soll das heißen? Ich habe nichts von einem Testament gehört.«

»Vielleicht«, sagte die Schriftstellerin ruhig, »möchte Mr Hanway das erklären.«

»Miss Mount hat ganz recht, Inspektor. Es gab da ein

Testament. Ich meine, es gab da ein merkwürdiges Dokument – ich glaube, man muss es wirklich merkwürdig nennen –, das Hattie, Mr Farjeons Frau, zwischen seinen Unterlagen entdeckte, nachdem er gestorben war.«

»Was für ein Dokument?«

»Soweit ich weiß, ist es immer noch in Mrs Farjeons Besitz, und sie wird es Ihnen liebend gern aushändigen, da bin ich sicher. Es wurde von Farch geschrieben und unterzeichnet …«

Jetzt war es an Trubshawe, zu intervenieren.

»Kann das irgendjemand bezeugen?«

»Mrs Farjeon bestätigt, dass es sich zweifelsfrei um die Handschrift ihres Mannes handelt. Im Kern besagt es, dass ich an seiner Stelle die Regie des Films übernehmen soll, sollte ihm – also Farch – irgendetwas passieren, bevor er mit den Dreharbeiten von *Wenn sie je meine Leiche finden* beginnen kann.«

Es blieb einen Augenblick lang still, während Calvert diese Information verarbeitete. Dann:

»Das kommt mir absolut ungewöhnlich vor.«

»Ich stimme Ihnen voll und ganz zu«, sagte Hanway gelassen.

»Ist diese Art posthumer Übertragung oder Abtretung – wie immer Sie das nennen wollen – die übliche Praxis im Filmgeschäft?«

»Überhaupt nicht. Es ist das erste Mal, dass ich von so etwas gehört habe. Wann immer eine solche Situation eintritt – wie der Tod eines Regisseurs während der Dreharbeiten oder sogar noch vor deren Beginn –, ist es das alleinige Vorrecht des Produzenten, darüber zu entscheiden, wie und ob man überhaupt weitermachen soll, hatte ich bisher angenommen. Und wie gesagt, Inspektor, das ist nur meine Vermutung, denn ich kann mich wirklich nicht erinnern, dass jemals ein solcher Fall in der Branche vorgekommen ist.«

»Ich verstehe. Sie waren also selbst überrascht, als Sie von der Existenz dieses Dokuments erfahren haben?«

»Überrascht? Ich war völlig baff. Ich habe meinen Ohren nicht getraut, als Hattie mir davon erzählt hat.«

Jetzt fragte Trubshawe:

»Hat Mr Farjeon Ihnen jemals anvertraut, dass er um sein Leben fürchtet?«

»Gewiss nicht. Außerdem klingt das nicht sehr nach dem Alastair Farjeon, den ich gekannt habe.«

»Falls er eine solche Befürchtung gehegt hätte, wem hätte er sich anvertraut?«

»Ich denke, wenn er sich jemandem anvertraut hätte, dann wäre das Mrs Farjeon gewesen. Aber sie hat nie etwas dergleichen zu mir gesagt.«

»Vielleicht«, sagte Trubshawe zu Calvert, »sollten wir auch Mrs Farjeon hinzuziehen.«

Nachdem er die Störung durch ein höfliches Räuspern angekündigt hatte, meldete sich in diesem Augenblick Sergeant Whistler, der an der Tür stand:

»Sie ist bereits hier, Sir.«

»Wie bitte? Farjeons Witwe ist im Studio?«

»Ja, Sir. Ich habe sie ankommen sehen. Vor etwa zwanzig Minuten.«

»Was um alles in der Welt tut sie hier?«

»Sieht so aus, als ob sie immer hier ist«, sagte Evadne.

»Immer hier?«

»Das hat Cora uns erzählt. Wenn Farjeon hier seine

Filme drehte, war seine Frau immer im Studio, saß allein in der Ecke und strickte und redete mit niemandem ein Wort.«

»Aber was macht sie *heute* hier?«, beharrte Calvert. »Fällt Ihnen dazu was ein, Mr Hanway?«

»Ich vermute mal, sie strickt wie immer. Aber falls Sie meinen, warum sie am Set eines Films auftaucht, der gerade abgebrochen wurde, das kann ich Ihnen auch nicht sagen.«

Trubshawe wandte sich wieder dem jungen Inspektor zu.

»Wenn sie schon mal hier ist, ganz gleich warum, dann wäre es bestimmt sinnvoll, sie auch zu befragen.«

»Das leuchtet mir ein«, antwortete Calvert. »Whistler, schauen Sie doch mal nach, ob Mrs – Hattie heißt sie, nicht wahr? –, ob Mrs Hattie Farjeon noch im Studio ist. Wenn ja, sagen Sie ihr – aber höflich, ja –, dass ich sie bitte, sich bereitzuhalten, bis ich mit ihr sprechen kann.«

Mit einem knappen »Sofort, Sir« verließ der Sergeant den Raum.

»Mr Hanway«, sagte Evadne Mount jetzt zu dem Regisseur, »Sie haben gerade zugegeben, dass Sie überrascht waren, von der Existenz dieses ungewöhnlichen Dokuments zu erfahren. Das musste wohl so sein. Aber waren Sie auch erfreut?«

Bevor er ihre Frage beantwortete, formte Hanway, wie alle sehen konnten, in Ruhe aus seinen verschränkten Händen und Fingern ein winziges indianisches Wigwam. Dann sagte er:

»Ich verstehe nicht?«

»Waren Sie erfreut? Erfreut, dass Farjeon Ihnen diesen Film übertragen hatte?«

»Ja, natürlich«, antwortete er schließlich mit tonloser Stimme. »Natürlich war ich erfreut, dass er, wie Sie es ausdrücken, mir seinen Film übertragen hatte. Ich würde es allerdings vorziehen, es ›geehrt‹ zu nennen. Für mich war es ein großes Kompliment von einem Menschen, den ich nicht nur als Künstler bewunderte, sogar verehrte, sondern den ich auf persönlicher Ebene auch als meinen Lehrer angesehen habe. Beinahe als Vaterfigur. Und da es immer mein Ziel gewesen ist, selbst einen Film zu drehen, und ich auf eine solche Gelegenheit schon sehr lange gewartet hatte, kam es selbstverständlich nicht infrage, diese Gelegenheit verstreichen zu lassen, als sie sich mir endlich bot. Sie sollten aber auch wissen, dass ich Farch sehr nahestand. Ich war fast ein Jahrzehnt lang sein Mitarbeiter und Freund, und sein Tod war für mich ein riesiger Schock – ein Schock, von dem ich mich noch nicht erholt habe. Und ich glaube, ich kann ehrlich für mich in Anspruch nehmen, dass mein Ehrgeiz mich nie dazu verleitet hat, mir seinen vorzeitigen Tod zu wünschen, damit ich meinen ersten eigenen Film drehen kann. Wenn *das* in der Frage angeklungen ist, die Sie mir eben gestellt haben – wenn Sie mir also, kurz gesagt, unterstellen, dass meine Freude nicht nur der Tatsache galt, dass er mir den Film überlassen hat, sondern dass er uns ganz verlassen hat –, dann muss ich sagen, dass ich mich dagegen verwehre.«

»Nichts dergleichen, junger Mann. Bitte glauben Sie mir, wenn ich Ihnen sage, dass ich Ihnen keine verborgenen Absichten unterstellen will. Aber erklären Sie mir doch bitte«, fuhr sie fort und ließ ihm praktisch keine Zeit für eine Beschwichtigung, »und fühlen Sie sich bitte, was meine Wortwahl betrifft, nicht angegriffen: Warum sollte Farjeon Sie, einen einfachen Assistenten, als Ersatzmann, als Nachfolger vorschlagen, und nicht einen ausgewiesenen Regisseur?«

»Miss Mount, ich glaube, Sie wissen nicht, was es bedeutet, hier Assistent zu sein, Regieassistent, wie wir das im Filmgeschäft nennen. Ich zum Beispiel habe keine Ahnung, ob Sie als Autorin eine Assistentin haben oder nicht. Aber sollten Sie eine haben, dann ist es vermutlich eine tüchtige junge Dame, die Ihr Diktat aufnimmt, Ihre Manuskripte tippt, Ihnen bei der Recherche hilft und vielleicht sogar Tee kocht. Ein Regieassistent beim Film dagegen ist die rechte Hand des Regisseurs. Er steht ihm mit Rat zur Seite, macht Vorschläge, wenn eine Szene nicht richtig funktioniert, arbeitet bei Änderungen am Drehbuch mit, führt sogar bei der einen oder anderen Szene selbst Regie, wenn der Regisseur aus irgendeinem Grund gerade verhindert ist. Es ist eine sehr wichtige Aufgabe, und wie gesagt, ich habe sie an Farchs Seite zehn Jahre lang erfüllt. Er hat mir blind vertraut, und ich gehe deshalb davon aus, dass er mir mehr als jedem anderen zugetraut hat, seinen Film weiterdrehen zu können.«

»Aber nach dem, was die arme Cora Mr Trubshawe und mir erzählt hat, war dieses Vertrauen anfangs nicht gerade gerechtfertigt. Sie waren als Regisseur zunächst ziemlich katastrophal, oder? Anscheinend waren Sie so ein hoffnungsloser Fall, dass sogar davon die Rede war, die Produktion erneut abzubrechen. War das nicht so?«

Obwohl er noch immer nicht eingreifen wollte, zuckte

Calvert angesichts der typisch brutalen Offenheit der Schriftstellerin zusammen; und selbst Trubshawe, der ihren ruppigen Stil schon kannte, fragte sich, ob sie jetzt nicht zu weit gegangen war.

Hanway dagegen blieb unerschütterlich ruhig.

»Das war tatsächlich so«, antwortete er. »Und ich wäre der Erste, der einräumen würde, dass Miss Rutherfords Eindruck völlig richtig war. Na ja, der Erste offensichtlich doch nicht, denn sie hatte es ja schon vor mir begriffen. Ich will gar nicht abstreiten, dass diese ersten Tage am Set ein Albtraum für mich waren. Ich war vollkommen eingeschüchtert durch das Vorbild, die geisterhafte Präsenz, die Aura, wenn Sie so wollen, des großen Alastair Farjeon. Ich habe mich immer wieder selbst gefragt: ›Was hätte Farch jetzt gemacht? Was hätte Farch jetzt gemacht?‹ Und je hilfloser ich das in meinem Kopf hin und her wälzte, desto schlimmer wurde es. Sie müssen wissen, ein Filmteam ist fast wie eine Horde wilder Tiere. Diese Leute können die Angst des Regisseurs förmlich wittern, und wenn er selbst merkt, dass sie seine Angst wittern, wird die Situation ziemlich unerträglich. Ehrlich gesagt war ich drauf und dran, alles hinzuschmeißen, ehe mich das Studio feuerte.«

»Was ist denn so plötzlich passiert, das alles verändert hat?«

»Das war ganz einfach. Ich hörte auf, mich zu fragen, ›Was hätte Farch jetzt gemacht?‹, und fragte mich stattdessen, was ich selbst tun sollte. Ich warf seinen Schatten ab, so wie man aufgetragene Kleider wegwirft. Ich wusste, dass ich es in mir habe, einen guten Film zu machen, und dass ich es nur herauslassen muss.«

»Können Sie uns sagen, Mr Hanway«, fragte Calvert, der es vermutlich an der Zeit fand, seine Autorität zu bekräftigen, »wo genau Sie sich befunden haben, als Cora Rutherford vergiftet wurde?«

»Ach, dann war es also wirklich Gift. Darüber stand heute Morgen nichts in der Zeitung. Sollen wir das geheim halten?«

»Überhaupt nicht. Wenn es heute Morgen nicht in der Zeitung gestanden hat, dann nur deshalb, weil ich selbst erst heute Morgen darüber informiert worden bin.«

»Ich verstehe.«

»Dann möchte ich die Frage noch mal wiederholen. Wo waren Sie, als es passiert ist?«

»Wo ich war? Ich saß auf meinem Stuhl und habe ihr zugeschaut, wie wir alle. Ihr zugeschaut haben, meine ich, nicht auf meinem Stuhl gesessen.«

»Sie hatten überhaupt keine Ahnung, was gleich geschehen würde?«

Hanway setzte eine ungläubige Miene auf.

»Meinen Sie das ernst?«

»Beantworten Sie einfach nur die Frage, Sir.«

»Natürlich hatte ich keine Ahnung! Nicht die geringste! Wie denn auch? Ich war so verblüfft – ja entsetzt – wie jeder andere auch.«

»Und Miss Rutherford selbst? Wie standen Sie zu ihr, was waren Ihre persönlichen Empfindungen ihr gegenüber?«

»Cora? Nun …«

Einen Augenblick lange wurde die Aufmerksamkeit des Regisseurs durch die Rückkehr von Sergeant Whistler abgelenkt, der lediglich durch ein diskretes, bestätigendes Kopfnicken Calvert eine Mitteilung machte. Dann wandte sich der junge Beamte wieder Hanway zu.

»Mochten Sie sie? Oder mochten Sie sie nicht? Ich möchte Sie bitten, ganz offen zu sein, verstehen Sie?«

»Persönlich hatte ich überhaupt nichts gegen Cora. Hegte allerdings auch keine besonderen Gefühle für sie. Sie müssen wissen, Inspektor, dass ich, bevor ich *Wenn sie je meine Leiche finden* übernahm, Cora Rutherford noch nie begegnet war. Ich hatte sie natürlich zwei- oder dreimal auf der Bühne gesehen, aber das war alles.«

»Und beruflich?«

»Beruflich? Also, von einem rein professionellen Standpunkt aus kann ich nicht leugnen, dass Cora Rutherford nie und nimmer meine erste Wahl für die Rolle war und auch nie gewesen wäre. Ich habe sie gewissermaßen ›geerbt‹, so wie alles andere bei diesem Film.«

»Ausgenommen Leolia Drake«, merkte Trubshawe überraschend an.

Zum ersten Mal überhaupt schien Hanway verwirrt.

»Ja …«, antwortete er schließlich, nachdem er etwas Zeit gebraucht hatte, um sich zu sammeln. »Das stimmt natürlich. Aber Sie müssen verstehen, dass ich zu dieser speziellen Entscheidung gezwungen war. Die Schauspielerin, die ursprünglich die Rolle spielen sollte, war Patsy Sloots, die zusammen mit Farjeon in seiner Villa in Cookham gestorben ist. Deshalb war Miss Drake notwendigerweise meine eigene Wahl für die Rolle. Sie haben mich aber nach meinem Verhältnis zu Cora Rutherford gefragt«, wechselte er schnell das Thema. »Tatsache ist, dass ich ihr niemals diese Rolle übertragen hätte, wenn diese Entscheidung bei mir selbst gelegen hätte.«

»Oh«, sagte Evadne Mount, »und darf ich fragen, warum?«

Die Antwort fiel scharf aus.

»Miss Mount, ich weiß, wie nah Sie Cora gestanden haben. Bei dieser Befragung sind Sie bislang mir gegenüber sehr offen gewesen, manchmal sogar aggressiv, und ich sehe deshalb nicht ein, warum ich Ihnen gegenüber nicht genauso offen sein sollte. Cora wollte die Rolle unbedingt haben – das wusste ich schon von Farch –, sie hätte praktisch alles dafür getan. Und warum? Weil sie, um es ganz direkt zu sagen, auf dem absteigenden Ast war. Farch wusste es, ich wusste es, Cora wusste es, und ich glaube, Sie wissen es auch.«

»Ob ich das nun wusste oder nicht, es hätte ihrem schauspielerischen Können bestimmt keinen Abbruch getan.«

»Verzeihen Sie mir, aber ich erlaube mir, hier anderer Ansicht zu sein. Meiner Erfahrung nach –, und sie ist natürlich bei Weitem nicht so groß wie die von Farch, aber es ist nun mal meine einzige Erfahrung – meiner Erfahrung nach ist eine Schauspielerin, die eine Rolle so unbedingt haben wollte wie Cora, haargenau die letzte, der man sie geben sollte.«

»Und warum?«

»Weil eine Schauspielerin, die so versessen auf diese Rolle war, ganz einfach der Versuchung nicht hätte widerstehen können, mehr aus ihr herauszupressen, als wirklich in ihr steckte. Ich hatte einige Vorgespräche mit Cora, und ich schwöre Ihnen, für sie war der Film nur insofern wichtig, als ohne ihn ihre Rolle nicht existiert hätte. Was sie anbelangte, bedeutete *Wenn sie je meine*

Leiche finden vor allem ihr Comeback – mein Film war da bloß ein geeignetes Mittel zum Zweck.

Nein, wirklich, Miss Mount, das ist nicht das, was ich von einer Schauspielerin erwarte. Ich kann niemanden brauchen, der alles an sich reißt und mit seiner Rolle zukleistert. Schließlich war Coras Part eher eine Nebenrolle.«

»Aber wie ich gehört habe, haben Sie sie gern – oder zumindest bereitwillig – etwas bedeutender gemacht. Sie haben sie ›aufgeblasen‹, um mit Coras Worten zu sprechen.«

»Aber nur«, warf er eilfertig ein, »nur weil ich mir die überdrehte, schwülstige – um ein böses, aber gerechtfertigtes Wort zu gebrauchen –, die miserable Show ausmalen konnte, die sie abziehen würde, und ich wollte deshalb ihrer Rolle etwas mehr Raum auf der Leinwand geben, damit ich die hysterischen und theatralischen Eskapaden auffangen konnte, die ich schon kommen sah. Das ist der einzige Grund, warum ich ihre Rolle ›aufgeblasen‹ habe, das dürfen Sie mir glauben.«

»Und als Sie zugeschaut haben, wie sie ihre Szene spielte, ein paar Minuten vor ihrem Tod«, fragte die Schriftstellerin ruhig, »haben Sie da immer noch gedacht, dass sie eine miserable Vorstellung abliefert?«

Hanway sah sie sehr lange an, bevor er den Kopf schüttelte.

»Nein, habe ich nicht. Ich hatte mich geirrt, lag hoffnungslos daneben. Sie war großartig. Ich nehme alles zurück. Ihnen gegenüber – und Cora gegenüber, wenn Sie mich jetzt hören kann.«

Einen Augenblick herrschte Schweigen, bevor Calvert wieder das Wort ergriff.

»Ich habe noch eine letzte Frage an Sie, Mr Hanway, und dann können Sie gehen.«

»Ja, Inspektor?«

»Soviel ich weiß, hat Cora Rutherford direkt *nach* der Mittagspause aus dem mit Gift gefüllten Glas getrunken. Und zwar, weil Sie selbst ihr erst unmittelbar *vor* der Mittagspause gesagt hatten, sie solle das tun, da Sie diesen Einfall, die Szene stärker zu machen, selbst gerade erst gehabt hatten. Sie begreifen doch sicher, wie sehr diese Fakten gegen Sie sprechen?«

Hanways Ausdruck veränderte sich nicht. Er hatte gewusst, dass man ihm diese Frage stellen würde.

»Inspektor, von der Tatsache abgesehen, dass ich kein erkennbares Motiv hatte, Cora zu töten – ich hatte im Gegenteil nicht nur ein, sondern gleich zwei starke Motive dafür, sie am Leben zu lassen, wenn ich das so sagen darf. Zum einen hielt ich wie gesagt die Vorstellung, die sie bis dahin abgeliefert hatte, für großartig; zum anderen gefährdet ihr Tod ernsthaft die Zukunft dieses Films und damit auch meine eigene. Von alldem einmal abgesehen, lassen Sie mich aber so antworten: Wenn ich den Wunsch gehabt hätte, Cora zu töten, hätte ich sie gebeten – in aller Öffentlichkeit –, aus einem Glas zu trinken, in das ich persönlich gerade erst Gift geträufelt habe?«

»Entschuldigen Sie, Sir, aber …«, begann Calvert, aber Hanway war noch nicht fertig.

»Inspektor, lassen Sie mich bitte ausreden, denn ich glaube, ich weiß, was Sie sagen wollen. Sie wollen sagen, dass ein solches Argument einfach nicht zählt, weil ich genau dieselbe Antwort geben würde, ganz gleich, ob ich sie nun getötet habe oder nicht? Stimmt's?«

»Ja-a, ungefähr so«, antwortete Calvert, der ein Lächeln darüber nicht unterdrücken konnte, wie geschickt man ihm zuvorgekommen war.

»Dann möchte ich, mit allem gebotenen Respekt, doch vorbringen, dass die Frage überhaupt nicht hätte gestellt werden dürfen. Ich wiederhole, mit allem gebotenen Respekt.«

»*Touché*, Mr Hanway«, sagte Calvert. »Aber bedenken Sie eins. Cora Rutherford ist weder erstochen noch erdrosselt worden. Sie wurde vergiftet. Nun habe ich schon eine ganze Menge Ermittlungen mitgemacht und noch keinen Fall erlebt, bei dem jemand Gift mit sich geführt hätte mit der vagen Aussicht, vielleicht einen Mord begehen zu wollen. Der einzige, der Cora Rutherford vergiftet haben kann, ist jemand, der das Verbrechen geplant haben muss, jemand, der das Gift gestern Morgen mit ins Studio gebracht hat, weil er wusste – *wusste*, Mr Hanway –, dass sie nachmittags aus dem Champagnerglas trinken sollte. Es tut mir leid, aber außer Ihnen fällt mir niemand ein, auf den diese Beschreibung passen könnte.«

»Haben Sie nicht etwas vergessen, Inspektor?«

»Was denn?«

»Das: Sie haben vergessen, dass dies ein Filmstudio ist. Dazu gehört ein Labor. Und in diesem Labor werden Sie, wenn ich mich nicht irre, viele von den sogenannten Industriegiften finden – Blausäureverbindungen werden sie, glaube ich, genannt –, die man in der Foto- und Filmindustrie viel verwendet. Jeder, der in Elstree arbeitet, wird bestätigen, was ich gerade gesagt habe. Und deshalb hätte auch jeder andere genauso leicht Zugang zu diesen

Giften gehabt wie ich. Zum Labor sind es zu Fuß gerade mal fünf Minuten von hier.«

Calvert starrte ihn an, als ob er ein Insekt durch ein Vergrößerungsglas betrachtete. Dann:

»*Re-touché.*«

Mit einem lässigen Kopfnicken bestätigte Hanway seinerseits Calverts klägliches Eingeständnis seiner Niederlage.

»Oh, und ich nehme auch nicht an, Mr Hanway, dass Sie von der Idee mit dem halb vollen Champagnerglas schon irgendjemand anderem erzählt hatten, bevor Sie mit Miss Rutherford darüber gesprochen haben?«

»Sie meinen, ob ich von meiner Idee schon jemandem erzählt habe, bevor ich sie überhaupt hatte? Also, hören Sie, Inspektor.«

»Gut, Sir, akzeptiert. Nun, ich danke Ihnen sehr dafür, dass Sie mir so viel Zeit geopfert haben. Sollte ich später noch Fragen habe, weiß ich ja, wo Sie zu finden sind.«

»Danke, Inspektor, dass Sie es mir so angenehm gemacht haben, *verhältnismäßig* angenehm.«

Mit einer knappen Verbeugung zur Schriftstellerin und zum Detektiv hin erhob sich der Regisseur und ging mit großen Schritten aus dem Zimmer.

Einen Moment lang sagte keiner ein Wort. Dann meinte Trubshawe, der seine Pfeife mit Tabak stopfte:

»Also, das ist ein eiskalter Typ.«

Elftes Kapitel

Aus Rücksicht auf die Bitte Benjamin Leveys, seine beiden Hauptdarsteller nicht mehr in Anspruch zu nehmen als absolut nötig, entschied sich Calvert dafür, als Nächsten Gareth Knight in die Mangel zu nehmen und gleich danach Leolia Drake. Wie zuvor war es Sergeant Whistler, der Knight schweigend in Hanways Büro und zum Vernehmungsstuhl führte. Er nickte zunächst Evadne Mount und Trubshawe zu und wandte sich dann Tom Calvert zu. Er zog sein Zigarettenetui aus der Innentasche seines tadellos geschnittenen Sportjacketts und wollte gerade fragen, ob er rauchen dürfe; doch dann, als die beiden Männer sich kritisch musterten, geschah etwas Unerwartetes.

Obwohl einem ungeübten Auge wahrscheinlich nichts Außergewöhnliches aufgefallen wäre, gab es für Trubshawe überhaupt keinen Zweifel. Er bildete es sich nicht bloß ein, zu sehen – nein, er sah wirklich, wie der Schauspieler ängstlich errötete. Es war ganz deutlich, dass er Calvert wiedererkannte, und dieses Wiedererkennen war es, was ihn – Coras Worte – so erstarren ließ.

Aber hatte auch Calvert Knight wiedererkannt? Das war nicht gleich auszumachen, weil der junge Beamte die Befragung höflich neutral, ja beinahe unterwürfig eröffnete.

»Ich möchte mich wirklich sehr bei Ihnen bedanken, Mr Knight, dass Sie bereit waren, hier zu erscheinen, und ich will Ihnen auch gleich versichern, dass ich Ihnen so wenig wie irgend möglich von Ihrer kostbaren Zeit rauben werde. Wenn Sie erlauben, möchte ich Ihnen lediglich ein paar Fragen über die furchtbare Geschichte stellen, die hier gestern Nachmittag passiert ist. Sie haben doch nichts dagegen, oder?«

Der plötzlich ziemlich wachsbleiche Knight, der unruhig auf seinem Stuhl hin- und herrutschte, schien größere Probleme beim Anzünden seiner Zigarette zu haben, als man es von so einem weltmännischen Leinwandidol erwartet hätte.

»Überhaupt nicht, überhaupt nicht – ich stehe Ihnen voll und ganz zur Verfügung.«

»Gut. Also, ich muss Sie wirklich nicht fragen, wer Sie sind und all diese Dinge. Jemand, der so berühmt ist wie Sie, braucht wirklich kein Empfehlungsschreiben, wie man so sagt. Also kommen wir direkt zu …«

Er brachte den Satz nicht zu Ende.

»Sagen Sie mal, Sir, sind wir uns nicht schon einmal begegnet, wir beide? Ich weiß, ich sollte mich natürlich noch daran erinnern, aber …«

Knight biss sich in seine berühmte volle Unterlippe – aber so verstohlen, dass auch diese Geste wieder nur von Trubshawe bemerkt wurde, den viele Jahre Erfahrung gelehrt hatten, immer auf solche Zeichen der Nervosität zu achten, die andere im Allgemeinen übersahen.

Der Schauspieler, der eingesehen haben musste, dass es ebenso nutzlos wie kontraproduktiv sein würde, die Wahrheit zu verheimlichen, antwortete etwas verhuscht:

»Ja, Inspektor, Sie haben ganz recht. Wir sind uns schon einmal begegnet.«

»Das war, als ich im Dienst war, oder?«

»Ja, das stimmt.«

»Jetzt erinnere ich mich auch. Und ich konnte mich nicht gleich daran erinnern, wo und wann wir uns zuerst begegnet sind, weil Sie damals nicht denselben Namen benutzt haben. Hab ich recht?«

»Ja, das stimmt.«

»Würde es Ihnen etwas ausmachen, mir zu sagen, unter welchem Namen Sie damals festgenommen wurden?«

Wie schon vor ihm Hanway, warf auch Knight einen nervösen Blick auf die Schriftstellerin und den Chefinspektor.

»Kein Grund zur Beunruhigung, Sir«, sagte Calvert. »Alles, was hier besprochen wird, bleibt unter uns. Kein Sterbenswort an andere – es sei denn natürlich, es stellt sich als wichtig für den Fall heraus, der hier untersucht wird.«

»In Ordnung«, sagte Knight, der sichtlich bemüht war, seine Nerven in den Griff zu bekommen. »Es ist vor etwa anderthalb Jahren passiert. Am VE-Day. Oder VD-Day, wie ihn, glaube ich, irgendein Scherzbold genannt hat.[11] Ich wurde von zwei Polizisten am Leicester Square festgenommen, weil ...« – er zögerte wieder, bevor er sich in einen unbekümmerten Ton flüchtete –, »weil ich in einer öffentlichen Toilette Kontakt suchte. Der ... der junge Mann, mit dem ich glaubte, ein angenehmes und, äh, vielversprechendes Gespräch zu führen, entpuppte sich – wie Sie wissen, Inspektor – als Polizist in Zivil. Ich muss sagen, Inspektor, ich fand, dass die Polizeiarbeit damit ein bisschen zu weit getrieben wurde, besonders an einem so fröhlichen und festlichen Tag.«

»Nun, das tut mir natürlich leid, dass Sie das so empfinden, Sir, aber für mich war es ein Einsatz wie jeder andere. Unsere Aufgabe ist es, die Öffentlichkeit vor solchen …«, sagte Calvert. »Ach egal, fahren Sie fort.«

»Wie gesagt, ich wurde am Leicester Square festgenommen und zur Wache an der Bow Street gebracht. Glücklicherweise hat mich der Sergeant dort nicht erkannt, und ich konnte einen anderen Namen angeben …«

Calvert unterbrach ihn.

»Ich bin erstaunt, dass Sie das ganz unverfroren zugeben, Mr Knight. Sie haben damit eine schwerwiegende Straftat begangen.«

»Sie verstehen nicht, Inspektor. Gareth Knight ist mein Künstlername. Aus einem Grund, der auf der Hand liegt – meine Karriere wäre auf der Stelle beendet gewesen, wenn die Presse von meiner Festnahme Wind bekommen hätte –, habe ich meinen richtigen Namen angegeben.«

»Und der wäre?«

Seine Wangen strafften sich, und Knight schien sich sogar eher dagegen zu sträuben, seinen wahren Namen anzugeben, als die Straftat einzugestehen, die er begangen hatte.

»Colleano, Luigi Colleano.«

»Verstehe«, sagte Calvert. »Luigi Colleano? Klingt ganz anders als Gareth Knight, nicht wahr? Sie sind also Italiener?«

»Tatsache ist, dass ich in Bournemouth geboren bin. Mein Vater, der kurz vor dem Ersten Weltkrieg ausgewandert ist, hat sein Geld damit verdient, auf dem Pier Eis und Waffeln zu verkaufen.«

»Ah ja. Das ist alles durchaus respektabel, möchte ich

sagen. Aber sagen Sie mal, haben Sie damals nicht auch anders ausgesehen?«

»Ich hatte mir an diesem Tag den Schnurrbart abrasiert. Und ich trug eine Brille.«

Er sah den milden Tadel in Calverts Miene und fügte hinzu:

»Das ist doch kein Verbrechen, soweit ich weiß?«

»Das habe ich nie behauptet. Wenn ich mich recht erinnere, hat man Sie nach Wormwood Scrubs gesteckt, stimmt's?«

»Drei Monate Zuchthaus. Meine Kriegsteilnahme hat für mich gesprochen. Ich habe als Pilot der Royal Air Force an der Schlacht um England teilgenommen. Habe drei Messerschmitts und eine Dornier abgeschossen. Habe den Distinguished Service Orden erhalten.«

»Nur drei Monate?«, fragte Calvert. »Nun, Mr Knight, da können Sie sich wirklich nicht beklagen. Sie hätten glatt zwei Jahre bekommen können, wissen Sie.«

»Mag sein«, stimmte Knight lakonisch zu. »Das Wichtigste ist, es stand nichts davon in den Zeitungen, und mein Ruf wurde nicht beschädigt.«

»Sie selbst mögen das so sehen. Für die Polizei ist das Wichtigste, dass Sie Ihre Schuld gegenüber der Gesellschaft beglichen haben. Also reden wir nicht mehr davon.«

»Kommen wir zur Sache. Wenn ich es richtig verstehe, haben Sie gerade eine Szene mit Cora Rutherford gespielt, als sie starb?«

»Das stimmt. Wir spielten gerade unsere große Szene.«

»Und was war Ihre Reaktion, Ihre allererste Reaktion, als sie direkt vor Ihren Augen zusammenbrach?«

»Meine allererste Reaktion? Um ganz offen zu sein – es ist grässlich, so etwas zuzugeben –, aber meine allererste Reaktion war der Gedanke, dass sie mir die Schau stiehlt.«

»Ihnen die Schau stiehlt?«, sagte ein verwirrter Calvert. »Was wollen Sie damit sagen?«

»Das bedeutet«, erklärte Evadne Mount und schaltete sich zum ersten Mal ein, »die Bettdecke auf die eigene Seite ziehen, wie die Franzosen sagen. Habe ich recht, Mr Knight?«

Knight wandte sich ihr zu.

»Ja, das stimmt, Mrs …?«

»Miss. Miss Evadne Mount.«

»Miss Mount. Ja, ich würde sagen, das war eine ziemlich hübsche Definition.«

Dann sagte er, wieder zu Calvert gewandt:

»Es bedeutet, dass man seine Mitspieler ausstechen will. Und, ja, jetzt schäme ich mich, wenn ich daran denke, aber bevor ich begriff, dass etwas Todernstes passiert war, dachte ich, genau das war Coras Absicht.«

»Sie mochten Sie nicht, oder?«, fragte ihn die Schriftstellerin.

»Cora? Wie kommen Sie darauf?«, fragte er und zeigte sich überrascht. »Oh, ich will nicht so tun, als ob sie mir nicht manchmal auf die Nerven gegangen wäre mit ihren ganzen Kollern und Kapriolen und besonders mit ihrem chronischen Zuspätkommen – ich kann Unpünktlichkeit nicht ausstehen –, aber nein, im Grunde meines Herzens mochte ich Cora ziemlich gern.«

Diese Enthüllung ließ Evadne hellhörig werden.

»*Tatsächlich?*«, fragte sie, noch überraschter von Knights Antwort, als er von ihrer Frage gewesen war.

»Aber ja. Ich kann nicht behaupten, dass ich sie besonders gut kannte, aber wissen Sie, im Lauf der Jahre sind wir uns im Ivy und im Caprice und diesen Lokalen immer wieder über den Weg gelaufen.«

»Beruflich hatten sie vorher nicht mit ihr zu tun, nehme ich an?«, fragte Calvert.

»Doch, hatte ich. Einmal. Das muss 1930 gewesen sein. Vielleicht 31. Wir haben zusammen Theater gespielt.«

»Wirklich?«, warf Evadne ein. »Das hat Cora mir gegenüber nie erwähnt.«

»Wohl aus gutem Grund. Das war nichts, womit man gern angegeben hätte. Ein Stück von Eugene O'Neill – ohne Frage eines seiner schwächeren. *Orpheus Schmorpheus.* Eine Adaption aus dem Französischen – Jean Cocteau, verstehen Sie. Nach fünf Vorstellungen war Schluss. Wenn Sie mich fragen, nach genau fünf zu viel. O'Neill hatte keinen Sinn für das Leichte.«

»Aber was Cora anbelangt«, hakte die Schriftstellerin nach, »Sie sagen, Sie mochten sie wirklich?«

»Aber ja, sehr. Als wir uns vor ungefähr fünfzehn Jahren das erste Mal begegnet sind, war sie etwas ganz Besonderes. So hinreißend, dass man sie nicht mehr vergaß, und von einer unglaublichen Präsenz. Nicht nur auf der Bühne, sondern auch sonst. Sie war eine von diesen Schauspielerinnen, die keine künstliche Beleuchtung brauchen. Das war gar nicht nötig, denn sie schien selbst zu leuchten.«

»Das haben Sie schön gesagt, junger Mann.«

»Oh, vielen Dank, Miss Mount. Und übrigens auch vielen Dank für den ›jungen Mann‹. Cora und ich waren vom selben Schlag. Sie war natürlich ein bisschen älter als ich, aber wir hatten beide das, was sie eine ›Vergangenheit‹ genannt hätte. Wir haben beide unsere Karriere am Theater begonnen, bevor wir schließlich zum Film kamen. Und wir wussten beide: Nur wenn wir aufhörten, Lügen über das zu erzählen, was wir erreichen wollten, und stattdessen Lügen über das erzählten, was wir bereits erreicht hatten, würden wir weiterkommen.

Cora hatte nur ein Problem: Sie hat nie gelernt, sich anzupassen. Auch wenn sie vor einer Filmkamera spielte, sprach sie ihren Text noch immer so, als müsste man ihn auch noch in der letzten Reihe des zweiten Rangs verstehen. Und sie benahm sich weiter – oder benahm sich weiter daneben –, als sei sie ein großer Star, und der ist sie in den letzten Jahren ganz bestimmt nicht mehr gewesen. Wie auch immer, sie hatte Klasse, echte Klasse. Sie war nicht eins von diesen oberflächlichen jungen Dingern, an deren Seite man heutzutage auftreten muss und die nicht nur unfähig sind, O'Neill zu spielen, sondern überhaupt noch nie von ihm gehört haben. Und bei all ihrer Zickigkeit, deren Opfer ich – das versichere ich Ihnen – mehr als einmal gewesen bin, konnte sie doch sehr großzügig sein.«

»Ich bin voll und ganz Ihrer Meinung«, sagte Evadne Mount. »Genau das habe ich auch zu meinem Freund Eustace hier gesagt. Cora war ein Juwel.«

»Sagen wir mal, ein Brillant«, murmelte der Schauspieler und fügte dann galant hinzu: »Aber einer von Fabergé.«

»Demnach«, sagte Trubshawe, der nicht allzu erfreut war, dass sein kläglicher Vorname so unbekümmert enthüllt wurde, »hatten Sie keine Einwände dagegen, dass sie in dem Film mitspielte?«

»Einwände? Bestimmt nicht. In Wirklichkeit war ich es, der Farch davon überzeugt hat, dass sie die ideale Besetzung für die Rolle war.«

»Ach, tatsächlich, Sie waren das?«, sagte Trubshawe nachdenklich. »Nun, *das* ist interessant ...«

»Weshalb?«

»Verstehen Sie nicht, Sir? Offensichtlich hatte jemand ein reges Interesse daran, Miss Rutherford außer Gefecht zu setzen. Und eine Möglichkeit, sie auszuschalten, war, sie mitten auf dem geschäftigen Filmset zwischen all den Leuten vergiften zu lassen. Und jetzt erzählen Sie uns, dass Sie es waren, der sie für die Rolle vorgeschlagen hat. Begreifen Sie nicht, worauf ich hinauswill?«

Gareth Knight dachte nach und sagte dann:

»Nein, eigentlich nicht. Sie scheinen vergessen zu haben, dass im Originaldrehbuch nichts davon steht, dass Cora aus dem Champagnerglas trinken sollte. Das war ein Einfall des Regisseurs am Set, in allerletzter Minute, so wie bei Farch unzählige Male. Meinen Sie wirklich, ich habe durch irgendeine Eingebung schon vorher gewusst, dass Hanway auf diese Idee kommen würde?«

»Ein Denkzettel für Sie, Eustace!«, rief Evadne beinahe triumphierend aus.

»Außerdem«, fuhr Knight ruhig fort, »wiederhole ich noch mal: Ich mochte Cora. Es ist absurd zu glauben, ich hätte einen Grund gehabt, sie zu töten. Ich hatte keinen Grund, und ich kann mir auch nicht vorstellen, warum irgendjemand einen gehabt haben sollte. Es gab Momente, in denen ich ihr mit Vergnügen an die Gurgel gesprungen wäre – aber ich hätte ihr niemals wirklich etwas antun können, wenn Sie verstehen, was ich meine.«

»Schon verstanden«, sagte Calvert. »Aber sagen Sie, Mr Knight, in den etwa anderthalb Stunden, die zwischen dem Augenblick, als alle in die Mittagspause gingen, und dem Moment vergangen sind, als Sie wieder auf dem Set erschienen, wo genau haben Sie sich überall aufgehalten? Wo sind Sie hingegangen? Und was haben Sie gemacht?«

»Ich habe die ganzen anderthalb Stunden in meiner Garderobe verbracht.«

»Sie haben nicht in der Kantine zu Mittag gegessen?«

»Im Kasino? Nein, das mache ich nie. Meine Perle macht mir jeden Tag mein Essen und bringt es mir von meiner Londoner Wohnung nach Elstree.«

»Und diese Sekretärin? War sie eine Zeit lang bei Ihnen in der Garderobe?«

»Er, Inspektor.«

»Er?«

»Mein Sekretär ist männlich.«

»Aha … ich verstehe. Also, war *er* eine Zeit lang bei Ihnen?«

»Er war die ganze Zeit bei mir. Um genau zu sein, wir haben zusammen Mittag gegessen. Dann hat er mir geholfen, die neue Szene noch einmal durchzugehen. Er spielte Cora. Ich meine, er sprach Coras Text. Das wird er ganz sicher bezeugen.«

»Bestimmt, Sir, ganz bestimmt.«

Calvert nahm einen neuen Anlauf und sagte jetzt: »Dieser Film – *Wenn sie je meine Leiche finden* – scheint irgendwie verhext zu sein, nicht wahr? Miss Rutherford stirbt mitten auf dem Set, und erst vor ein paar Wochen ist Mr Farjeon umgekommen. Sein Tod muss ein großer Schock für Sie gewesen sein.«

»Ja, das war ein Schock«, sagte Knight. »In beruflicher Hinsicht. Wissen Sie. Ich habe in mehreren von Farchs Filmen mitgespielt. Ich gehörte gewissermaßen zu seiner Stammbesetzung.«

»In beruflicher Hinsicht, sagen Sie. Und in persönlicher?«

Knight verfiel in Schweigen. Es war offensichtlich, dass er mit sich rang, ob er etwas sagen sollte oder nicht. Schließlich sagte er:

»Inspektor, in meiner Bewunderung für den Künstler Alastair Farjeon stehe ich niemandem nach. Er war, das versteht sich von selbst, ein echtes Genie und einer der wenigen Gründe, derentwegen wir auf die beklagenswerte britische Filmindustrie zumindest noch ein kleines bisschen stolz sein konnten. Aber als Mensch …«

Er zuckte mit den Schultern.

»Sie waren also nicht gerade enge Freunde, nehme ich an?«

»Doch, das ist es ja gerade – wir waren Freunde«, antwortete Knight mit verzerrtem Gesicht. »Das war ja das Schreckliche. Sie verstehen, ich …«

»Ja, Mr Knight?«

»Na gut, nach allem, was ich Ihnen inzwischen gestanden habe, kann ich Ihnen auch gleich die ganze Geschichte erzählen. Jetzt, da Farjeon tot ist, macht es auch keinen Unterschied mehr. Als ich festgenommen wurde, habe ich Farch gebeten, meine Kaution zu hinterlegen, meinen Rechtsanwalt zu benachrichtigen und sich um alles Weitere zu kümmern. Selbstverständlich musste ich ihn in die ganze schäbige Geschichte einweihen. Und selbstverständlich, wie hätte es bei einem so verkorksten Charakter auch anders sein können, hat er sofort erkannt, was dieser Vorfall für meine zukünftige Karriere bedeutete.«

»Trotzdem hat er Sie weiter für seine Filme verpflichtet.«

»Ja, Miss Mount, da haben Sie recht, das hat er getan. Auf der anderen Seite – und bei Farch gab es immer eine andere Seite – hat er dafür gesorgt, dass ich nie vergaß, was er wusste. Dass ein einziges unbedachtes Wort aus seinem Mund meinen Ruf ruinieren könne. Dass er seit jeher eine Schwäche für hochprozentige Getränke gehabt habe und, wenn er angetrunken sei, die unglückliche Neigung entwickle, geschwätzig zu werden – dass es deshalb in meinem Interesse liege, dafür zu sorgen, dass er nichts trinke –, und so weiter und so fort. Er stichelte und stichelte, bis ich dachte, ich werde wahnsinnig. Es wäre also geheuchelt, verstehen Sie, wenn ich leugnen würde, wie ungeheuer erleichtert ich war, als ich von seinem Tod hörte, auch wenn ich diesen Verlust für das britische Kino aufrichtig beklage.«

»Aber um noch einmal auf das zurückzukommen, was Sie vorhin gesagt haben, Inspektor, Sie könnten recht haben. Vielleicht liegt tatsächlich ein Fluch auf dem Film. Es soll nicht makaber klingen, aber ich frage mich schon …«

»Sie fragen sich was, Sir?«, bohrte Calvert nach.

»Ich frage mich, wer als Nächster drankommt.«

Als Nächste kam Leolia Drake dran, jedoch nur in dem Sinn, dass sie die Nächste war, die befragt wurde.

Mit einem schweren Kaschmirmantel angetan, der aus mehreren Lagen bestand, betrat sie den Raum. Sie hüllte ihren Körper so fest darin ein, als sei es bitterkalt, was nicht der Fall war, oder als trüge sie nichts darunter, was ebenfalls nicht der Fall war. Sie ließ sich auf dem Stuhl nieder, der Calvert gegenüberstand, schob ihren Rock mit einer so theatralischen Geste über die Knie, als ob die zu sehen wären, was genauso wenig der Fall war, und wartete darauf, dass Calvert mit seiner Befragung begann.

Da dieser zu Beginn der Befragung etwa dasselbe sagte wie bei Hanway und Knight, muss auf seine einleitenden Worte nicht weiter eingegangen werden. Es genügt, wenn man sagt, dass die Schauspielerin Calvert bestätigte, was Lettice Morley ihm schon erzählt hatte, dass sie nämlich in der Tat gerade im Gespräch mit Gareth Knight gewesen war, als sie von Hanways super »neuer Idee« gehört hatte.

»Könnten Sie mir dann bitte erklären, Miss Drake«, sagte Calvert, »wo genau Sie in dem Augenblick waren, als Miss Rutherford aus dem Glas mit dem Gift trank – es ist inzwischen übrigens offiziell bestätigt worden, dass es sich um Gift handelte. Etwa zufällig am Set?«

»Ja, sicher, ich war da. Aber ich war nicht in Coras Nähe, wissen Sie. Ich stand hinter der Kamera. Ich hätte unter keinen Umständen …«

»Warum«, fragte Evadne Mount barsch, »waren Sie denn überhaupt am Set, wenn Sie in der Szene gar nicht mitspielten?«

»Nun, Rex war so unglaublich brillant, dass ich mich

einfach nicht von ihm losreißen konnte. Ich musste einfach an seiner Seite sein und zugucken, wie unglaublich gut er ist. Mir liefen lauter verrückte kleine Schauer den Rücken runter.«

»Wie ich sehe, haben Sie von ihm als Regisseur eine hohe Meinung.«

»Natürlich«, antwortete sie, als verstünde sich das von selbst. »Ich meine, wir gehen nämlich miteinander aus.«

»Tatsächlich?«

»Nun, um Ihnen die ganze Wahrheit zu sagen« – sie konnte nicht widerstehen, ihr berüchtigtes Kleine-Mädchen-Gekicher loszulassen –, »wir bleiben auch über Nacht zusammen, falls Sie verstehen, was ich meine. Wir sind das, was die Zeitschriften ein Pärchen nennen, müssen Sie wissen.«

»Hat er Ihnen deshalb eine Rolle in seinem Film gegeben?«

»Bitte?«

»Ich habe Sie gefragt, ob er Ihnen deshalb eine Rolle in seinem Film gegeben hat.«

Die Frage brachte die Schauspielerin völlig aus der Fassung.

»Wie können Sie so etwas Gemeines sagen!«, stieß sie schließlich aus. »Es war nicht meine Schuld, dass es Patsy Sloots bei dem Brand erwischt hat! Inspektor, ich weiß nicht, wer diese Frau ist, aber ich weigere mich einfach, hierzubleiben und mich weiter von ihr beleidigen zu lassen!«

»Ja, Miss Mount«, ermahnte Calvert sie, »ich muss Miss Drake recht geben. Es gibt wirklich keinen Grund dafür, sich so feindselig gegenüber Zeugen zu verhalten, die ihr Bestes tun, um uns zu helfen. Wenn Sie nichts dagegen haben, werde ich von jetzt an die Befragung allein fortsetzen.«

Da die Schriftstellerin keine Antwort gab, verfolgte er nun seine eigene Taktik.

»Miss Drake, was für Gefühle hegten Sie gegenüber Cora Rutherford?«

»Ich weiß wirklich nicht, was ich sagen soll.«

»Sagen Sie einfach, was Sie über sie dachten. Mehr will ich gar nicht hören.«

»Sie war kein Mensch, über den ich groß nachgedacht hätte. Sie ist Rex aufgehalst worden, verstehen Sie. Er wollte sie gar nicht besetzen, und wenn er, nun, wenn er frei hätte entscheiden können, dann hätte er keine Sekunde daran gedacht, ihr eine Rolle zu geben, nehme ich an.«

»Das mag wohl so sein. Aber vor einer knappen halben Stunde hat Mr Hanway aus freien Stücken in genau diesem Büro zugegeben, dass er sich geirrt hat. Dass er enorm begeistert war von ihrer schauspielerischen Leistung.«

»Das hat Rex gesagt?«

»Ja, das hat er.«

»Und wenn schon«, antwortete sie gedankenlos, »das war sehr nett von ihm. So ist Rex nun mal. Ein so großzügiger Mensch.«

»Sie selbst waren nicht beeindruckt?«

»Von den Toten soll man nicht schlecht sprechen, Inspektor.«

»Sie haben's gerade getan«, murmelte Evadne Mount leise.

Es folgte ein Schweigen, das der jungen Schauspielerin, auch wenn es nur ein paar Sekunden anhielt, quälend lang vorzukommen schien, weshalb sie sich veranlasst fühlte, es zu brechen.

»Ach, auf ihre Art war Cora schon in Ordnung, wenn man das mag. Aber mal ehrlich, Inspektor. Ihre große Zeit lag nun schon eine Weile – nun, eigentlich schon mehr als eine Weile – zurück. Deshalb war's vielleicht«, schloss sie in freundlichem Ton, »war's vielleicht das Beste für sie, verstehen Sie.«

»Das Beste!«, schnaubte Evadne entrüstet. »Habe ich mich verhört, Sie – Sie – oder wollen Sie tatsächlich sagen, dass Cora sich glücklich schätzen kann, ermordet worden zu sein? Ist es das, was Sie sagen wollen?«

»Nein, nein, nein, nicht im Entferntesten! Das ist unfair von Ihnen, mir so die Worte im Munde zu verdrehen! Und sie so aus dem Zusammenhang zu reißen! Natürlich ist es furchtbar, dass Cora getötet wurde, ganz furchtbar! Ich meinte nur – nun, sie hatte keine große Zukunft mehr, also ist es nicht so schlimm – ich meine, es ist nicht *ganz* so schlimm – wie es gewesen wäre, wenn jemand wie – na, jemand der jünger und – hübscher – mein Gott, jetzt haben Sie mich so durcheinandergebracht, dass ich nicht mehr weiß, was ich eigentlich sagen wollte!«

»Schon in Ordnung, Miss Drake«, tröstete sie Calvert, »schon gut. Ich weiß, das ist alles sehr viel für Sie.«

Er spürte, dass es zwecklos war, die Befragung fortzusetzen, und reichte ihr die Hand.

»Und vielen Dank, dass Sie gekommen sind. Sie haben uns sehr geholfen.«

»Ich habe es zumindest versucht, Inspektor, ich habe es wirklich versucht.«

»Das weiß ich. Sie können jetzt gehen. Es ist zwar nur eine Formalität, aber bitte machen Sie keine Reisepläne, ohne mich vorher darüber in Kenntnis zu setzen.«

»Selbstverständlich. Mit dem Film wird es wahrscheinlich sowieso nichts mehr, deshalb hoffe ich, bald mit den Proben für ein Stück im West End anfangen zu können – *The Philadelphia Story.* Von Sir James Barrie. Kennen Sie es?«[12]

»Ach wirklich?«, sagte Calvert diplomatisch. »Na dann wünsche ich Ihnen für Ihre Bühnenkarriere mehr Glück, als Sie bisher beim Film hatten. Haben Sie noch einmal vielen Dank und auf Wiedersehen.«

»Auf Wiedersehen, Inspektor«, nuschelte sie, den Tränen nahe. Und, ohne Trubshawe, der überhaupt nichts gesagt hatte, oder Evadne, die viel zu viel gesagt hatte, eines Blickes zu würdigen, raffte sie wieder ihren Mantel um sich und huschte aus dem Raum.

Darauf wandte sich Calvert zu der Schriftstellerin um und drohte ihr eindringlich mit dem Zeigefinger.

»Also wirklich, Miss Mount, also wirklich …«

Zwölftes Kapitel

S etzen Sie sich. Bitte.«

Ohne ein Wort des Dankes ließ sich Hattie Farjeon auf dem Stuhl nieder, zu dem der Sergeant sie geführt hatte, und umklammerte dabei eine eigenartige Reisetasche, die mit kunstvollen, vage orientalischen Motiven verziert war, aus der ein eindrucksvolles Paar Stricknadeln herausragte. Da sie Evadne und Trubshawe nur sehr oberflächlich musterte, bevor sie sich wortlos von ihnen abwandte, fühlte Calvert sich diesmal nicht verpflichtet, die üblichen Entschuldigungen für ihre ungewöhnliche Anwesenheit vorzubringen oder die beiden gar namentlich vorzustellen.

An dieser Stelle sei erwähnt, dass Hattie Farjeon, eine kraushaarige, altbackene, pummelige und dem Anschein nach grundsätzlich grummelige Frau in den Fünfzigern keineswegs attraktiv war. In der Farblosigkeit ihres Aussehens und ihrer Kleidung lag etwas merkwürdig Deprimierendes. Sie sah beinahe so aus, als habe sie hart daran gearbeitet, der Welt ihr am wenigsten ansprechendes Äußeres zu zeigen. Natürlich hätte sie niemals den ersten Preis bei einem Schönheitswettbewerb gewinnen können. Man fragte sich jedoch unwillkürlich, ob ihr Haar wirklich so ungekämmt, ihre Gesichtshaut so gesprenkelt, so fleckig sein *musste?* Und *musste* sie wirklich dieses löschpapiergrüne Kostüm tragen, das überall gleichzeitig ausfranste? Vor allem aber: *Mussté* sie ihren Mitmenschen – Mitmenschen, die, hätten sie nur das kleinste ermutigende Zeichen erhalten, durchaus bereit gewesen wären, ihr auf halbem Wege entgegenzukommen –, musste sie denen mit einer derart beleidigenden Gleichgültigkeit begegnen?

Aber so war Hattie eben. Halt von mir, was du willst, schien ihre karge Körpersprache auszudrücken, aber glaub nicht, dass mich das auch nur eine Sekunde lang kümmert.

»Ich möchte Ihnen danken, Mrs Farjeon«, sagte Calvert in neutral höflichem Ton, »dass Sie gekommen sind, um meine Fragen zu beantworten. Erinnern Sie sich, wir sind uns schon einmal begegnet, als dieses entsetzliche Feuer die Villa Ihres verstorbenen Gatten zerstört hat.«

Hattie reagierte nicht.

»Und – und, äh, ich versichere Ihnen, ich werde nicht mehr von Ihrer Zeit in Anspruch nehmen, als unbedingt nötig ist.«

Noch immer keine Antwort.

Calvert spürte jetzt, dass er, wenn er nicht bald eine direkte Frage stellen würde – die Art von Frage, die man, wenn sie unbeachtet bleibt, nicht mehr auf natürliche Schweigsamkeit zurückführen kann, sondern als Provokation begreifen muss –, so entnervt sein würde, dass er überhaupt keine Frage mehr stellen könnte.

»Sie sind Hattie Farjeon, nicht wahr?«, fragte er.

»Ja, die bin ich.«

»Die Witwe von Alastair Farjeon, dem Filmproduzenten?«

»Filmregisseur.«

»Ach ja. Haha, tut mir leid. Ich bringe das wirklich dauernd durcheinander. Für einen Laien wie mich, der von diesen Dingen kaum eine Ahnung hat, ist der Unterschied zwischen beiden nicht immer so klar, wie für Leute aus Ihrer Branche …«

Seine Stimme erstarb. Schweigen.

Es war an der Zeit, zur Sache zu kommen.

»Sagen Sie mir, Mrs Farjeon, warum sind Sie nach wie vor jeden Tag im Studio?«

»Wie bitte?«

»Ich fragte, warum Sie noch immer regelmäßig am Set erscheinen. Ich meine, ich weiß natürlich, dass dieser Film ursprünglich das Projekt Ihres Gatten war, aber nach seinem tragischen Unfall gibt es für Ihre Anwesenheit eigentlich keinen Grund mehr. Oder ist es so, dass Sie sich selbst als – nun, wie man ebenso sagt –, als *Hüterin des Feuers* betrachten?«

Auf der Stelle fielen ihm die im Wortsinn feurigen Umstände von Alastair Farjeons Tod wieder ein, und er sah, wie unglücklich seine letzte Formulierung gewählt war.

»Ich bitte um Entschuldigung. Ich fürchte, ich habe mich sehr unpassend ausgedrückt. Das sollte wirklich kein Wortspiel sein, das versichere ich Ihnen.«

»Ich habe auch keins gehört«, antwortete sie naserümpfend. Dann schwieg sie wieder.

»Meine Frage haben Sie aber noch nicht beantwortet.«

»Wie war die Frage?«

»Man hat mich unterrichtet, Mrs Farjeon«, sagte Calvert jetzt in einem Tonfall, der die Aufmerksamkeit nicht nur auf die Geduld, die er aufbrachte, lenken sollte, sondern auch darauf, dass diese ihrem Ende entgegenging,

»dass Sie immer im Studio anwesend waren, wenn Ihr Gatte hier in Elstree Filme drehte. Aber Ihr Gatte weilt nicht länger unter uns. Warum sind Sie also weiterhin hierhergefahren, wo doch dieser Film *Wenn sie je meine Leiche finden* nun von jemand anderem gedreht wird?«

»Alastair hätte es so gewollt.«

»Alastair hätte es so gewollt? Aber warum hätte er das tun sollen? Welche Absicht verfolgen Sie genau?«

Sie ließ ein zaghaftes kleines Lächeln sehen.

»Ich erwarte gar nicht von Ihnen, dass Sie verstehen, was ich sagen werde, Inspektor, aber Alastair wollte mich am Set immer als eine Art Maskottchen dabeihaben – er war ein außerordentlich abergläubischer Mensch –, und ich bin weiterhin hierhergekommen, weil ich das Gefühl habe, durch meine bloße Anwesenheit dafür zu sorgen, dass man wirklich seinen Ideen folgt. Schließlich hat es in der Vergangenheit funktioniert. Warum sollte es jetzt nicht mehr funktionieren, auch wenn nicht mehr Alastair den Film dreht?«

Eine echte Antwort. Sogar eine ziemlich faszinierende.

»Und warum sind Sie heute hier? Die Dreharbeiten sind schließlich abgebrochen worden.«

»Bis auf Weiteres, ja.«

»Soll ich das so verstehen, dass Sie nicht glauben, dass man das Projekt aufgegeben hat?«

»So ist es.«

»Und die Ermordung von Miss Rutherford …?«

»Die Tatsache, dass Cora Rutherford nicht länger zur Besetzung gehört, ändert nur sehr wenig. Ihre Rolle war relativ unwichtig. Es gibt in diesem Land Dutzende von Schauspielerinnen, die sie genauso gut spielen könnten. Wenn Sie es unbedingt wissen wollen, ich bin heute hauptsächlich nach Elstree gekommen, weil ich mit Rex Hanway besprechen wollte, wem wir die Rolle anbieten könnten.«

»Ach so ist das!«, brach es aus Evadne Mount mit gewohnter Heftigkeit hervor. »Die arme Cora ist noch nicht mal unter der Erde, und Sie denken schon darüber nach, wer sie ersetzen wird!«

»Natürlich. So läuft es nun mal in unserer Branche. Unsere Verpflichtung gilt den Lebenden, nicht den Toten. Mehr als sechzig Menschen waren bei *Wenn sie je meine Leiche finden* beschäftigt. Es ist sicher menschlicher, den Versuch zu machen, ihre Jobs zu retten, als wertvolle Tage oder sogar Wochen damit zu verbringen, den Tod von Miss Rutherford zu betrauern, so bedauerlich er auch sein mag.«

»Wenn ich ein anderes Thema anschneiden darf, Mrs Farjeon«, schaltete sich Calvert ein, bevor die Schriftstellerin erneut ihr Steckenpferd besteigen konnte, »ich habe erfahren, dass Mr Hanway die Regie dieses Films anvertraut wurde, weil Sie unter den Papieren Ihres Gatten ein bestimmtes Dokument gefunden haben.«

»So ist es.«

»Das Dokument haben Sie nicht zufällig bei sich?«

»Natürlich nicht. Warum sollte ich? Als ich heute Nachmittag hierherkam, hatte ich keine Ahnung, dass mich die Polizei befragen würde. Selbst wenn ich das geahnt hätte – ich bezweifle, dass ich auf die Idee gekommen wäre, es mitzubringen.«

»Ich darf aber annehmen, dass es noch in Ihrem Besitz ist.«

»Sicher.«

»Und es besteht kein Zweifel, dass es von Ihrem Gatten verfasst worden ist?«

»Nicht der geringste. Alastairs Handschrift sollte ich ja wohl kennen.«

»Als Sie seine Papiere durchgesehen haben, waren Sie da auf der Suche nach diesem speziellen Dokument, oder sind Sie zufällig darauf gestoßen?«

»Ich kann wohl kaum danach gesucht haben. Ich wusste nicht einmal von seiner Existenz.«

»Wonach *haben* Sie denn dann gesucht?«, fragte Evadne Mount.

Der vernichtende Ton, in dem Hattie Farjeon antwortete, vermittelte den Eindruck, dass sie der Unhöflichkeit der Schriftstellerin derart gleichgültig gegenüberstand, dass sie sich nicht einmal die Mühe machte, beleidigt zu sein.

»Wenn Sie es wirklich wissen wollen, ich habe nach Alastairs Testament gesucht.«

»Oh … sein Testament«, sagte Calvert. »Und haben Sie es gefunden?«

»Ja.«

»Ich hoffe, es enthielt keine unangenehmen Überraschungen?«

Diesmal brachte sie die Unterstellung sichtlich in Rage.

»Keineswegs. Alastair und ich haben es gemeinsam aufgesetzt. Und Inspektor, ich muss sagen, ich finde diese Frage unverschämt.«

»Das tut mir leid, so war das nicht gemeint. Aber um auf dieses denkwürdige Dokument zurückzukommen – meinen Informationen nach wurde darin festgelegt, dass

Rex Hanway die Regie des Films übernehmen solle, falls Ihrem Gatten etwas zustoßen sollte, das ihn von seiner Arbeit hätte abhalten können. Stimmt das im Großen und Ganzen?«

»Nicht nur im Großen und Ganzen, das war alles. Nur dieser eine Punkt. Und natürlich Alastairs Unterschrift.«

»Hm. Hatte Ihr Gatte vor irgendetwas Angst, Mrs Farjeon? Fürchtete er vielleicht um sein Leben?«

»Was für ein absurder Gedanke!«

»Warum hat er sich dann auf so merkwürdige Eventualitäten eingestellt?«

»Ehrlich gesagt, Inspektor, wäre ich überhaupt nicht überrascht, wenn ich herausfände, dass Alastair etwas Ähnliches schon vor jedem seiner früheren Filme aufgesetzt hätte. Ich kann das natürlich nicht mit Sicherheit sagen, denn wenn er das getan hätte, hätte er jedes dieser Schriftstücke nach Beendigung des Films zerrissen. Mein Gatte war genial, aber wie viele geniale Männer kam er mit der Realität einfach nicht zurecht. Ich habe Ihnen ja schon erzählt, dass er geradezu kindisch abergläubisch war. Und ich persönlich glaube, dass er mit dem Abfassen einer solchen Erklärung in Wahrheit das Schicksal überlisten wollte. Sie verstehen, es handelt sich um das, was man Psychologie des Gegenteils nennt. Oder vielleicht kann man, was ich meine, einen Aberglauben des Gegenteils nennen. Indem er dem Schicksal vorgaukelte, dass er etwas Schlimmes befürchtete, hoffte er, dass das Schicksal, das, wie wir alle wissen, widerspenstig und launisch ist, ihn verschonen würde. Ich weiß, wie kindisch das klingen muss – aber genauso war Alastair in vieler Hinsicht auch.«

»Interessant, wirklich sehr interessant«, sagte Calvert, der nicht verbergen konnte, wie überrascht er war, auf eine seiner Fragen eine so ausführliche Antwort erhalten zu haben.

»Trotzdem«, sagte Trubshawe, der den Augenblick des Schweigens nutzte, »wäre es für uns wichtig zu erfahren, ob Ihr Gatte irgendwelche Feinde hatte. Oder vielleicht sollte die Frage viel eher lauten, ob er angesichts seines Einflusses und seiner Prominenz nicht sehr *viele* Feinde hatte?«

»So kindisch Alastair auch gewesen sein mag«, antwortete seine Witwe, nachdem sie einen Augenblick nachgedacht hatte, »war er doch immerhin schlau genug, sich die einflussreichen Menschen zu seinen Freunden zu machen und die ohne Einfluss zu Feinden.«

Plötzlich lag ein leiser, aber doch wahrnehmbarer Anflug von Bedrohlichkeit in ihrer Stimme.

»Ich war die einzige Ausnahme von dieser Regel.«

Und mit dieser frostigen Bemerkung war die Befragung beendet.

Nach Hattie Farjeons Abgang blickten sich die drei Freunde an.

»Diese Frau«, bemerkte Trubshawe schließlich, »weiß mehr, als sie zugibt.«

»Würde mich nicht wundern«, sagte Calvert.

Wie er es schon bei den vorherigen Befragungen getan hatte, begann Calvert das Gespräch mit Françaix in einem höflichen Konversationston. Er versicherte dem Franzosen, dass die Unterredung, der er sich zu unterziehen habe, nicht mehr als eine Formalität sei, dass er ihn lediglich darum bitte, ihm alles mitzuteilen, was er über die Umstände von Cora Rutherfords Tod wisse, ganz gleich, wie unerheblich es ihm scheine.

»*Mais naturellement.* Ich werde Ihnen alles sagen, was ich weiß.«

»Dann lassen Sie mich zuerst einige grundsätzliche Fragen klären. Ihr Name ist …?«

»Françaix, Philippe Françaix.«

»Und wie ich höre, sind Sie Filmkritiker?«

Françaix verzog das Gesicht zu einem Ausdruck der Missbilligung.

»Ich bitte um Verzeihung«, sagte Calvert, »habe ich da etwas falsch verstanden? Mir wurde versichert, Sie seien Filmkritiker.«

»Oh, das ist, wie sagt man, nicht der Punkt. Es ist nur so, dass ich den Begriff *théoricien* vorziehe. Wie nennen Sie das? Theoretiker?«

»Ach so. Nun ja, damit habe ich kein Problem. Aber worin genau besteht der feine Unterschied?«

»Der feine Unterschied …«

Der Franzose lehnte sich auf eine Art und Weise in seinem Stuhl zurück, die für jeden Unheil verhieß, der schon einmal miterlebt hatte, wie er sich genüsslich über sein Lieblingsthema ausließ.

»Ich würde sagen – ich würde sagen – der Unterschied zwischen einem Filmtheoretiker – jemand, der für eine obskure Fachzeitschrift schreibt, nein? – und einem Filmkritiker – jemand, der für eine Tageszeitung schreibt – ist derselbe wie zwischen einem Astronomen und einem Astrologen. Sie verstehen? Der eine entwickelt eine Theorie, um den cineastischen Kosmos zu beschreiben. Der andere beschäftigt sich nur mit den Stars. *Avec les vedettes, quoi!* Ich denke, Sie, Inspektor, werden es besonders zu schätzen wissen …«

»Was ich eigentlich wissen wollte …«, warf Calvert ein.

»Nein, nein, lassen Sie mich bitte ausreden. Sie und ich, wir gleichen uns wie ein Ei dem anderen. Und warum? Weil wir beide Theorien haben, *n'est-ce pas?* Denn was sind Detektive anderes als ›Kritiker‹ des Verbrechens? Und was sind Kritiker – wahre Kritiker, theoretische Kritiker – anderes als Detektive des Kinos?«

Während man beobachten konnte, wie seine Lippen die Worte »Verrückt! Absolut verrückt!«, formten, machte Calvert einen weiteren Versuch, den Redefluss zu unterbrechen.

»Sehr interessant … Können wir uns also darauf einigen, dass Sie ein Purist sind, und damit gut?«

»Ein Purist, ja, ja, das stimmt, wir französischen Theoretiker sind alle Puristen. *Par exemple.* Ich habe einen Kollegen, der behauptet, dass das Kino gestorben ist – *gestorben,* verstehen Sie –, als es zu sprechen begann. Paff! So einfach ist das! Ich habe einen anderen Kollegen, der ein so echter Purist ist, dass er nur Filme ansieht, die im neunzehnten Jahrhundert gedreht wurden. Für ihn hört *mil neuf cent,* also 1900, alles auf. Moi, ich habe mich auf einen einzigen *cinéaste,* den großen, unübertroffenen Alastair Farjeon spezialisiert.«

Froh darüber, dass Françaix ihm den Gefallen getan hatte, endlich auf den Punkt zu kommen, stürzte sich Calvert begierig auf diesen Namen.

»Alastair Farjeon – ja, genau. Ich habe gehört, Sie schreiben ein Buch über sein Werk?«

»Das stimmt, ja. Ich beschäftige mich seit vielen Jahren mit seinen Filmen. Er hat viele *chef-d'œuvres* geschaffen.«

»Entschuldigung, das habe ich nicht ganz verstanden«, sagte Trubshawe. »Viele was hat er geschaffen?«

»*Chef-d'œuvres*. Meisterwerke. Er war ein sehr bedeutender Regisseur, der größte aller britischen Regisseure. Verstehen Sie, wir Franzosen sagen manchmal, dass zwischen dem Wort ›britisch‹ und dem Wort ›Kino‹ eine *incompatibilité* besteht – wie heißt das gleich in Ihrer barbarischen Sprache? Eine Inkompatibilität? Aber Farjeon war die große Ausnahme. Er hat Filme gemacht, die ebenbürtig – *qu'est-ce que je dis?* –, die mehr als ebenbürtig, ja die jedem anderen auf der Welt mehr als ebenbürtig sind. Im Vergleich zu Farjeon sind die anderen einfach nur *vin ordinaire!*«

»Monsieur Françaix«, sagte Calvert, »wenn ich jetzt zur Sache kommen darf.«

»Ah ja, der Tod – der Mord an der armen Miss Ruzzerford. Sehr traurig.«

»In der Tat. Soviel ich weiß, waren Sie am Set, als es passierte?«

»Das stimmt.«

»Dann müssen Sie gesehen haben, wie sie aus dem Glas mit dem Gift trank?«

»Ja, das sehe ich.«

»Und wie sie am Boden zusammengebrochen ist?«

»Auch das. Schrecklich, ganz schrecklich!«

»Und bevor es geschah, gab es da irgendetwas, etwas, das Sie beobachtet haben, das Ihnen, nun, merkwürdig, ungewöhnlich, anders als sonst vorgekommen ist? Denken Sie bitte gründlich darüber nach.«

»Inspektor, darüber brauche ich nicht nachzudenken. Ich habe nichts dergleichen beobachtet. Ich bin hier, um die Dreharbeiten zu verfolgen. Ich setze mich in eine Ecke und mache Notizen.«

»Für Ihr Buch über Farjeon, nein?« (Calvert bemerkte betrübt, dass der französische Stil schon auf ihn abgefärbt hatte.)

»Genau. Das letzte Kapitel wird von *Wenn sie je meine Leiche finden* handeln. Es wird ein merkwürdiges Kapitel werden – ganz anders als die anderen …«

Da seine Antwort mitten in seinen Ausführungen erstarb, ergriff Evadne Mount die Gelegenheit, ihrerseits eine Frage zu stellen.

»Monsieur Françaix«, begann sie, »Sie werden sich sicher erinnern, dass wir gestern zusammen im Kasino Mittag gegessen haben.«

»*Mais naturellement.* Ich erinnere mich sehr gut.«

»Während des Mittagessens haben Sie uns alles über Ihr Buch über Farjeon erzählt – über die Interviews, die Sie all die Jahre mit ihm geführt haben …«

»Ja.«

»Und vor allem über Ihre Bewunderung für sein Werk, eine Bewunderung, die Sie eben noch einmal bekräftigt haben.«

»Das stimmt.«

»Sie haben uns aber auch gesagt, gewissermaßen als Nachbemerkung, dass Sie ihn für einen äußerst verabscheuungswürdigen Menschen hielten. Für ›ein menschliches Schwein‹, wenn ich Sie zitieren darf. Stimmt das?«

»Ja, Sie – Sie haben recht«, antwortete er, wobei sein Blick hinter den dicken dunklen Gläsern nicht zu deuten war.

»Nun, ich habe folgende Frage an Sie: Warum? Warum war er ein menschliches Schwein?«

»Aber das weiß doch jeder. Das ist *dans le domaine public*. Das ist allgemein bekannt – sein Ruf –, ich wiederhole, das ist allgemein bekannt.«

»Das mag wohl sein«, fuhr Evadne fort. »Dennoch gewann ich, als Sie über ihn sprachen, den Eindruck, einen sehr starken Eindruck, dass Sie ihn nicht nur wegen der Dinge so scharf verurteilten, die allgemein bekannt sind, sondern wegen privater Erfahrungen, ganz persönlicher Erfahrungen.«

Français dachte einen Augenblick darüber nach, dann zuckte er mit den Schultern.

»*Qu'est-ce que ça peut me faire enfin?*« Er sah der Schriftstellerin hinter seinen dunklen Brillengläsern direkt in die Augen. »Ja, Miss Mount, das beruhte *in der Tat* auf einer persönlichen Erfahrung. Einer sehr unerfreulichen Erfahrung.«

»Würden Sie uns davon erzählen?«

»Warum nicht? Sehen Sie, ich widme mein Leben Alastair Farjeon. Ich studiere seine Filme, ich sehe sie mir sehr, sehr oft an, und jedes Mal gibt es neue Erkenntnisse, neue und faszinierende Details, die ich nie zuvor bemerkt habe, denn die Filme sind so überaus reich und komplex. Und schließlich raffe ich all meinen Mut zusammen und schicke dem Meister höchstpersönlich einen Brief nach Elstree und schlage ihm etwas ganz und gar *inédit* – wie nennen Sie das? – etwas Unerprobtes? – vor. Ein Buch über ihn, keine Monographie, nein, nein, ein Buch mit Interviews. Zu meinem Erstaunen willigt er ein. Ich nehme sofort den Fährzug nach Victoria, und wir setzen uns zusammen, nicht hier, sondern in seiner prachtvollen Villa in Cookham, die es jetzt leider nicht mehr gibt – und er spricht, und ich höre zu. Er spricht und spricht, und ich mache Notizen. Es ist *extraordinaire,* was er sagt, es ist *tout à fait époustouflant!* Ich bin vollkommen glücklich und glaube, dass ich das bedeutendste Buch über das Kino veröffentlichen werde, das es je gegeben hat.«

Seine Glatze glänzte jetzt vor lauter kleinen Schweißperlen.

»Aber es gibt noch etwas anderes. In jedem Filmkritiker steckt ein Filmemacher, der verzweifelt ans Licht drängt, verstehen Sie? Ich bin da keine Ausnahme. Ich bin mit Farjeons Werk so *impregné,* dass ich selbst anfange, ein Drehbuch zu schreiben – ganz in seinem Stil. Ich arbeite viele Monate daran, bis ich das Gefühl habe, es ist so weit, dass er es lesen kann. Dann schicke ich es ihm, zusammen mit einem freundlichen, ehrfürchtigen Brief. Und ich warte. Ich warte und warte und warte. Aber ich höre nichts, überhaupt nichts. Ich kann das nicht verstehen. Ich denke, vielleicht muss ich ihn anrufen und fragen, ob er es überhaupt bekommen hat. Dann lese ich in der Zeitung, dass er an einem neuen Film arbeitet. Der Titel ist *Wenn sie je meine Leiche finden.* Und dann verstehe ich – *enfin.*«

»Was verstehen Sie?«, fragte Evadne Mount ruhig.

Es entstand eine kurze Pause. Dann:

»Mein Drehbuch hat den Titel *Der Mann in Reihe D.* Es handelt von zwei Frauen, die ins Theater gehen, und eine von ihnen zeigt auf einen Mann, der in der Reihe vor ihnen sitzt, und sie sagt zu ihrer Begleiterin …«

An diesem Punkt seiner Ausführungen stimmten er und Evadne Mount im Gleichklang den Satz an:

»Wenn sie je meine Leiche finden, war er der Mann, der es getan hat …«

»Wenn sie je meine Leiche finden, war er der Mann, der es getan hat …«

»Volltreffer«, sagte Evadne ernst. Und fügte womöglich unnötigerweise hinzu: »Er hat Ihr Drehbuch geklaut.«

»Ja, er hat mein Drehbuch geklaut. Deshalb habe ich gesagt, er ist ein Genie, aber auch ein Schwein.«

»Seltsam …«

»Was ist seltsam?«

»Als Cora uns die Handlung beschrieb, saß der Mann in Reihe C.«

Françaix gab ein freudloses Lachen von sich.

»Immerhin etwas, das er verändert hat.«

»Das und den Titel.«

»Und den Titel, ja.«

»Konnten Sie überhaupt nichts dagegen machen?«

»Nichts. Ich hatte keinerlei Beweise. Kein Copyright. Nichts. Ich war so begierig darauf, dass Farjeon der Erste sein sollte, der es las, dieses Drehbuch, das ich für ihn geschrieben habe, dass ich es weder Freunden noch Kollegen zeige noch zu irgendjemand sonst etwas darüber sage. Und das alles, verstehen Sie, schreibe ich ihm auch noch in dem freundlichen, ehrfürchtigen Brief, den ich dem Drehbuch beilege. Ich war – wie sagt man? – ein absoluter Trottel.«

»Sie dürfen sich keine Vorwürfe machen«, sagte Evadne Mount. »Wie hätten Sie denn wissen sollen, dass er so skrupellos sein würde?«

»Aber natürlich, das *hätte* ich wissen sollen!«, rief Françaix aus und schlug mit der Faust auf den Tisch.

»Wie denn?«

»Es steckt alles – alles in seinen Filmen! Ich sehe sie wieder und wieder, aber ich begreife es immer noch nicht!«

»Wissen Sie«, sagte Evadne nachdenklich, »ich muss mir endlich mal selbst ein paar seiner Filme ansehen.«

»Ach ja? Möchten Sie Alastair Farjeons Werk entdecken?«

»Aber natürlich.«

»Dann müssen Sie mir unbedingt gestatten, Sie zu begleiten, heute Abend, wenn Sie Zeit haben. Es würde mir eine Ehre sein.«

»Mich begleiten? Heute Abend? Wohin denn, um Himmels willen?«

»In Ihr Academy Cinema[13]. Um Mitternacht beginnt eine lange Nacht mit Farjeons Filmen. Eine *hommage*. Das wussten Sie nicht?«

»Nein. Und ich kann mich auch kaum mehr daran erinnern, wann ich das letzte Mal die ganze Nacht aufgeblieben bin, aber diese *hommage* ist zu wichtig für mich, als dass ich sie verpassen sollte. Monsieur Françaix, Sie haben eine Verabredung.«

Die letzte Befragung, die von Lettice Morley, war zugleich auch die kürzeste: zum einen, weil sie am Tag zuvor im Kasino die Argumente, die gegen sie sprachen, schon selbst so eindrucksvoll vorgebracht hatte, zum anderen, weil sie ihnen von allen fünf Verdächtigen die bei Weitem Unverdächtigste zu sein schien. Calverts Fragen waren deshalb reine Formsache, Lettice' Antworten ebenso. Sie hatte genau das gesehen, was alle anderen auch gesehen hatten, und genauso reagiert, wie alle anderen auch. Was Cora anbelangte, trug sie lediglich noch einmal vor, was sie an klugen Einsichten schon während des ersten Gesprächs geäußert hatte. Erst als sich die Unterhaltung ihrem recht unspektakulären Ende näherte, ließ sie eine Bemerkung fallen, die für Calvert und seine Freunde etwas Neues brachte.

Kurz zuvor hatte sich jedoch ein seltsamer kleiner Zwischenfall ereignet. Evadne Mount hatte das Frage-und-Antwort-Spiel als offensichtlich so monoton empfunden, dass sie regelrecht eingenickt war. »Eingenickt« im wahrsten Sinne des Wortes, denn als ihr Dösen zu Trubshawes Erheiterung schließlich eindeutig in ein Schlummern übergegangen war, sackte der Kopf der Schriftstellerin mal nach links oder rechts, bevor sie sich sofort wieder ruckartig in Position brachte. Ein paar Minuten danach passierte es wieder und wieder, obwohl sie krampfhaft versuchte, die Augen offenzuhalten.

Beim vierten Mal jedoch schaffte sie es irgendwie, ihre Augen zu öffnen und sich aufzurichten. Und was sie in diesem Augenblick sah, was direkt in ihrem Gesichtsfeld lag, war ein kleiner Papierkorb, der unter Rex Hanways Schreibtisch geschoben worden war. Er war bis zum Rand mit allen möglichen Papieren vollgestopft – alten Briefen vermutlich, abgelaufenen Verträgen, Seiten aus abgelehnten Drehbüchern und Ähnlichem. Ganz oben aus dem Papierkorb sah sie einen länglichen Papierstreifen herausragen, der an beiden Seiten angesengt und ohne Frage von einem größeren Blatt abgerissen worden war. Der Anblick eines dieser zunächst harmlos wirkenden, meist aber doch höchst brisanten Papierfetzen, die, weggeworfen und vielleicht sogar zerrissen, in ihren eigenen Kriminalromanen so häufig eine Rolle gespielt hatten, weckte ihre Schnüfflerinstinkte, und sie streckte so flink und gewandt, wie ein Ameisenbär seine Zunge ausrollt, ihren Arm aus, griff sich das Papier, überflog es und steckte es dann unbemerkt (so glaubte sie zumindest) in ihre Handtasche. Dann richtete sie sich in ihrem Stuhl auf und widmete sich wieder voll und ganz Calverts Befragung.

»Hören Sie, Miss«, hörte sie ihn sagen, »Sie müssen, um es milde auszudrücken, ziemlich angewidert gewesen sein. Ein berühmter Filmregisseur lädt Sie in seine Villa ein, um die Pläne für seinen nächsten Film mit Ihnen zu besprechen, und macht dann ohne Vorwarnung Anstalten, Sie – nun, Sie zu schänden. Welche ehrbare Frau würde ein so verwerfliches Verhalten nicht anwidern?«

»Zumindest im Filmgeschäft, Inspektor«, antwortete Lettice, »würde sich nur eine äußerst naive Frau davon anwidern lassen. Ein richtiges Dummchen. Oh, ich sehe, wie sehr Sie das schockt, und ich kann Ihnen versichern, dass ich Vergewaltigung nicht für ein Kavaliersdelikt halte. Ja, ich rede von Vergewaltigung. Was Farjeon im Sinn hatte, war eine Vergewaltigung – und nicht, wie Sie es etwas gestelzt formuliert haben, eine Schändung. Er hat versucht, mich zu vergewaltigen, wie er auch ganz sicher versucht hat, Patsy Sloots zu vergewaltigen. Im Gegensatz zur armen Patsy weiß ich aber, wie man mit Männern umzugehen hat, besonders wenn man bei einem Mann wie Farjeon schon von vornherein damit rechnen muss.«

»Wie *sind* Sie denn mit ihm umgegangen?«

»Ich habe mich aus seinen Klauen befreit – und dabei, nebenbei bemerkt, ein nagelneues und ziemlich teures Kleid von Hartnell zerrissen –, bin aus der Villa gerannt, habe mir eine halbwegs annehmbare Pension in Cookham gesucht, wo ich die Nacht verbringen und meine Wunden lecken konnte, und habe am nächsten Morgen den ersten Zug zurück nach London genommen. Mehr oder weniger unversehrt.

Natürlich habe ich angenommen, dass ich nun aus dem Film raus bin, nachdem ich ihn abgewiesen hatte – ich war schließlich Rex Hanways Assistentin –, und dass ich mich wohl besser nach einer anderen Stelle umhören sollte. Dann las ich zunächst von dem Brand in Farjeons Villa und drei oder vier Wochen danach, dass man Rex dazu ausersehen hatte, *Wenn sie je meine Leiche finden* zu drehen. Ich rief ihn an, und er bot mir seinen eigenen alten Job, den der Regieassistenz, an – nicht weiter verwunderlich, wenn man bedenkt, wie lange und gut wir schon miteinander gearbeitet hatten.

Um also Ihre ursprüngliche Frage zu beantworten, Inspektor, aus den Gründen, die ich Ihnen eben genannt habe, war ich, wie Sie es ausgedrückt haben, durch Alastair Farjeons Tod überhaupt nicht am Boden zerstört.«

Calvert lehnte sich in seinem Stuhl zurück und betrachtete sie beinahe liebevoll.

»Gut, ich denke, das ist alles, was ich wissen wollte. Ich möchte mich noch einmal bei Ihnen bedanken, dafür dass Sie gekommen sind, Miss Morley. Sie haben, wenn ich das so sagen darf, auf uns alle einen bemerkenswerten Eindruck gemacht. Beinahe irritierend. Ich wünschte, alle Zeugen, die ich zu befragen habe, wären so nüchtern und bei so klarem Verstand wie Sie. Ich hoffe, wir sehen uns bei der gerichtlichen Untersuchung wieder?«

»Sicher. Und vielen Dank, Inspektor.«

Sie stand auf und strich sich bescheiden den Rock glatt.

»Auf Wiedersehen, Miss Mount und Mr Trubshawe. Es war eine sehr interessante Erfahrung, Sie beide kennenzulernen. Ganz ehrlich.«

Sobald sie die Tür hinter sich zugezogen hatte, sagte Trubshawe:

»Wenigstens eine junge Frau, die einen kühlen Kopf bewahrt.«

»Ohne Frage«, stimmte Calvert zu. »Ich bewundere sie geradezu. Was sagen Sie dazu, Miss Mount?«

»Was ich dazu sage? Dass ich was zu trinken brauche. Ganz besonders, wenn mir eine lange Filmnacht im Academy Cinema bevorsteht.«

»Wenn das so ist, meine liebe Evie«, sagte Trubshawe schnell, »möchte ich Ihnen *naturellement* erstens anbieten, Sie in meinem Wagen nach London zurückzufahren, und zweitens ein paar doppelte Pink Gins in der Ritz Bar mit Ihnen zu trinken.«

»Beide Angebote, mein lieber Eustace, nehme ich hiermit dankend an.«

»Sehr gut. Wie steht's mit Ihnen, Tom? Ich nehme an, Sie brauchen keine Mitfahrgelegenheit?«

»Vielen Dank, ich nehme meinen eigenen Wagen. Aber ich möchte Ihnen noch sagen, wie dankbar ich Ihnen beiden dafür bin, dass Sie so bereitwillig an meinem kleinen Experiment teilgenommen haben. Auch dafür, dass Sie einige sehr relevante und« – er konnte nicht widerstehen, Evadne einen schelmischen Blick zuzuwerfen – »bohrende Fragen gestellt haben. Ich möchte Sie bitten, über alles nachzudenken, was Sie heute Nachmittag gehört haben, und wenn Ihnen irgendetwas einfällt, wovon Sie glauben, dass ich es wissen sollte, rufen Sie mich an. Meine Nummer haben Sie ja. Ich werde Sie meinerseits wissen lassen, wie sich die Dinge bei der gerichtlichen Untersuchung entwickeln.«

»Ich habe in der Tat«, sagte Trubshawe mit einem rätselhaften leisen Lächeln, »einen verblüffenden, neuen Aspekt an der ganzen Sache entdeckt, glaube ich. Wenn Sie nichts dagegen haben, möchte ich aber erst noch eine Weile darüber brüten, bevor ich ihn ins Spiel bringe …«

Dreizehntes Kapitel

Auf der Rückfahrt im Rover des Chefinspektors schienen sich Evadne Mount und Trubshawe anfangs nicht viel zu sagen zu haben. Doch trotz des phlegmatischen Temperaments des Chefinspektors und seiner Abneigung, sich zu früh in die Karten sehen zu lassen, die er sich zweifellos nach all den Jahren bei Scotland Yard zu eigen gemacht hatte, fiel Evadne doch die kaum verhohlene Erregung auf, die ganz ungewöhnlich für den Trubshawe war, den sie nun schon seit Langem zu kennen glaubte.

»Eustace, mein Lieber?«, fragte sie schließlich, nachdem er sie beinahe zwanzig Minuten schweigend chauffiert hatte.

»Hm?«

»Sie sind so entsetzlich still. Sie verheimlichen mir doch nichts?«

»Doch«, gestand er, »aber ich schwöre, ›verheimlichen‹ trifft es nicht ganz. Sobald wir im Ritz sind, werde ich Ihnen alles erzählen. Ich möchte nur nicht gleichzeitig fahren und darüber sprechen.« Dann fügte er hinzu: »Und Sie, Evie?«

»Was soll mit mir sein?«

»An sich nichts, nur dass ich aus gutem Grund glaube, Sie verheimlichen mir auch etwas.«

»Tatsächlich?«

»Aber ja. Heraus damit.«

»Heraus womit, wenn ich fragen darf?«

»Sie wissen schon, was ich meine. Haben wohl geglaubt, dass es keiner merkt, was?«

»Jetzt hören Sie mal bitte auf, in Rätseln zu sprechen. Wenn Sie etwas zu sagen haben, dann sagen Sie es, in Gottes Namen.«

»Der Papierfetzen, den Sie aus Hanways Papierkorb gefischt haben. O ja, Sie waren ja so flink, so unauffällig. Wie eine Katze. Aber den alten Inspektor Plodder können Sie nicht hinters Licht führen. Wir sind doch Partner, oder? Gibt es irgendeinen Grund, mir Ihr Geheimnis nicht zu offenbaren?«

»Keineswegs«, antwortete sie. »Im Gegensatz zu Ihnen spiele ich nicht Verstecken.«

Daraufhin öffnete sie ihre Handtasche, kramte das zerknüllte Papierstück hervor und glättete es auf ihren Knien.

»Soll ich es Ihnen vorlesen?«

»Wenn Sie mögen.«

»Da steht bloß drauf – und alles in Blockschrift, wohlgemerkt:

SS AUF DIE RECHTE.«

Der Ex-Polizist dachte nach.

»›SS AUF DIE RECHTE‹, ja? ›SS AUF DIE RECHTE‹ … Können Sie was damit anfangen?«

»Noch nicht«, antwortete Evadne vorsichtig.

»Das kann alles Mögliche heißen. Könnte sogar eine Art Code sein.«

»Ein Code? Heiliger Strohsack, Eustace, ich hätte nie gedacht, dass ich das jemals sagen würde, aber Sie haben zu viele Krimis gelesen!«

»Klingt ganz besonders gut aus Ihrem Mund! Wenn wir

in einem ihrer Kriminalromane wären, würde dieser Fetzen Papier zwangsläufig – ich wiederhole, *zwangsläufig* – ein wichtiges Beweisstück darstellen. Jetzt habe ich's. ›ss AUF DIE RECHTE?‹ Aber natürlich! Benjamin Levey! Weil Levey nur ganz knapp den Nazis entkommen konnte, ist ihm jetzt offensichtlich die ss, die Gestapo – oder das, was noch von ihr übrig ist – auf den Fersen!«

Sie brauchte einen Moment, da diese Absurdität sie sprachlos machte. Dann:

»Eustace?«

»Ja?«

»Achten Sie auf die Straße, seien Sie so lieb.«

Kurz nach fünf betraten sie die Ritz Bar. Er führte sie zu einem Tisch im Hintergrund, bestellte sich einen Whisky Soda und einen doppelten Pink Gin für Evadne Mount, den sie sich, wie er annahm, sicher selbst bestellt hätte, womit er völlig richtig lag, holte seine Pfeife hervor und legte sie auf den Aschenbecher. Dort lag sie noch kalt wie eine winzige schwarze Odaliske in einer der vier schmalen Rillen.

Nachdem sie bedient worden waren, miteinander angestoßen und einander »*Chin chin!*« zugerufen hatten, sah sie ihn an und sagte:

»Also gut, Eustace, jetzt ist es an der Zeit, mir zu sagen, was los ist.«

»Evie«, begann er und beugte sich vor zu ihr, als wolle er unbedingt verhindern, dass irgendein vorbeigehender Kellner ihn auch nur ansatzweise belauschen könnte, »ich glaub', ich hab's!«

»Sie glauben was?«

»Während ich heute Nachmittag unseren Verdächtigen zugehört habe, bin ich den Fall noch einmal in Gedanken durchgegangen, habe mir alle wichtigen Punkte aus ihren Aussagen vor Augen geführt und hatte plötzlich eine Erkenntnis, die, so möchte ich behaupten, höchstwahrscheinlich viel schneller zur Aufklärung des Falls führt, als wir je für möglich gehalten hätten.«

»Aha! Sie haben also hinter meinem Rücken gedacht!«

»Also, wenn Sie anfangen …«

»Verzeihung, das war nur ein kleiner Scherz. Sie sind also auf eine entscheidende Spur gestoßen?«

»Ich denke doch!«, sagte Trubshawe, dem es schwerfiel, die lustvolle Erregung zu verbergen, die jeden erfasst, der seinen Gesprächspartner gleich mit einer verblüffenden Neuigkeit überraschen wird. »Eine Spur, mit deren Hilfe alles sonnenklar wird, wie die das im Film nennen. Immerhin wird Calvert merken, dass auch wir Alten immer noch ein paar Asse im Ärmel haben.«

»Gut«, sagte Evadne Mount. »Meine Ohren sind ganz Ohr. Lassen Sie mal hören, was Sie wissen.«

»Nun«, begann Trubshawe, »Sie stimmen mir sicher zu, dass logischerweise nur fünf Leute Coras Champagnerglas mit Zyanid versetzt haben können?«

»Vergessen wir uns da nicht selbst?«

»Was meinen Sie damit, wir vergessen uns selbst?«

»Sie und ich sind ebenfalls Verdächtige, oder?«

»Evie«, sagte er und setzte eine gespielt todernste Miene auf, »haben Sie Cora umgebracht?«

»Nein, natürlich nicht.«

»Ich auch nicht. Also, ich wiederhole, uns sind nur fünf Leute bekannt, die von der veränderten Drehbuchfassung wussten. Und deshalb hat sich auch nur fünf Leuten kurzfristig die Gelegenheit geboten, Cora unbemerkt zu ermorden. Und da niemand sonst aus dem Glas trinken sollte, kann es auch überhaupt keinen Zweifel an der Identität des vom Mörder ausersehenen Opfers geben. Stimmt's?«

»Stimmt.«

»Ich wiederhole also noch einmal, nur fünf Leute können Cora ermordet haben. Aber keiner von ihnen, das haben unsere Befragungen ergeben, hatte ein plausibles Motiv.«

»Moment mal, Eustace«, stellte Evadne klar. »Einer von ihnen – genau genommen einige von ihnen – könnten ein *geheimes* Motiv haben. Ein Motiv, das wir noch nicht kennen und das sie uns natürlich unter keinen Umständen enthüllen wollen.«

»Ja, daran habe ich auch schon gedacht«, sagte Trubshawe. »Aber meine persönliche Überzeugung ist, dass sie uns alle die Wahrheit gesagt haben – zumindest die Wahrheit über ihr früheres oder jetziges Verhältnis zu Cora oder die Tatsache, dass sie gar keins hatten. Sie werden sich daran erinnern, dass fast alle darauf hingewiesen haben, dass sie Cora noch nicht einmal begegnet waren, bevor sie zu den Dreharbeiten im Studio auftauchte. Nur Gareth Knight kannte sie noch aus der Zeit, als sie zusammen auf der Bühne standen, und von allen war er ihr anscheinend am stärksten wohlgesonnen. Ich sage ›anscheinend‹, denn natürlich kann er gelogen haben, aber zugleich möchte ich noch mal betonen – und fragen Sie mich bloß nicht warum –, ich glaube ihm.

Und als ob das nicht genug wäre, konnten sie alle noch ein sehr starkes berufliches Motiv vorweisen, sie *nicht* zu töten – sie also, wie Hanway es selbst gesagt hat, am Leben zu lassen. Farjeons Tod hat *Wenn sie je meine Leiche finden* schon fast den Todesstoß versetzt, und Coras Tod wird vermutlich der *coup de grâce* sein. Weil die Zukunft jedes einzelnen Verdächtigen von diesem Film abhing, war das Letzte, was sie sich wünschen konnten, dass noch dunklere Wolken über dem Ganzen aufziehen würden.«

»Mein lieber Eustace, es tut mir furchtbar leid, Ihnen das sagen zu müssen, aber Sie haben mir bis jetzt überhaupt noch nichts erzählt, was ich nicht ohnehin schon wusste. Wissen Sie, woran mich Ihr kleiner Redeschwall erinnert? An die aufgeblasene Einleitung eines schlechten Krimis.«

»Haben Sie Geduld mit mir, Evie«, sagte Trubshawe und strengte sich auf geradezu übermenschliche Art und Weise an, nicht selbst die Geduld zu verlieren. »Vor langer Zeit musste ich lernen, sie auch mit Ihnen zu haben.«

»Entschuldigung, Entschuldigung. Reden Sie weiter.«

»Tatsache ist, dass alle Zeugenaussagen, die wir gehört haben, uns entweder im Kreis herum oder nirgendwohin geführt haben. Aber obwohl das meiste, was sie uns erzählt haben, irrelevant war, gab es etwas, das ich die ganze Zeit gespürt habe, ohne es genau festnageln zu können, einen tieferen Zusammenhang, einen geheimnisvollen roten Faden, der sich durch die Aussagen aller Befragten zog. Dann wusste ich endlich – und zwar, als Françaix davon erzählt hat, wie ihm sein Drehbuch gestohlen wurde –, worin dieser Zusammenhang bestand. In dem Moment erkannte ich endlich, wie im grellen Licht eines Blitzes, wonach ich die ganze Zeit gesucht hatte.«

»Ja? Und was *haben* Sie nun erkannt?«, fragte sie, die inzwischen genauso aufgeregt war wie er selbst.

»Ich habe erkannt, dass der rote Faden Alastair Farjeon war. Wir haben sie wegen Cora befragt, aber alle wollten nur über Farjeon sprechen! Es war, als ob Cora sie gar nicht besonders interessiert hat. Als würden sie gar nicht verstehen, dass wir sie ihretwegen befragten. Das war auch der Grund, warum ich gesagt habe, ich glaube ihnen, als sie behaupteten, sie hätten überhaupt keinen Grund gehabt, dieses Verbrechen zu begehen. Ich habe mir wie wir alle ihre Unschuldsbeteuerungen angehört, aber worauf ich bei jedem Einzelnen wirklich geachtet habe, war die fast beiläufige Art, mit der sie diese Behauptung vorgebracht haben. Natürlich hat jeder gesagt, *natürlich* habe ich Cora Rutherford nicht umgebracht. Was so viel hieß wie – so wichtig war sie mir gar nicht, als dass ich sie hätte umbringen wollen.

Und haben Sie bemerkt«, fuhr er, von seinem eigenen Schwung mitgerissen, fort, »haben Sie bemerkt, dass nicht einer von ihnen nervös gewesen oder unseren Blicken ausgewichen ist? Nein, Evie, normal ist das nicht, nicht einmal dann, wenn die Verdächtigen, mit denen man es zu tun hat, unschuldig sind. Normalerweise haben alle – mehr oder weniger ausgeprägt –, was man beim Yard das Zivilsyndrom nennt. Die Leute sind nervös, wenn sie von der Polizei befragt werden. Warum? Weil sie schuldig sind? Nicht unbedingt. Warum also dann? Weil sie von der Polizei befragt werden, darum. Von der Polizei befragt zu werden, ist für die meisten Leute eine solche Tortur, dass sie allein schon deshalb nervös werden, ganz gleich, ob schuldig oder unschuldig. Es ist wie mit dem Blutdruck.«

»Mit dem Blutdruck?«

»Ein Arzt kann den Blutdruck eines Patienten aus einem einfachen Grund nie ganz genau messen: Der Blutdruck steigt automatisch, wenn er gemessen wird. Deshalb haben wir bei den Vernehmungen im Yard immer diejenigen, die ganz ruhig antworteten, für verdächtiger gehalten als die, die nassgeschwitzt und aufgeregt waren und die ganze Zeit auf dem Vernehmungsstuhl hin und her rutschten.«

»Aber Eustace, hören Sie, wenn unsere fünf Zeugen alle, wie Sie sagen, ruhig geantwortet haben, dann hieße das logischerweise, dass wir nicht einem einzigen trauen sollten.«

»Genau das meine ich auch. Wir sollten ihnen trauen und zugleich nicht trauen.«

»Das müssen Sie mir erklären.«

»Wir *sollten* ihnen vertrauen, was den Mord an Cora anbelangt. Es war, ich wiederhole, als ob die Frage »Haben Sie Cora Rutherford ermordet?« – eine Frage, von der ich zugeben muss, dass wir sie so nie gestellt haben, von der aber alle wussten, dass sie fast immer mitschwang –, es war, als ob diese Frage zu läppisch sei, um mit einer ernsthaften Antwort gewürdigt zu werden, so als ob wir sie gefragt hätten, ob sie Hitler in seinem Bunker vergiftet hätten. Aber darüber hinaus *sollten* wir ihnen *nicht* vertrauen, aus dem ganz einfachen Grund, weil sie alle, als sie auf Alastair Farjeon zu sprechen kamen – und keiner konnte ja der Versuchung widerstehen –, etwas über sich selbst verraten haben, das mir klarmachte, was für windige Typen sie möglicherweise doch sind. Einer von ihnen auf jeden Fall.«

»Und was haben sie uns nun verraten?«

Der Chefinspektor zögerte für ein paar Sekunden, um mit seiner Antwort die größtmögliche Wirkung auf seine Zuhörerin zu erzielen.

»*Dass, wenn auch keiner von ihnen ein Motiv hatte, Cora Rutherford zu ermorden, alle jedoch ein Motiv hatten, Alastair Farjeon zu ermorden.*«

»Alastair Farjeon? Aber Farjeon wurde doch gar nicht ermordet!«

»Aber, Evie«, sagte Trubshawe und konnte ein leicht herablassendes Lächeln nicht unterdrücken, »jetzt enttäuschen Sie mich. Lesen Sie etwa Ihre eigenen Bücher nicht?«

»Natürlich nicht. Warum sollte ich? Ich weiß ja, wer es war!«, fuhr sie ihn gereizt an und versah ihre Bemerkung mit einem hörbaren Ausrufezeichen.

»An eins möchte ich Sie doch erinnern«, fuhr sie fort. »Ihr junger Schützling Tom Calvert – ›der vielversprechendste Neuling, der mir je bei Scotland Yard über den Weg gelaufen ist‹, wenn ich Sie selbst zitieren darf – hat in einer Presseerklärung verlauten lassen, dass bei dem Brand in Cookham jedes Fremdverschulden kategorisch ausgeschlossen sei. Und überhaupt, was haben meine Romane mit den Kartoffelpreisen zu tun?«

»Hören Sie, Evie, jetzt werden Sie aber unfair. Bis zu Coras Ermordung hatte der junge Tom keinen Grund anzunehmen, dass bei dem Brand etwas faul war. Und was Ihre Bücher angeht, möchte ich Sie an folgendes erinnern:

Wäre das hier einer Ihrer Krimis, würde der sogenannte Unfalltod von einer Figur wie Farjeon dem Leser ganz bestimmt höchst verdächtig vorkommen. Alexis Baddeley auch, wenn nicht sogar dem verlässlichen, tollpatschigen, alten Inspektor Plodder, Plodder vom Yard.«

»Tut mir leid, dass ich so deutlich werden muss, Eustace«, sagte Evadne, »aber das hier ist nun mal keiner meiner Romane. Es ist ein verdammt echter Mord, um den es hier geht, und wie Sie anscheinend vergessen haben, der Mord an einer sehr lieben Freundin. Ein menschliches Herz hat aufgehört zu schlagen, und, es tut mir leid, ich finde es geschmacklos von Ihnen, den Mord an Cora mit der Art von Morden zu vergleichen, über die ich meine Kriminalromane schreibe, deren einziges Ziel es ist, meine Leser zu unterhalten.«

»Wenn Sie mir nur einfach mal zuhören würden, statt wütend aus der Haut zu fahren«, antwortete Trubshawe verstört, »dann würden Sie einsehen, dass meine Bemerkungen uns wirklich helfen könnten, Coras Mörder zu fassen.«

»Was Sie nicht sagen«, antwortete die Schriftstellerin ungnädig, »dann reden Sie also weiter.«

»Ich schloss also daraus, dass alle fünf Verdächtigen in der Tat ein Mordmotiv hatten, nur nicht für den Mord an Cora, sondern für den an Alastair Farjeon, einem Mann, den sie alle – wie sie, außer Hanway, gar nicht verhehlen wollten – von ganzem Herzen verabscheuten. Und kurz bevor wir aus Elstree abgefahren sind, ging ich auf die Toilette und kritzelte eine Liste zusammen, damit Sie sofort sehen können, was ich meine.«

Er zog ein sorgfältig gefaltetes Stück liniertes Papier aus seiner Tasche und reichte es Evadne Mount.

Darauf stand:

Mögliche Verdächtige für den Mord an Alastair Farjeon und ihre möglichen Motive

Rex Hanway: Farjeons Tod bedeutete für ihn, dass er endlich selbst einen Film drehen konnte, ein Wunsch, auf dessen Erfüllung er, wie er selbst sagte, viele Jahre gewartet hat.

Philippe Françaix: Farjeon hat sein Drehbuch für Wenn sie je meine Leiche finden *plagiiert.*

Lettice Morley: Farjeon hat versucht, sie in seiner Villa in Cookham zu vergewaltigen.

Gareth Knight: Farjeon hat gedroht, es an die große Glocke zu hängen, dass er eine Strafe in Wormwood Scrubs abzusitzen hatte, weil er sich einem jungen Polizisten in einer öffentlichen Toilette unsittlich genähert habe.

Leolia Drake: Sie wusste, dass sie nur dann eine Chance hätte, die Hauptrolle in Wenn sie je meine Leiche finden *zu spielen, wenn Farjeon ihr nicht mehr im Weg stehen konnte. (Oder könnte sie auch nur Hanways Komplizin gewesen sein?)*

Evadne legte das Blatt Papier zwischen sich und Trubshawe auf den Tisch und wollte etwas sagen, aber Trubshawe, der ein Übermensch gewesen wäre, wenn er nicht eine gewisse süffisante Genugtuung dabei empfunden hätte, sie von ihrer eigenen Medizin kosten zu lassen, bedeutete ihr mit einer Geste zu schweigen.

»Bevor Sie antworten«, sagte er, »möchte ich noch einen wichtigen Punkt hinzufügen. Wenn Alastair Farjeon, wie ich annehme, ermordet wurde, dann haben wir endlich auch etwas, das wir bisher vergeblich gesucht haben.«

»Und das wäre?«

»Ein Motiv für den Mord an Cora.«

Sie sprachen beide gleichzeitig.

»Weil Cora herausgefunden hatte, wer Farjeon ermordet hat!«

»Weil Cora herausgefunden hatte, wer Farjeon ermordet hat!«

»Erster!«

»Erster!«

»Jetzt sind Sie dran, Evie«, sagte Trubshawe, der triumphierend zur Kenntnis nahm, was er für die späte Bekehrung der Schriftstellerin zu seinen Ansichten hielt, »sagen Sie mir, was Sie denken.«

Er lehnte sich, ein halb gefülltes Glas Whisky in der Hand, bequem in seinem Sessel zurück und wartete auf ihren unvermeidlichen Beifall.

Aber als sie zu reden begann, klang Evadnes Stimme nicht ganz so ermutigend, wie er erwartet hatte.

»Also …«

»Ja?«

» …?«

»Ja? Was wollten Sie sagen?«

»Nichts, gar nichts. Das heißt, ich …«

»Raus mit der Sprache, Evie.«

»Also gut, Eustace, ehrlich gesagt, ich weiß es nicht.«

»Wo um Himmels willen liegt das Problem?«

»Das Problem«, sagte sie, »das Problem ist, dass mein Hintern juckt.«

Trubshawe starrte sie ungläubig an.

»Ihr Hintern juckt?«, rief er so laut, dass nicht wenige der Gäste, die an den Nachbartischen saßen, sich umdrehten und sie beide anstarrten.

»Ja«, wiederholte sie halb im Flüsterton, »mein Hintern juckt. Und ich muss Ihnen sagen, Eustace, dass mein Hintern mich noch nie im Stich gelassen hat.«

»Was zum …«, prustete er drauflos. Dann: »Selbst wenn Sie es sind, Evie«, zischte er leise, »das geht zu weit.«

»Nein, nein, ich will es Ihnen erklären«, antwortete sie ruhig. »Immer wenn ich einen Kriminalroman von einem meiner Konkurrenten lese, einem meiner sogenannten Konkurrenten, und auf ein Mittel stoße – ein Motiv meinetwegen, ein Indiz, ein Alibi, was auch immer –, ein Mittel, dem ich einfach nicht traue, auch wenn ich selbst nicht sofort sagen kann, warum, fängt mein Hintern an zu jucken. Ich wiederhole, er ist unfehlbar. Sollte mein Hintern mich jemals in die Irre führen, die Welt hätte keinen Sinn mehr.«

»Warum haben Sie auf ffolkes Manor nie ein Wort davon gesagt?«

»Also wirklich, Eustace, mein Hintern ist wohl kaum ein Thema, das ich vor allen Leuten zur Sprache bringen kann! Außerdem hatten wir uns damals ja gerade erst kennengelernt.«

»Sie wollen mir also sagen, wenn ich Sie richtig verstehe, dass Sie Ihrem … Ihrem Hintern mehr trauen als mir, obwohl ich nicht nur ein Freund von Ihnen bin, ein enger Freund sogar, sondern auch ein Polizeibeamter, der sein ganzes Leben damit zugebracht hat, Verbrechen dieser Art aufzuklären?«

»Ja, Eustace, ich weiß, wie merkwürdig das für Sie klingen muss. Aber auch wenn Sie ohne Zweifel ein enger Freund von mir sind, ist mir mein eigener Hintern doch näher, und außerdem kenn' ich ihn schon sehr viel länger als Sie.

Es funktioniert sogar, wenn ich meine Bücher schreibe. Manchmal bin ich hundemüde und will unbedingt ein Kapitel beenden und flicke es deshalb zusammen, indem ich irgendeinen faulen und abgedroschenen Trick in die Handlung einbaue. Dann fängt, das ist so sicher wie das Amen in der Kirche, mein Hintern an zu jucken, und ich spüre, dass ich noch einmal ranmuss, um etwas Gescheiteres und Originelleres zu schreiben. Was ich dann auch unweigerlich tue, wenn ich das sagen darf.«

»Vielleicht machen Sie mir ja nur etwas vor«, murmelte Trubshawe mürrisch.

»Das tue ich doch unentwegt«, konterte sie leichthin.

Sein Gesicht lief dunkelrot an.

»Verstehe. Jetzt werden Sie gemein – unnötig gemein. Vorsicht, Evie, Vorsicht. Das kann ich auch.«

»Hören Sie«, sagte sie versöhnlicher, »ich gebe gern zu, dass Ihre Theorie überzeugend ist, wirklich sehr überzeugend, und im Augenblick kann ich – außer natürlich, dass mein Hintern juckt – nicht mal erklären, warum ich damit nicht glücklich werde.«

»Sie schienen mir aber genauso aufgeregt wie ich, als

ich sagte, dass meine Theorie uns zumindest eine Erklärung dafür liefere, warum Cora ermordet wurde.«

»Natürlich. Selbst jetzt ist das für mich noch immer der bei Weitem stichhaltigste Grund für ihren Tod. Aber was die fünf Verdächtigen betrifft, also …«

»Bitte?«

»Es stimmt schon, alle scheinen sie ein Motiv für den Mord an Farjeon gehabt zu haben, da gebe ich Ihnen recht. Ich kann mich nur des Gefühls nicht erwehren, dass einige der Motive ein bisschen – nun ja, ein bisschen – schwach sind.«

»Ach. Welche denn zum Beispiel?«

»Zum Beispiel das von Leolia Drake. Sie ist ohne Zweifel ein mieses kleines Luder, aber glauben Sie wirklich, sie könnte Farjeon ermordet haben – und nicht bloß Farjeon, wenn ich Sie daran erinnern darf, sondern auch die arme Patsy Sloots –, nur weil sie erstens wusste oder einfach bloß glaubte, dass Hanway die Regie von *Wenn sie je meine Leiche finden* übernehmen würde, und zweitens davon ausging, dass er ihr die Hauptrolle zuschanzen würde? Ich muss sagen, das strapaziert meine Leichtgläubigkeit schon sehr.«

»Na ja«, antwortete der Chefinspektor, der in die Defensive geraten war, weil er wusste, dass er bei dieser Verdächtigen auf sehr schwankendem Boden stand, »es besteht ja auch noch die Möglichkeit, dass sie einfach nur Hanways Komplizin war.«

»Selbst wenn, Eustace, selbst wenn. Und Lettice. Ich gebe ja zu, sie ist wirklich ein zäher Brocken, wie die Yankees es ausdrücken. Aber Farjeon hat es ja gar nicht geschafft, ihr was anzutun.«

»Ich weiß nicht, ob das wirklich einen Unterschied macht. Falls es Lettice war, wäre es immerhin denkbar, dass sie gar nicht vorhatte, Farjeon umzubringen. Vielleicht wollte sie ihm nur einen Riesenschrecken einjagen. Es würde mich nicht wundern, wenn es sich hier um fahrlässige Tötung handelte.«

»Und Philippe? Ein französischer Filmkritiker, der einen Mord begeht. Ich meine, einen wirklichen Mord. Schwer zu glauben.«

»O bitte, wir wollen uns doch nicht mit so abgegriffenen Vorurteilen abgeben. Versetzen Sie sich doch mal in seine Lage. Er hat sein ganzes Leben Alastair Farjeon gewidmet. Farjeon war sein Leben, in gewisser Hinsicht das einzige Leben, das er je gehabt hat. Und endlich war er hier an seiner Seite, statt ihn weiter aus der Ferne verehren zu müssen, nicht mehr als Fan, sondern als Kollege, so hoffte er jedenfalls. Er hatte ein Drehbuch geschrieben, von dem er annahm, dass es wie geschaffen für seinen Lieblingsregisseur war. Und das war es auch – sonst hätte Farjeon es nicht geklaut. Er hat es aber geklaut, und alle Träume von Françaix sind zerplatzt. Können Sie sich nicht vorstellen, wie er sich gefühlt haben muss, als ihm klar wurde, dass er sein ganzes Leben damit vergeudet hat, jemanden zu verehren, der es nicht wert war? Menschen haben meiner Erfahrung nach schon für weniger getötet, für sehr viel weniger.«

»Schon möglich … Aber wissen Sie, Eustace, wie Sie selbst ja schon erwähnt haben, sprachen alle recht unbefangen und offen über ihren Hass auf Farjeon. Warum hätten sie das tun sollen, wenn sie doch damit hätten rechnen müssen, selbst unter Mordverdacht zu stehen?«

»Aber das ist es doch gerade!«, schrie Trubshawe sie förmlich an. »Damit haben sie eben *nicht* gerechnet! Und man hat sie auch nicht verdächtigt! Wir haben den Mord an Cora untersucht. Und deshalb haben sie nicht mal eine Sekunde lang daran gedacht, über ihr Verhältnis zu Farjeon besser den Mund zu halten. Wie dem auch sei, Sie als Meisterin Ihres Fachs sollten doch am besten wissen, dass die subtilste Art anzudeuten, dass man jemanden *nicht* umgebracht hat, darin besteht, zuzugeben, dass man es gern getan hätte.«

Evadne Mount dachte einen Moment lang darüber nach und sagte dann einfach:

»Ich weiß nicht, Eustace, ich weiß nicht.«

»Warum nicht? Meine Theorie kann als einzige ansatzweise erklären, warum einer der fünf Cora vergiftet haben könnte. Wir haben ja sonst überhaupt nichts, worauf wir uns stützen können.«

»Das kann man so nicht sagen. Was ist zum Beispiel mit meinem Zettel?«

»Ach ja? Einer dieser obligatorischen Zettel, die dauernd in Ihren Krimis auftauchen? Lassen Sie uns doch mal ernst bleiben, Evie. Das kann doch wohl kaum mit dem mithalten, was ich zu bieten habe. Wie sagte Sherlock Holmes noch mal? ›Wenn man das Unmögliche ausgeschlossen hat, dann muss das, was übrig bleibt, ganz gleich wie unwahrscheinlich es auch sein mag, die Wahrheit sein.‹«

Evadne Mount stieß einen spitzen Schrei aus.

»Pah, Trubshawe, pah! Sosehr ich Conan Doyle auch verehre, gerade diese Maxime habe ich immer für absoluten Blödsinn gehalten. Es gibt eine Menge Dinge, die theoretisch nicht unmöglich sind, bei denen es aber extrem unwahrscheinlich ist, dass sie jemals eintreten werden. Etwa eine fehlerfreie Runde Golf zu spielen, bei der man den Ball achtzehnmal hintereinander direkt einlocht. Nur weil Ihre Theorie, das will ich gar nicht bestreiten, bisher – wohlgemerkt bisher, Eustace – die einzige ist, die uns ein angemessenes Motiv für den Mord an Cora liefert, heißt das noch lange nicht, dass sie stimmt.

Ehrlich gesagt«, fügte sie hinzu, »je länger ich darüber nachdenke, desto befremdlicher finde ich sie. Das können Sie doch in Ihrer Pfeife rauchen. Falls Sie Ihre schmutzige, alte Pfeife überhaupt noch mal rauchen wollen.«

Trubshawe beschloss, diese überzogene Schmähung seiner geliebten Meerschaumpfeife großzügig zu ignorieren.

»Befremdlich?«, fragte er. »Sie finden meine Theorie *befremdlich*? Also da komme ich jetzt aber nicht mehr mit, Evie.«

»Denken Sie doch mal nach. Sie unterstellen offenbar nicht nur, dass einer der fünf Verdächtigen Farjeon ermordet hat, sondern dass Cora daraufhin die Identität des Mörders herausgefunden und ihm oder ihr gedroht hat, zur Polizei zu gehen. Mit anderen Worten, sie hat versucht, den Mörder zu *erpressen*, und wurde deshalb selbst zum Opfer.«

»Nein, nein, nein! Jetzt übertreiben Sie aber ganz gewaltig! Ich habe bloß gesagt, dass Cora irgendetwas erfahren haben muss, das sich als sehr gefährlich für sie herausstellte. Möglicherweise genügte es dem Mörder schon zu wissen, dass sie etwas wusste. Ich habe nie behauptet, dass sie versucht hat, aus ihrem Geheimnis Kapital zu schlagen.«

»Nicht direkt.«

»Wissen Sie noch, wie fröhlich sie war, als sie uns erzählt hat, dass es ihr irgendwie gelungen war, ihre Rolle ›aufblasen‹ zu lassen? Wissen Sie noch, wie ausweichend sie dann wurde, als Sie sie fragten, wie sie das geschafft hat?«

»Da haben wir es!«, rief die Schriftstellerin, die sich offenbar nur zu gut an die triumphierende Selbstgefälligkeit ihrer Freundin erinnern konnte. »Sie unterstellen ihr doch nichts anderes als Erpressung! Das verbitte ich mir, Eustace! Ich will nichts Schlechtes über die arme, liebe, tote Cora hören. Ich bestehe darauf, dass Sie diese gemeinen Unterstellungen zurücknehmen.«

»Zum Teufel noch mal, Evie, wir werden uns doch jetzt nicht zanken müssen, oder?«

»Das hängt ganz von Ihnen ab. Ich möchte einfach nicht, dass Sie mit schmutzigen Stiefeln auf dem Andenken von Cora herumtrampeln.«

Aber Trubshawe gab nicht nach, wie er es ganz bestimmt früher getan hätte, sondern entschied sich dafür, weiter die überlegene Position auszuspielen, in der er sich sah.

»Tut mir leid. Ich kann verstehen, wie empfindlich Sie noch immer wegen Coras Tod sind, aber ich frage mich doch, ob Ihre Freundschaft nicht Ihr Urteilsvermögen trübt. Ich hingegen kann ganz unbefangen meine Meinung äußern.«

»Fassen Sie sich bitte kurz.«

»Hören Sie, Evie«, sagte Trubshawe mit eiserner Entschlossenheit, »ich kenne Sie gut genug, um zu wissen, dass Sie es nicht ertragen können, wenn Ihnen jemand die Schau stiehlt, um es mit Gareth Knights Worten zu sagen. Nun, offen gesagt, auch ich bin es inzwischen leid, mich immer nur in den Schatten stellen zu lassen. Offensichtlich ertragen Sie es nicht, anzuerkennen, dass ausnahmsweise mal jemand anders recht haben oder vor Ihnen etwas herausgefunden haben könnte. In Ihren Büchern sorgen Sie verd***t gründlich dafür, dass Alexis Baddeley den armen alten Inspektor Plodder immer wieder aussticht, und Sie sind auf dem Holzweg, wenn Sie glauben, dass es im wahren Leben genauso zugeht. Wenn das hier einer Ihrer Krimis wäre …«

»Ich wünschte, Sie würden das nicht ständig wiederholen«, warf die Schriftstellerin unwirsch ein. »Das sage ich doch immer.«

»Ich habe einfach nur recht. Ich habe recht, was den Fall angeht – und auch, was Sie betrifft. Ich weiß es, und ich denke, Sie wissen es auch, nur dass Sie es nicht zugeben können. Und wissen Sie, warum Sie es nicht zugeben können? Der klassische Fall von einer beleidigten Leberwurst. Sie sind neidisch, Evie. Sie sind neidisch, weil ich es diesmal bin, der mit dem Ergebnis aufwartet und nicht Sie. Also bleibt Ihnen nichts anderes übrig, als hier zu sitzen und stur zu sein.«

Diesmal geriet Evadne Mount ins Stottern.

»Was für – für – für eine verdammte Frechheit! Was bilden Sie sich eigentlich ein!«

Sie warf ihm einen übelwollenden Blick zu.

»Neidisch? Auf Sie? Wenn ich auch nur ein Gran Neid

in mir hätte, wären Sie es bestimmt nicht, auf den ich neidisch wäre! Aber ich kenne grundsätzlich keinen Neid, verstehen Sie, nicht mal in Ansätzen.«

»Ach wirklich?«

»Ja, wirklich.«

»Das glaube ich Ihnen nicht, Evie. Wir wissen beide, dass es mindestens eine Person auf dieser Welt gibt, auf die Sie neidisch sind. Schon allein deren bloße Existenz lässt Sie vor Neid erblassen.«

»Und wer soll das sein?«, fragte sie so gelassen wie möglich.

»Wer das sein soll?«, ahmte er sie nach. »Ich denke, es müsste sich um Agatha …«

Weiter kam er nicht.

»Wie können Sie es wagen!«, geiferte sie ihn an. »Wie *können* Sie! Weil ich eine Dame bin, werde ich mich nicht dazu herablassen, Sie anzuschreien, aber ich muss Ihnen sagen, Eustace Trubshawe, dass dies eine widerliche Verleumdung ist, die Ihnen jemals zu vergeben mir schwerfallen wird, sehr schwer sogar.«

Erst, als es schon zu spät war, um zurückzunehmen, was er gesagt hatte, verstand der Chefinspektor, dass er zu weit gegangen war, viel zu weit.

»Hören Sie«, sagte er und machte alles nur noch schlimmer, »man muss – also man muss sich doch nicht schämen, auf die Beste neidisch zu sein. Habe ich recht?«

Schweigen

»Evie?«

Schweigen.

»Evie, bitte. Ich wollte wirklich nicht – ich wollte doch nur …«

Als er bemerkte, dass es aussichtslos war, verfiel auch er in Schweigen.

Also saßen sie eine Weile da, ohne zu sprechen und ohne zu trinken.

Als die Schriftstellerin schließlich antwortete, war ihre Stimme unnatürlich ruhig. Es war eher die Ruhe nach als vor dem Sturm.

»Nun gut, Eustace. Ich sehe, dass Sie ganz auf Ihre Theorie vertrauen. Sind Sie bereit, dieses Vertrauen auf die Probe zu stellen?«

»Aber sicher«, antwortete Trubshawe, der nicht wusste, worauf sie hinauswollte.

»Gut. Eigentlich gehe ich grundsätzlich keine Wetten ein, aber mit Ihnen möchte ich eine abschließen, wenn Sie dazu bereit sind.«

»Worum geht es?«

»Ich wette, dass ich dieses Verbrechen vor Ihnen aufklären werde.«

»Und wenn nicht?«

»Dann gelobe ich, dass die Widmung meines nächsten Kriminalromans lauten wird: ›Für Agatha Christie, die unbestrittene Königin der Kriminalliteratur.‹ Da haben Sie's – wie sagt man –, *voilà!*«

Trubshawe hielt den Atem an.

»Das würden Sie tun?«

»Wenn ich verliere, ja. Aber ich werde nicht verlieren. Also, nehmen Sie die Wette an?«

»Auf jeden Fall«, antwortete Trubshawe, ohne zu zögern, und fügte hinzu: »Und was muss ich tun, wenn *ich* verliere? Davon abgesehen, dass ich nicht verlieren werde.«

»Wenn Sie verlieren«, antwortete sie, »müssen Sie sich bereit erklären, mich zu heiraten.«

»Sie zu heiraten!!??«

Wieder hatte der Chefinspektor so laut gesprochen, dass zwei erschrockene Kellner, die beide Tabletts trugen, auf denen sich leere Gläser stapelten, nur knapp einem Zusammenstoß entgingen, als sich ihre Wege in der Mitte der Bar kreuzten. Erst der juckende Hintern, jetzt ein Heiratsantrag. Diese beiden liebenswürdigen Fossile – man konnte förmlich das Flüstern im Raum hören – waren vielleicht doch nicht so antiquiert, wie es auf den ersten Blick zu sein schien.

»Haben Sie den Verstand verloren?«

»Absolut nicht.«

»Aber warum um alles in der Welt sollten Sie mich heiraten wollen? Heute Nachmittag zum Beispiel haben wir uns gestritten wie – wie …«

»Wie ein altes Ehepaar?«, fragte Evadne Mount, indem sie seinen Satz geschickt ergänzte.

Plötzlich und ohne Vorwarnung nahm sie seine Hand und drückte sie in der ihren.

»Geben Sie es doch zu, Eustace. Sie sind einsam. Sie können es ruhig zugeben, eigentlich haben Sie es ja schon längst zugegeben. Und das mehrmals. Und jetzt ist es an mir, das ebenfalls zu tun. Auch ich bin einsam. Erschreckend einsam, wenn Sie es genau wissen wollen. Was glauben Sie wohl, warum ich jeden Tag in dieses lächerliche Hotel geschneit komme? Allein in der Hoffnung, jemanden zu treffen – irgendjemanden, Eustace, irgendjemanden –, mit dem ich reden kann. Und ich kann Ihnen gar nicht sagen, wie außer mir vor Freude ich vor ein paar Wochen war, als ich Sie getroffen habe. Noch Tage später war ich so aufgekratzt, dass ich gehofft habe – gegen alle Vernunft –, dass Sie noch mal hereinspaziert kämen. Wirklich. Es war wie ein Jungmädchentraum – Sie würden so tun, als kämen Sie zufällig herein, und ich würde so tun, als glaubte ich Ihnen. Und weil das so ein Jungmädchentraum war, fühlte ich mich wieder jung, fast so wie ein Mädchen.

Nun, Sie sind nicht hereinspaziert. Die ganzen Tage habe ich nah an der Tür gesessen und jeden gemustert, der hereinkam, habe jedes Mal gehofft, ja gebetet, dass Sie es sind, immer vergeblich. Sie sind nicht wiedergekommen. Es ist Ihnen vermutlich nicht einen Augenblick lang in den Sinn gekommen.

Aber so leicht gebe ich nicht auf. O nein, das war meine letzte Chance, und wie Cora war ich bereit, alles zu geben – mich notfalls auch zu erniedrigen, wenn es sein musste –, um sie beim Schopfe zu packen. Also wartete ich mehr oder weniger geduldig auf eine Gelegenheit oder einen Vorwand. Und schließlich ergab sich etwas aus heiterem Himmel. Cora rief mich an, lud mich ein, ihr bei den Dreharbeiten in Elstree zuzusehen, und da habe ich an Sie gedacht.

Und jetzt packe ich die Gelegenheit noch fester beim Schopfe und schlage Ihnen diese Wette vor. Sie sind ja so verdammt überzeugt davon, das Verbrechen aufzuklären, dass ich bezweifle, dass Sie wie ein Feigling dastehen und sich weigern werden, den Fehdehandschuh aufzunehmen. Und falls Sie sich Sorgen machen wegen – nun, Sie wissen schon –, wegen S-E-X, das müssen Sie wirklich nicht. Wir sind beide viel zu gesetzt, außerdem viel zu alt

und gebrechlich, um uns mit solchen Albernheiten rum-
zuschlagen.

Also, Eustace, mein Lieber, was sagen Sie? Die Wette
gilt?«

Trubshawe sah sie mit feuchten Augen an.

»Die Wette gilt.«

Dann wandte er sich unter dem Vorwand, etwas Asche
ins Auge bekommen zu haben, von ihr ab – einen Asche-
krümel so groß wie das Ritz! –, und nachdem er so getan
hatte, als ob er ihn entfernt hätte, fügte er hinzu: »Aber
nur, weil ich weiß, dass ich gewinnen werde.«

»In meinem Alter, mein Lieber, habe ich längst gelernt,
nicht mehr so wählerisch zu sein. Solange Sie die Wette
akzeptieren, interessieren mich Ihre Gründe dafür nicht.«

Sie rieb sich fröhlich die Hände.

»Also – wie machen Sie weiter bei Ihren Ermittlungen?«

»Wie ich weitermache?«, sagte Trubshawe und trank
seinen Whisky Soda aus. »Ich glaube, als Nächstes be-
fasse ich mich mit den Alibis. Ich werde mich mit Tom
Calvert beraten, und wenn wir beide unsere Denker-
kappen aufsetzen ...«

»Das wäre mal was anderes als das schreckliche Schot-
tenkaro, das Sie sonst immer tragen.«

»Wenn Tom und ich scharf nachdenken«, wiederholte
Trubshawe mit zusammengebissenen Zähnen, »finden
wir vielleicht heraus, was unsere fünf Verdächtigen an
dem Nachmittag des Brandes in Cookham getrieben haben. Und Sie?«

»Ich?«, fragte Evadne Mount. »Ich gehe ins Kino.«

Vierzehntes Kapitel

Den ganzen nächsten Tag verbrachte Trubshawe damit, gemeinsam mit Tom Calvert seine Ansichten über den Fall durchzugehen. Der Jüngere fand seine Theorie, dass es in Cookham vielleicht doch nicht mit rechten Dingen zugegangen war, interessant, auf jeden Fall interessant genug, um allen fünf Verdächtigen im Mordfall Cora Rutherford einen halb offiziellen Besuch abzustatten. Die Ergebnisse waren, gelinde gesagt, eindeutig, und der Chefinspektor fühlte sich verpflichtet, sie der Schriftstellerin mitzuteilen. Von diesem Gefühl der Verpflichtung war natürlich seine eigene verzehrende Neugier nicht zu trennen, endlich zu erfahren, was sie selbst in der Zwischenzeit herausbekommen hatte.

Bis weit in den Nachmittag hinein war Evadne jedoch telefonisch nicht zu erreichen, und der einzige Hinweis darauf, wo sie gewesen war und was sie dort getan haben könnte, kam von Lettice Morley, die Trubshawe und Calvert unmittelbar nach dem Mittagessen in ihrer bezaubernden kleinen Wohnung in Pimlico befragt hatten. Offenbar hatte Evadne sie frühmorgens angerufen und dabei nach Lettice' Worten etwas unsicher über die Komparsen und über die Art, wie sie angeworben wurden, ausgefragt. Überflüssig zu erwähnen, dass dieses quälende Quentchen Information Trubshawes Neugierde nur noch anstachelte.

Als er gegen fünf Uhr wieder in seinem Haus in Golders Green war, sich mit einem frisch aufgebrühten Tee in Reichweite in seinem Lieblingssessel niedergelassen und gerade mit der Lektüre des Nachrufs auf Cora im *Daily Sentinel* begonnen hatte – nicht weniger als drei aufwendig illustrierte Seiten waren ihrer Karriere, ihren Ehekatastrophen, ihrem frühzeitigen Tod und natürlich den schrecklichen Umständen, unter denen er eingetreten war, gewidmet –, klingelte schließlich sein Telefon. Er sprang aus dem Sessel, um den Anruf entgegenzunehmen. Es war aber nicht Evadne selbst, sondern Calvert, der über ihr Treiben noch Spannenderes zu berichten wusste. Sie hatte ihn vor knapp einer halben Stunde angerufen, um zu fragen, ob die Polizei Benjamin Levey eventuell davon überzeugen könnte, für sie eine Vorführung der ›Schnellkopien‹, die es schon von *Wenn sie je meine Leiche finden* gab, zu arrangieren – das Wort klang in Trubshawes Ohren ebenso fremd wie aus Calverts Mund.

»Großer Gott«, murmelte Trubshawe, »was ist denn bloß in Evie gefahren?«

»Keine Ahnung«, antwortete Calvert. »Sie hat mich nur gebeten, meinen Einfluss geltend zu machen.«

»Hat sie Ihnen erklärt, warum sie das Zeugs sehen will?«

»Nein. Wie Sie sich vorstellen können, habe ich sie gefragt, aber sie ließ sich nicht in die Karten sehen – nun, Sie wissen schon, was ich meine. Sie sagte nur, dass es äußerst wichtig sei, ihr diesen Gefallen zu tun.«

»Und was haben Sie geantwortet?«

»Nun, Mr Trubshawe, wie Sie sich erinnern, war es Miss Mount, die am Mordtag geistesgegenwärtig feststellte, dass wir nicht zweiundvierzig Verdächtige haben, sondern bloß fünf. Und während der Untersuchungen in Hanways Büro hat sie einige sehr sachdienliche Fragen gestellt – brutal, aber sachdienlich. Und sie ist die Autorin all dieser pfiffigen Krimis – nicht, dass ich einen davon gelesen hätte, verstehen Sie, aber sie erzählt mir die ganze Zeit, wie pfiffig sie sind. Und nicht zuletzt war sie eine enge Freundin von Cora Rutherford und natürlich auch eine Freundin von Ihnen. Und da Sie und ich – geben wir es doch offen zu – nicht so recht vorankommen …«

Trubshawe unterbrach ihn ungeduldig.

»Sie wollen also sagen, Sie haben zugestimmt.«

»Um ganz offen zu sein, Mr Trubshawe, es gab keinen Grund, Nein zu sagen. Allerdings sagte sie etwas, das mich sehr verblüfft hat. Ich fragte sie, ob die Szene, für die sie sich am meisten interessiere, die sei, in der Miss Rutherford ermordet wird, denn davon ging ich natürlich aus. Nun, Sie können sich nicht vorstellen, was sie daraufhin geantwortet hat.«

»Na, nun sagen Sie es schon.«

»Sie schauderte – wenn Ihre Miss Mount schaudert, dann hört man das sogar durchs Telefon –, wie dem auch sei, sie schauderte und sagte dann ziemlich spitz, dass man sie in ihrem Leben schon vieles genannt habe, aber noch nie einen Ghul, und wenn es eine Filmszene gebe, die sie nie, aber auch *nie* sehen wolle, dann diese. Dann fragte ich, welche sie denn dann sehen wolle, und sie antwortete fröhlich, das sei ihr egal, alles, was das Studio von dem Film bereits habe! Können Sie sich einen Reim darauf machen?«

»Bei Evie wundert mich inzwischen fast gar nichts

mehr«, sagte Trubshawe betrübt. »Aber das ist doch ziemlich merkwürdig, wie Sie schon sagten. Haben Sie ihr trotzdem versprochen, die Filmvorführung zu arrangieren?«

»Ich habe ihr gesagt, dass ich nichts versprechen kann und dass es letztlich von Levey abhängt. Also hab' ich ihn nach unserem Gespräch angerufen. Der wirkt immer wie von der Tarantel gestochen – wegen all der Jahre, in denen er von den Nazis verfolgt wurde, nehme ich an –, und am Anfang war er ziemlich dagegen. Sagte, es sei eigentlich noch nie vorgekommen, dass man Außenstehenden die Schnellkopien gezeigt hätte, und ehrlich gesagt glaube ich ihm das auch. Er fragte mich, was das Ganze überhaupt solle, denn von dem Filmmaterial, das zeigt, wie Cora Rutherford aus dem Glas mit dem Gift trinkt, existierten noch gar keine Kopien. Ich wiederholte genau das, was Miss Mount auch mir gesagt hatte – dass es ihr egal sei, was man ihr zeige –, und obwohl er ebenso verblüfft war wie ich, gab er schließlich nach. Ich denke, er hatte Angst, dass ich, falls er Nein gesagt hätte, Verdacht schöpfen könnte.

Also habe ich für morgen Nachmittag eine kleine Privatvorstellung in den Vorführräumen des Studios arrangiert. Ich denke, Sie wären vielleicht auch gern dabei.«

»Verflucht noch mal, allerdings!«, rief Trubshawe aus.

»Ähm …«, sagte Calvert. »Sie haben also das Gefühl, dass sie irgendeine Spur verfolgen könnte, ja?«

»Pah!«

»Bitte? Würden Sie bitte etwas lauter sprechen, Sir? Es scheint eine Störung in der Leitung zu geben.«

»Ich sagte Nein. Aber typisch Evie. Sie hat wie immer

Hummeln in ihrem Hintern. Ich wollte Ihnen aber sagen, Tom, dass ich selbst einen triftigen Grund habe, zu erfahren, in welche Richtung ihre Gedanken gehen. Ich werde auf jeden Fall kommen.«

»Ich hatte gehofft, dass Sie das sagen. Wir werden uns um drei Uhr im Vorführraum treffen. Miss Mount braucht natürlich jemanden, der sie nach Elstree fährt, und bat mich, Ihnen auszurichten, dass es, falls Sie sie vorher anrufen wollten, nicht nötig sei.«

»Ach, wie zuvorkommend von ihr, ich muss schon sagen.«

»Stattdessen schlug sie vor, dass Sie sie um Punkt zwei in ihrem Appartement – das ist doch im Albany, oder? – abholen. *Punkt zwei* – das waren ihre Worte, und ich sollte Sie ausdrücklich wissen lassen, dass diese Worte gesperrt gedruckt wären. Sie wüssten schon.«

»O ja«, sagte Trubshawe. »Ich weiß sehr wohl.«

»Gut. Dann treffen wir vier uns um drei Uhr.«

»Alle vier? Sie, ich, Evie. Und wer ist der Vierte? Etwa Levey?«

»Nein, der ist offensichtlich noch in London und versucht zu retten, was von seinem Film noch zu retten ist. Aber auf seinen Vorschlag hin habe ich Lettice Morley eingeladen. Ich weiß, sie ist eine der fünf Verdächtigen, aber sie ist auch ein alter Hase im Filmgeschäft und wird uns alles erklären können. Ich hoffe, Sie haben nichts dagegen, wenn sie dabei ist?«

»Überhaupt nicht. Ich weiß nicht, warum das schaden sollte.«

»Dann bis morgen.«

Erst als sie die Stadt hinter sich gelassen hatten und übers Land fuhren, fragte Evadne Eustace, wie er mit seinen Ermittlungen vorangekommen sei. Sie schien bemerkenswert guter Laune zu sein, geradezu aufgekratzt. Coras Tod war gewiss noch immer ein dunkler Fleck am Horizont, aber ihre immer nur schlummernden Instinkte für das Mysteriöse waren mit Macht geweckt worden, und man konnte beinahe sehen, wie ihre Nüstern bebten wie bei einem Jagdhund, der die Spur eines Fuchses aufgenommen hat.

Auch Trubshawe bemerkte dies und zog es aus diesem Grund vor, abgesehen von einigen belanglosen Bemerkungen, zu schweigen.

Schließlich sprach Evadne ihn an.

»Aus irgendeinem Grund sind Sie heute nicht so gesprächig wie sonst.«

»Ich gesprächig? In Ihrer Anwesenheit? Dass ich nicht lache!«

»Aber Sie können sich doch vorstellen«, fuhr sie fort, »wie neugierig ich darauf bin, zu erfahren, wie Sie mit Ihren Ermittlungen vorangekommen sind.«

»Mit welchen Ermittlungen?«

»Bitte, Eustace, keine albernen Spielchen. Sie haben mir selbst gesagt, dass Sie prüfen wollten, wo sich jeder unserer Verdächtigen am Nachmittag des Brandes in Alastair Farjeons Villa aufgehalten hat. Und als ich gestern Tom

Calvert an der Strippe hatte, hat er mir bestätigt, dass er und Sie gestern den ganzen Tag nichts anderes getan haben.«

»Hat er Ihnen auch erzählt, ob wir Erfolg hatten?«

»Ja, hat er.«

»Warum fragen Sie mich dann?«

Sie gab ihm einen mitfühlenden Klaps aufs Knie.

»Armer Eustace, ich weiß, wie enttäuscht Sie sein müssen. Und es liegt mir völlig fern, hämisch zu sein und Ihnen vorzuhalten, dass ich es Ihnen doch gleich gesagt habe, aber … Nun, wenn Sie ehrlich sind, müssen Sie zugeben, dass …«

»Sie es mir doch gleich gesagt haben.«

»Genau.«

»Wissen Sie, Evie«, sagte Trubshawe, »vielleicht haben Sie recht, und ganz sicher haben Sie es mir gleich gesagt, aber ich kann immer noch nicht glauben, dass da gar nichts faul ist.«

»Wie meinen Sie das?«

»Hören Sie, wir haben gestern den ganzen Tag damit zugebracht, alle fünf zu befragen, wo sie zum Zeitpunkt des Brands waren und mit wem. Und jeder von ihnen hatte ein stichhaltiges Alibi. Das ist doch einfach nicht normal.«

»Warum denn nicht? Sie nennen es ein stichhaltiges Alibi, aber da spricht der Polizist in Ihnen. Das ist die Paradoxie von Scotland Yard. Je stichhaltiger das Alibi eines Verdächtigen ist, desto mehr schöpft ihr Schnüffler Verdacht. Wenn Sie aber sagen, dass jeder der fünf ein Alibi hatte, so bedeutet das nur, dass jeder von ihnen an diesem Nachmittag irgendwo unterwegs war, so wie auch Sie an diesem Nachmittag irgendwo unterwegs waren – nämlich zufällig mit mir zusammen – und ich zufällig mit Ihnen zusammen war –, und meine gute, alte Tante Cornelia, Gott hab sie selig, war ganz bestimmt auch irgendwo, wie Millionen, nein Dutzende Millionen von Menschen dieses Landes. Warum muss ein stichhaltiges Alibi von Natur aus ein Verdachtsmoment sein?«

»Evie«, antwortete Trubshawe geduldig, »ich war vierzig Jahre beim Yard und habe Ermittlungen bei ich weiß nicht wie vielen Verbrechen geführt, einige davon mit nur fünf oder sechs Verdächtigen waren diesem hier ganz ähnlich, und ich kann Ihnen versichern, dass dabei nicht einmal – nicht ein einziges Mal, hören Sie – jeder der Verdächtigen ein Alibi hatte! So läuft das einfach nicht. Leute erinnern sich nicht mehr, wo sie an einem bestimmten Tag oder in einer bestimmten Nacht waren. Oder sie waren einkaufen, nur dass sie das eben lieber allein getan haben, und warum auch nicht? Oder sie haben noch einen Spaziergang gemacht, um ihren Kopf auszulüften, bevor sie ins Bett gegangen sind. Oder sie haben ein Kreuzworträtsel gelöst oder sonst was getan. Es ist einfach nicht normal, dass alle fünf Alibis stimmig sind, dass mehr als einen Monat später alle fünf Verdächtigen nicht nur in der Lage sind, sich überaus genau daran zu erinnern, was sie an besagtem Nachmittag getan haben, sondern auch noch Zeugen benennen können.

Ich sage Ihnen, Evie, wenn ich Ihren Hintern hätte, würde er jetzt jucken!«

Schweigend und nachdenklich sah Evadne auf die Straße, die sich vor ihnen sanft durch die dicht bewaldeten Hügel schlängelte.

»Was waren das denn für Alibis, die Sie so irritiert haben?«

»Lassen Sie mich mal überlegen. Philippe Françaix war in seinem Hotel – das war in Bloomsbury – und hat sich Notizen zum letzten Kapitel seines Buches gemacht.«

»Das hört sich für mich kaum wie ein stichhaltiges Alibi an.«

»Ich fürchte aber, es ist eins. Er saß in der Hotelbar, nicht in seinem Zimmer. Anscheinend ist er so daran gewöhnt, in Cafés zu schreiben – diese Franzmänner werde ich nie verstehen –, dass er lieber mitten im Trubel arbeitet. Der Barkeeper erinnert sich gut an ihn. Schwört, dass er den ganzen Nachmittag nicht vom Tisch aufgestanden ist. Hat ihm drei schwarze Kaffee und ein Käsesandwich mit Gürkchen gebracht.«

»Hanway?«

»Er war auf einer Gartenparty im Buckingham Palace, darunter tut er's nicht. Und was glauben Sie, wer ihn begleitet hat?«

»Leolia Drake?«

»Volltreffer«, sagte Trubshawe. »Und man hat die beiden nicht nur dort gesehen, sie wurden auch fotografiert. Sie wurden sogar den Hoheiten vorgestellt. Das Fest hat zwar mehr als drei Stunden gedauert. Aber ich kann mir trotzdem nicht vorstellen, wie sich einer von ihnen aus dem Buckingham Palace herausgeschlichen und mit dem Auto nach Cookham gefahren sein soll, um Farjeons Villa in Brand zu setzen und dann rechtzeitig zum Abendessen im Caprice zurück zu sein, wo man sie ebenfalls gesehen und fotografiert hat.«

»Was ist mit Gareth Knight?«

»In einem Club in Soho, zusammen mit seinem sogenannten Sekretär. Er trug eine Maske und hat nicht ein einziges Mal seinen Hut abgesetzt – irgend so ein Ding mit breiter Krempe, das den Großteil seines Gesichts verbarg –, aber es scheint keinen Zweifel daran zu geben, dass er es war.«

»Trug eine Maske? Was für eine Art Club war das denn?«

»Ein Club für alleinstehende Männer – den hätte man schon vor Jahren schließen sollen. Sie hatten einen Ivor-Novello-Tanztee, das muss man sich mal vorstellen.[14] Eine Art Kostümball. Die Gäste sollten als Figuren aus *The Dancing Years* oder *Glamorous Night* erscheinen.[15] Als der Besitzer des Clubs endlich kapiert hat, nach wem wir ihn ausfragten, war er so erleichtert, nicht selbst derjenige zu sein, den Calvert einbuchten wollte, dass er nicht nur unseren glamourösen Knight, sondern auch eine ganze Reihe anderer Filmschauspieler verpfiffen hat.«

»Ach ja?«, fragte Evadne ganz aufgeregt, und ihre Augen leuchteten vor lüsterner Neugier. »Wen denn?«

»Geht Sie nichts an. Konzentrieren wir uns auf unseren Fall, ja?«

»In Ordnung. Ich werde es Ihnen später schon noch aus der Nase ziehen, Sie alter Langweiler. Und was ist mit Lettice Morley?«

»Sie war im Krankenhaus.«

»Was? War sie krank?«

»Nein. Ihre Mutter war just an diesem Tag unters Messer gekommen. Lettice hat den ganzen Nachmittag über an ihrem Bett gesessen. Auch wenn die Schwestern zugeben, dass sie natürlich ständig auf der Station beschäftigt waren, legen sie alle die Hand für sie ins Feuer.«

»Und wohin führen diese Ergebnisse Sie also?«

Er schüttelte seinen großen, schweren Kopf.

»Auf den sprichwörtlichen Holzweg. Wir haben fünf Verdächtige bei einem Verbrechen, das zu begehen sie alle die Gelegenheit hatten, für das sie aber kein Motiv haben. Und wir haben dieselben fünf Verdächtigen bei einem anderen Verbrechen – jedenfalls glaube ich das –, für das sie alle ein Motiv hatten, nicht aber die Gelegenheit. Es schmerzt mich, das zugeben zu müssen, Evie, aber die einzige Person, die eines, mehrere oder alle Alibis entkräften könnte, wäre Alexis Baddeley.«

»Sehr lieb von Ihnen, das zu sagen. Aber vergessen Sie nicht, es hat auch etwas für sich, wenn man es mit fünf verschiedenen Alibis zu tun hat.«

»Und was sollte das bitte schön sein?«

»Man muss nur eines davon knacken, um den Schuldigen zu finden.«

Dieser folgerichtige Gedanke, auf den Trubshawe noch gar nicht gekommen war, hob seine Stimmung außerordentlich, während sie ihre angenehme Fahrt nach Elstree fortsetzten.

Der behaglich eingerichtete und gepolsterte Vorführraum verfügte über drei Reihen mit jeweils vier Sitzen.

Als Evadne und Eustace etwas verspätet ankamen, waren sowohl Tom Calvert als auch Lettice Morley schon da und versuchten halbherzig, eine Konversation in Gang zu bringen. Hinter ihnen lag der kleine Raum, in dem neben dem Projektor der Vorführer stand, der auf ein Zeichen von Lettice wartete, um den Film zu starten. In der letzten Reihe saß ganz allein der unvermeidliche und allgegenwärtige Sergeant Whistler.

Nachdem alle anderen in der ersten Reihe Platz genommen hatten, sagte Calvert zu Lettice:

»Miss Morley, vielleicht wollen Sie uns erklären, was Sie uns gleich zeigen werden?«

»Gern, Inspektor.«

Lettice stellte sich vor die weiße Leinwand.

»Was Sie gleich zu sehen bekommen werden, ist das, was wir in der Filmbranche ›Schnellkopien‹ nennen – das heißt unterschiedliche Aufnahmen, Ausschnitte, manchmal auch ganze Szenen, die jeweils am Ende eines Drehtages kopiert werden, damit sie sich der Regisseur gleich am nächsten Tag ansehen kann und eine ungefähre Vorstellung davon bekommt, wie sich der Film entwickelt. Sie müssen sich allerdings klarmachen, dass von *Wenn sie je meine Leiche finden* nur sehr wenig gedreht worden war, bevor die ganze Produktion gestoppt wurde. Und ich hoffe, niemand von Ihnen erwartet, das Material der Szene, in der Cora aus dem Champagnerglas trinkt, zu sehen, von der ist nämlich nichts kopiert worden.«

»Schon gut, Miss Morley«, sagte Calvert. »In der Tat habe ich Mr Levey bereits um eine Kopie der besagten Szene gebeten – das könnte uns bei unseren Ermittlungen wirklich helfen –, aber wir alle wissen, dass wir heute aus einem anderen Grund hier sind.«

»Gut. Nun, für den Fall, dass Sie die Handlung des Films noch nicht kennen sollten, möchte ich sie Ihnen kurz zusammenfassen. Die Geschichte beginnt in einem Theater im West End, und die erste Einstellung zeigt zwei junge Frauen im Publikum, von denen eine auf einen Mann deutet, der drei oder vier Reihen vor ihnen sitzt – ich sollte vielleicht betonen, dass man nicht mehr als seinen Hinterkopf zu sehen bekommt, weil der Regisseur hier bewusst auf einen Schuss-Gegenschuss verzichtet – und ihrer Freundin zuflüstert: ›Wenn sie je meine Leiche finden, war er der Mann, der es getan hat.‹

Dann kommt sofort ein Schnitt, und wir befinden uns in der Wohnung der jungen Frau in Belgravia, wo die Polizei gerade den Mord an ihr untersucht.«

»Schuss? Gegenschuss? Schnitt?« Evadne Mount konnte, unbezähmbar wie immer, nicht an sich halten. »Was für eine blutrünstige Sprache ihr Filmleute doch sprecht!«

Sie merkte sofort, dass ihre launige Bemerkung nicht besonders gut ankam, sank tiefer in ihren Sessel und murmelte: »Tut mir leid, tut mir leid …«

Nach einem kurzen Augenblick – als warte sie, dass das Schweigen, ähnlich einem Beifall, verebbte – fuhr Lettice fort:

»Die Freundin des Opfers, die von Leolia Drake gespielt wird, entschließt sich, auf eigene Faust zu ermitteln, trifft im späteren Verlauf der Handlung auf einer Cocktailparty einen gut aussehenden älteren Mann, einen, der der Täter sein könnte. Sie beginnt mit ihm zu flirten, und bevor sie weiß, wie ihr geschieht, hat sie sich Hals über Kopf in ihn verliebt. Und so nimmt alles seinen Lauf.

Die Sache ist die, dass wir aus allen möglichen praktischen und ökonomischen Gründen Filme selten in der chronologischen Szenenfolge abdrehen. Die Anfangsszene, die ich gerade beschrieben habe, ist zum Beispiel gar nicht gedreht worden, weil wir das im Drury Lane Theatre machen wollten und warten mussten, bis die derzeitige Show dort abgelaufen ist. Und tatsächlich ist es so, die Szene, die Sie gleich sehen werden, kommt eigentlich erst am Ende des Films. Es handelt sich um eine sogenannte Rückblende – will heißen, sie blendet zu einem früheren Punkt der Handlung zurück, sodass die Zuschauer die Ereignisse, die zum Verbrechen geführt haben, besser verstehen können. Genau genommen ist es die Mordszene selbst, die Szene, in der die junge Frau, die wir aus dem Theater kennen, auf der Schwelle ihrer eigenen Wohnung von einem unbekannten Angreifer erstochen wird. Er oder sie entreißt ihr dann den Schlüssel, öffnet schnell die Tür und zieht den Leichnam in die Wohnung – nur sind wir eben beim Drehen nie so weit gekommen.

Ich glaube, das ist alles, was Sie wissen müssen. Nein, Entschuldigung, es gibt noch etwas. Wie ich schon sagte, handelt es sich um Schnellkopien. Es sind also nur Fragmente, noch unvollkommene Fragmente. Ohne Hintergrundmusik, dafür mit Hintergrundgeräuschen, die eigentlich nicht dazugehören, eben mit den ganzen kleinen Mängeln, die man nach Abschluss der Dreharbeiten beseitigt hätte. Der Vorführer hat mir erzählt, dass von der Mordszene nur zwei Kopien existieren. Rex hat insgesamt sechs Aufnahmen gemacht, aber vier wurden verworfen, eine, weil die Schauspielerin anfing, zu schnell zu gehen, eine andere, weil der Schatten des Schwenkarms im Bild zu sehen war, eine dritte, weil – keine Ahnung, was die anderen Probleme waren. Ich hoffe aber, dass zwei Kopien für Ihre Zwecke ausreichen«, schloss sie und widerstand der Versuchung hinzuzufügen, »welche das auch immer sein mögen.«

Sie sah zu Calvert hinüber, der ihr zunickte. Dann sah sie nach oben zum Vorführraum und rief: »Okay, Fred. Wir wären dann so weit.« Dann setzte sie sich in ihren Sessel am Ende der Reihe.

Langsam ging das Licht aus.

Auf der kleinen weißen Leinwand vor ihnen tauchte nach ein paar Sekunden diffusen Gequietsches, Gequäkes und Gekringels das allseits bekannte Emblem der Filmkunst auf, die Klappe. Ein Mitglied der Crew, das man nur gerade eben sehen konnte, hielt sie in Richtung Kamera und rief: »*Wenn sie je meine Leiche finden,* Szene 67, die dritte.« Worauf er die beiden Teile entschlossen aufeinanderschlug und mitsamt der Klappe von der Leinwand verschwand.

Wie sie nun alle sehen konnten, hatte die Klappe nicht nur den Mitarbeiter verdeckt, der sie hochhielt, sondern auch eine nächtliche verschneite, total verlassene Wohnstraße, durch die man nach ein paar Sekunden eine junge Frau im Pelzmantel gehen sah. Zunächst waren nur ihre eigenen entschlossenen Schritte zu hören. Dann konnte man allmählich als unheimlichen Kontrapunkt einen anderen, schwereren Schritt ausmachen, sodass es sich anhörte, als spielten zwei Schlagzeuger unabhängig voneinander. Die junge Frau warf einen schnellen verstohlenen Blick hinter sich, konnte aber praktisch nichts erkennen, weil es in der Nähe keine Straßenlaterne gab. Als sie jedoch schneller ging, wurde der Klang der anderen Schritte lauter, das heißt, sie kamen näher. Die junge Frau verfiel ins Laufen. Sie kramte in ihrer Handtasche, vermutlich weil sie nach ihrem Schlüsselbund suchte, aber erst als sie ihre Haustür erreicht hatte und Lippenstift und Puderquaste herausrollten und auf den schneebedeckten Bürgersteig fielen, fand sie sie endlich. Ungeschickt versuchte sie, sich mit ihrer zitternden linken Hand den rechten Handschuh auszuziehen, dessen Fellfutter es ihr unmöglich machte, den Wohnungsschlüssel sicher zu fassen zu bekommen. Da war es zu spät. Ein großer, breitschultriger Mann – man hielt ihn jedenfalls für einen Mann –, dessen Gesichtszüge durch den hochgeschlagenen Kragen seines Mantels verschattet waren, hatte sich lautlos an sie herangeschlichen. Er bedeckte ihre Lippen mit der linken Hand und zog mit der rechten einen Dolch mit Elfenbeingriff aus der Manteltasche, den er tief in ihre Kehle trieb. Dann sah man nur noch die leere Leinwand.

Wieder Gequietsche und Gequäke. Die Klappe. Aufnahme 5. Dieselbe Szene, wohlgemerkt, die noch einmal gespielt wurde.

Während der ersten Aufnahme hatte Trubshawe aus den Augenwinkeln genauso auf Evadnes Gesichtsausdruck geachtet wie auf das, was auf der Leinwand zu sehen war. Nie hatte er sie so fasziniert gesehen wie von diesem spannungsgeladenen kleinen Drama, das sich vor ihrer aller Augen abspielte. Aber erst während der zweiten Aufnahme hörte er sie tatsächlich vor sich hin murmeln – natürlich laut genug, dass ihre Nachbarn es auch hören konnten: »Ich wusste es!« Dann, als die Szene zu Ende war, noch einmal: »Natürlich! Natürlich, so muss es gewesen sein!«

Wovon um Himmels willen redete sie? Was war dieses es, das sie zu wissen behauptete? Was musste so gewesen sein? Coras Ermordung? Die Schauspielerin in dem Film wurde doch in einer menschenleeren Straße vor ihrer eigenen Haustür erstochen, während Cora auf einem von Menschen wimmelnden Filmset vergiftet worden war! Welche offenkundige Verbindung sollte es zwischen diesen beiden Fällen geben? Was verband diese beiden Szenen? Was um alles in der Welt hatte Evie gesehen, das ihm entgangen war? Diese verflixte Frau!

Das Licht wurde wieder angemacht. Keiner sprach. Dann sagte Calvert, der Sinn und Zweck der Übung ebenso wenig verstanden hatte, wie Trubshawe:

»Nun, Miss Mount …«

»Ja, Mr Calvert …«

»Ich würde gern von Ihnen wissen, hat Sie das irgendwie weitergebracht?«

»Ich will es mal so sagen, Inspektor. Vorher war ich mir ziemlich sicher. Jetzt *weiß* ich es.«

»Jetzt wissen Sie was?«

»Jetzt weiß ich«, sagte sie ruhig, »warum Cora ermordet wurde, wie Cora ermordet wurde und wer Cora ermordet hat.«

Calvert gab sich keine Mühe, seine Skepsis zu verbergen.

»Miss Mount, bei allem gebotenen Respekt, ich bin

Ihnen mit Ihren unorthodoxen Ermittlungsmethoden wirklich sehr entgegengekommen, aber auch meine Geduld hat Grenzen. Wenn Sie wirklich glauben, die Identität des Mörders zu kennen, dann raus damit.«

»Nun ja«, sagte Evadne, »es gibt da nur ein kleines Problem.«

»Das war ja wohl klar!«, murmelte Trubshawe leise vor sich hin.

»Das Problem ist, dass ich derzeit noch nicht beweisen kann, was ich weiß. Ich wiederhole, was ich weiß.«

»Das ist rechtlich gesehen kein kleines Problem, fürchte ich«, sagte Calvert kühl. »Eher ein ziemlich großes.«

»Aber, Inspektor«, fuhr sie, beinahe als hätte er gar nichts gesagt, fort, »wenn Sie mir eine weitere Chance geben, dann verspreche ich Ihnen hoch und heilig, dass ich Ihnen alle Beweise liefere, die Sie sich nur wünschen können.«

»Nur eine weitere Chance, ja?«, sagte Calvert argwöhnisch. »Also, was wollen Sie diesmal?«

»Ich möchte, dass Sie alle Verdächtigen morgen zur selben Zeit hier versammeln. Nicht in diesem Vorführraum, sondern auf der Bühne. Und ich möchte, dass Sie allen sagen, was der Anlass unserer Zusammenkunft ist, nämlich dass ich, Evadne Mount, weiß, wer Coras Mörder oder Mörderin ist, und vorhabe, seine oder ihre Identität vor aller Augen zu enthüllen. Mit allen meine ich Rex Hanway, Gareth Knight, Leolia Drake, Philippe Françaix und nicht zuletzt unsere Lettice hier.«

»Hattie Farjeon nicht?«

»Nein, Hattie Farjeon nicht. Auch nicht Levey. Besser wäre es, wenn Sie Levey gegenüber den Plan gar nicht erwähnten. Also, werden Sie mir diesen letzten Gefallen erweisen?«

Calvert sah hilflos zu Trubshawe hinüber. Ihre Blicke trafen sich. Die Augenbrauen des Älteren deuteten ein Nicken an.

»Also gut, Miss Mount«, willigte Calvert ein. »Ich werde dafür sorgen, dass alle Verdächtigen morgen um drei noch einmal hier zusammenkommen. Aber ich hoffe für Sie, dass Sie recht behalten.«

»Das werde ich, Inspektor, das werde ich.«

Worauf sie sich an Lettice Morley wandte.

»Nur fürs Protokoll, meine liebe Lettice, *spielt* Gareth Knight die Figur, die sich als Mörder herausstellt?«

»Sie sind doch hier die Schnüfflerin«, antwortete die junge Frau kühl. »Finden Sie es doch selbst heraus.«

Fünfzehntes Kapitel

Wenn es wirklich so etwas wie Reinkarnation geben sollte, würde ich als Schäferhund zurückkehren, davon bin ich überzeugt.«

Evadne Mount begann ihre Ansprache mit dieser gespielt feierlichen Eröffnung, als wollte sie sich selbst einen kleinen roten Teppich ausrollen, einen Teppich, von dem Trubshawe wusste, dass er ihren Zuhörern früher oder später unter den Füßen weggezogen werden würde.

Alle waren sie wieder da, Evadne selbst und um sie herum im Halbkreis versammelt (die ideale Anordnung, wie ihr bewusst war, damit man ihr bei jedem ihrer Worte an den Lippen hing) Trubshawe, Tom Calvert und die fünf Verdächtigen, die der Letztgenannte auf Evadnes Bitte einbestellt hatte. Da waren sie also wieder am Set von *Wenn sie je meine Leiche finden,* dessen Ausstattung längst verlassen, aber noch nicht abgebaut worden war. Wie eine respekteinflößende Sonntagsschullehrerin sah sie sie, seitlich auf einem hohen dreibeinigen Barhocker sitzend, an, von leeren Cocktailgläsern und randvollen Aschenbechern umgeben, die für Coras große Szene – eine, wie sich tragischerweise herausstellen sollte, unendlich viel größere Szene, als die Schauspielerin oder irgendjemand sonst hätte vorhersehen können – als Requisiten gedient hatten. Hoch über ihren Köpfen thronte das aufwendige Beleuchtungsgerüst, das mit seinen kreuz und quer verlaufenden Schaltkreisen von Lichtern und Kabeln, Leitungen und Stegen so typisch für ein zeitgenössisches Filmstudio war. Und in jeder Ecke der Halle, in der es schauderhaft hallte, stand ein uniformierter Polizist und hielt Wache, jeder von ihnen bemüht, nicht allzu offensichtlich auszustrahlen, dass er sich im Einsatz befand.

Bevor Evadne, von Calvert dazu ermuntert, zu reden anfing, hatte keiner ein Wort gesprochen, nicht einmal ein beiläufiges, um die Zeit totzuschlagen. Alle Proteste, zumeist rein formeller Art, waren noch am Tag zuvor eingelegt worden, als Calvert zunächst die Idee, eine abschließende Zusammenkunft anzuberaumen, zur Diskussion gestellt hatte, aber keiner der fünf hatte es gewagt, sich kategorisch zu weigern.

Um das leicht unheimliche Bild zu vervollständigen: Man konnte gerade noch – kam es vom benachbarten Set oder aus dem Kasino? – die kratzende Melodie einer Grammophonaufnahme von Vera Lynn hören, die »We'll Meet Again« sang.

»Ja«, wiederholte die Schriftstellerin, »ein Schäferhund. Denn, um die Wahrheit zu sagen, gibt es nichts, was mich mehr aufblühen lässt, als eine Herde von – nein, nein, meine Lieben, nicht gekränkt sein, ich wollte nicht ›Schafe‹ sagen –, eine Herde von Zeugen zu umkreisen und sie an den Ort des Verbrechens zurückzutreiben. Um ehrlich zu sein, ist das Einzige, was mich daran hindert, diese Erfahrung so zu genießen, wie ich es normalerweise tun würde, die Tatsache, dass das Opfer des besonderen Verbrechens, welches aufzuklären ich im Begriff bin, eine meiner ältesten Freundinnen war.

Jetzt aber ans Eingemachte, wie unsere Freunde auf der anderen Seite des Kanals es so wunderlich ausdrücken. Ich weiß nicht, ob Inspektor Calvert Ihnen schon erzählt hat, was der Anlass unserer kleinen Versammlung ist, aber ich bin bereit, Sie ins Bild zu setzen, ohne um den heißen Brei herumzureden. Sie fünf sind aus dem einfachen Grund hier, weil Sie im Mordfall Cora Rutherford die fünf Hauptverdächtigen sind – genau genommen, soweit wir das überblicken, sind Sie die Einzigen, die für die Tat infrage kommen.«

Überflüssig zu sagen, dass eine so unverblümte Enthüllung ihrer Absichten auf der Stelle ein Protestgeschrei provozierte.

»Das ist abscheulich, absolut abscheulich!«, stieß Leolia Drake hervor. »In meinem ganzen Leben bin ich noch nie so beleidigt worden!«

»Inspektor, ich bestehe darauf«, schloss Gareth Knight sich an, »dass diese Farce hier sofort beendet wird!«

Rex Hanway redete inzwischen leise auf Calvert ein.

»Doch wohl nicht das uralte Klischee vom Detektiv, der die Verdächtigen am Schauplatz des Verbrechens überführt? Ich weiß, wie viel Vertrauen Sie in Miss Mounts Fähigkeiten haben, aber …«

Evadne machte eine beschwörende Handbewegung.

»Beruhigen Sie sich, meine Damen und Herren, beruhigen Sie sich. Wenn ich Sie eben die einzig möglichen Verdächtigen genannt habe, dann deshalb, weil wir – ich meine Inspektor Calvert und meinen Freund hier, den ehemaligen Chefinspektor Trubshawe – gemeinsam zu diesem Ergebnis gekommen sind, indem wir eine Reihe einfacher, aber unwiderlegbarer Schlüsse gezogen haben.

Wie Sie alle wissen, ist Cora Rutherford vergiftet worden, als sie aus einem zur Requisite gehörenden Glas Champagner trank – genauer gesagt, einem Requisitenglas, in dem angeblich Champagner war. Cora hat aus dem Glas getrunken, weil unmittelbar bevor die Schauspieler und die Crew Mittagspause machten, der Regisseur des Films, Rex Hanway, die originelle Idee hatte, ein kleines Detail in die Handlung einzubauen, ein Detail, von dem nur acht Leute Kenntnis hatten. Natürlich Mr Hanway selbst, weil der Einfall ja von ihm kam. Natürlich auch Cora, die die Erste war, der man es erzählte. Lettice Morley, Mr Hanways Assistentin, die über jede Entscheidung, die er traf, umgehend informiert werden musste. Sie, Mr Knight, weil Sie es waren, der die Szene zusammen mit Cora zu spielen hatte. Sie, Miss Drake, weil Sie sich zufällig mit Mr Knight unterhielten, als Lettice ihn über diese kurzfristige Änderung informierte. Und Monsieur Françaix, Chefinspektor Trubshawe und ich, weil wir alle zusammen mit Cora zu Mittag aßen und sie nicht widerstehen konnte, uns davon zu erzählen.

Meiner Kenntnis nach wusste niemand und konnte auch niemand sonst wissen, dass Cora aus diesem Glas trinken sollte, was bedeutet, dass niemand sonst wusste oder wissen konnte, dass sich eine Gelegenheit bieten würde, es mit Zyanid zu versetzen. Deshalb sage ich, ganz ruhig und leidenschaftslos, dass Sie – genau genommen wir – die einzigen Verdächtigen sind. Wie man den Fall auch betrachtet, wie man ihn auch dreht und wendet, an dieser grundsätzlichen Tatsache kommen wir nicht vorbei.

Oder doch? Das war die Frage, die immer stärker an mir nagte, je länger ich meinen Ermittlungen nachging. Ich bin, wie die meisten von Ihnen wohl wissen, Autorin zahlloser Krimibestseller, und was ich sagen werde, mag selbstverständlich wie eine *déformation professionelle* klingen, eine extreme Folge der Geschicklichkeit, mit der ich jahrelang verwickelte Handlungsabläufe, ausgefallene Motive und raffinierte Wendungen in letzten Kapiteln oder in einigen Fällen auch auf letzten Seiten unter einen Hut bringen musste. Aber wenn es etwas gibt, das mich immer zutiefst skeptisch macht, dann die Tatsache, es mit einer Gruppe von Verdächtigen zu tun zu haben, von denen nicht ein einziger auch nur ein kleines bisschen verdächtiger ist als die anderen.«

An dieser Stelle rutschte sie halb von ihrem Hocker und versuchte, sich am Hintern zu kratzen, eine Geste, die, so verstohlen sie war, doch jeder registrierte, aber nur von Trubshawe eingeordnet werden konnte.

»Das passiert in meinen eigenen Kriminalromanen nie«, fuhr sie fort und brachte sich wieder in die richtige Position, »und irgendwie kann ich auch nicht glauben, dass so etwas im richtigen Leben passiert.

Es gibt natürlich auch noch die olle Kamelle mit dem am wenigsten Verdächtigen. Wir Kriminalautoren haben aber schon längst eingesehen, dass wir diesen primitiven Trick nicht mehr benutzen können. Wir haben erkannt, dass wir, wenn wir unsere Leser weiterhin fesseln wollen, unseren Romanhandlungen ein oder zwei neue, zusätzliche Wendungen geben müssen. Kurz gesagt, wir müssen einen Weg aus dem Teufelskreis finden, der inzwischen jeden herkömmlichen Kriminalroman verhext.

Denn wenn der Mörder, wie es die Tradition vorschreibt oder vorgeschrieben hat, der am wenigsten Verdächtige ist und wenn der Leser mit dieser Tradition vertraut ist und erwartet, dass sie fortgesetzt wird, dann wird der am wenigsten Verdächtige automatisch zum Hauptverdächtigen, und wir alle, Autoren wie Leser, sind wieder am Ausgangspunkt.«

Ein paar Sekunden lang sagte sie nichts und holte Luft. Die Stimme von Vera Lynn war schon lange im Äther verklungen, und das einzige Geräusch, das nach wie vor zu hören war, war ein leises Knarren im Beleuchtungsgerüst.

In diesem Augenblick warf Calvert, der zunehmend beunruhigt war, Evadne Mount aber nicht unterbrechen wollte, Trubshawe einen verdrießlichen Blick zu, worauf der nur mit den Schultern zuckte, als wolle er sagen: »Ich weiß, ich weiß, ich kenne das schon, aber vertrauen Sie mir, am Ende wird sie auf den Punkt kommen.« Ob Calvert dieses Schulterzucken nun tatsächlich so interpretierte oder nicht, er ließ die Schriftstellerin jedenfalls gewähren, derweil Trubshawe – obwohl mit Evadnes Hang zur Abschweifung hinreichend vertraut – erstaunt feststellte, dass sie es diesmal wirklich übertrieb.

Vonseiten der fünf Verdächtigen, die vermutlich erleichtert darüber waren, dass sie den Finger noch nicht anklagend auf einen von ihnen gerichtet hatte, kam in der Zwischenzeit nicht der geringste Mucks.

»Wie gesagt«, fuhr sie schließlich fort, »die Tatsache, dass sich der Geschmack der Leser im Lauf der Jahre verändert hat, hat uns Kriminalautoren dazu gezwungen, uns dem Genre auf ganz andere Weise anzunähern.

Nehmen wir zum Beispiel eines meiner jüngeren Werke, *Ein schwerfälliger Mord*. Wenn Sie das Buch gelesen haben, werden Sie sich zweifellos daran erinnern, dass die Polizei von Somerset im ersten Kapitel vom örtlichen Gutsherrn angerufen wird und einen jungen Cockneylümmel findet, der tot in dessen Obstgarten liegt. Es stellt sich heraus, dass man seinen Komplizen und ihn am selben Morgen in der beginnenden Dämmerung auf frischer Tat ertappt hatte, als sie das Haus ausraubten. Der zornige Gutsherr hatte das nächstbeste Gewehr genommen und den Cockneylümmel, dessen Taschen mit Geldbündeln aus dem Wandtresor in der Bibliothek vollgestopft waren, ohne es wirklich zu wollen, erschossen. Es war jedoch der Komplize, der mit der Hauptbeute, einem Genrebild von Gainsborough von unschätzbarem Wert, entkommen konnte.

Wie immer gibt sich die Polizei mit den Beweisstücken, die sie direkt vor der Nase hat, wie zweifelhaft diese auch sind, zufrieden, ohne sie einer genaueren Prüfung zu unterziehen, und macht sich daran, das übliche Gesindel aus dem East End zu befragen. Und wie immer ist es Alexis Baddeley – die Schnüfflerin in den meisten meiner Bücher –, die den Braten riecht. Listig schmeichelt sie sich bei dem Gutsherrn ein, findet heraus, dass er mehrmals über den Kanal nach Le Touquet gereist ist, wo er eine Menge Geld beim Baccarat verloren hat, und kann am Ende beweisen, dass es niemals einen Komplizen gegeben hat.

Sie verstehen, es war demnach der Gutsherr selbst, der den vorgeblich gestohlenen Gainsborough an einen Hehler weitergegeben hat. Es war der Gutsherr selbst, der den Cockneylümmel angeworben hat, damit *er einen Einbruch vortäuschte,* natürlich in dem Glauben, die Hälfte der Versicherungssumme zu kassieren. Und es war natürlich auch der Gutsherr selbst, der den unglücklichen jungen Gauner, der angeblich vor ihm flüchtete, kaltblütig niedergestreckt hat.«

Sie musterte ihr schweigendes Publikum, das ihr gebannt zuhörte, prüfend.

»Nun, warum erzähle ich diese Geschichte?«

»Ja, warum?« Trubshawe, der mit seiner Geduld zwar noch nicht ganz am Ende war, aber so kurz davor, dass es kaum mehr einen Unterschied machte, konnte sich nicht mehr zurückhalten.

»Ich werde Ihnen sagen, warum«, dröhnte sie in Richtung Dachgebälk. »Während die Polizei in meinem Kriminalroman einen Fall untersuchte, den sie für einen Diebstahl hielt, und entsprechend eine ganz trügerische Anzahl von Verdächtigen befragte, kam nur Alexis Baddeley zu dem Schluss, dass der wirkliche Verbrecher einer ganz anderen Kategorie von Verdachtspersonen angehörte – derselbe Schluss, zu dem auch ich in diesem Fall hier gekommen bin.«

Sie ließ ihre Stimme noch mehr anschwellen, obwohl sie in dem leeren Studio schon mehr als laut erklang.

»In *Ein schwerfälliger Mord* war der Verbrecher nicht nur der am wenigsten Verdächtige unter den sieben oder acht, die man befragte. Er war jemand, der sogar bis zum letzten Kapitel überhaupt nicht als verdächtig galt. Und in unserem Fall, wie ich gleich darlegen möchte, verhält es sich genauso. Denn in Wahrheit waren Sie fünf nicht mehr als bloße Bauernopfer – entweder ahnungslose Bauernopfer oder, in einem besonderen Fall, wie ich glaube, ein bewusstes Bauernopfer, wenn man das so sagen darf – in einer tödlichen Schachpartie, die in diesem Studio gespielt worden ist und über der von Anfang an der Geist des eigentlichen Ränkeschmieds schwebte.

Deshalb ist für mich jetzt der Zeitpunkt gekommen, Ihnen wie versprochen die Identität dieses Ränkeschmieds, des Mörders von Cora Rutherford ...«

Bevor sie jedoch noch ein weiteres Wort herausbringen konnte, sprang Lettice Morley, deren lebhafte Gesichtszüge bleich geworden waren und zu entgleisen drohten, plötzlich mit einem Satz auf die Füße und stürzte wie verrückt auf Evadne Mount zu. Einen Augenblick lang konnten alle anderen, Ermittler wie Verdächtige, sie bloß anglotzen. Sie nutzte diesen Augenblick der Tatenlosigkeit, um Evadne an beiden Schultern zu packen und ihr einen derart heftigen Tritt ins Kreuz zu versetzen, dass sie der Nase lang auf dem kabelübersäten Boden des Studios hinschlug.

Einen Sekundenbruchteil später krachte, während sich die junge Assistentin ebenso schnell nach hinten warf, wie die ältliche Schriftstellerin nach vorn geschleudert worden war, eine riesige Bogenleuchte aus dem Gerüst herunter. Sie schlug unmittelbar vor ihren Füßen auf dem Boden auf. Die Wucht des Aufpralls ließ die Fensterscheiben erzittern, zertrümmerte vollständig den Hocker, von dem aus sich die Schriftstellerin in ihrer Tirade ergangen hatte, und zerbrach dann in tausend funkelnde Stücke.

Ein paar Sekunden lang geschah gar nichts. Dann rappelte sich Evadne langsam und umständlich wieder auf, klopfte sich Glas- und Metallsplitter von der Kleidung, noch zu schockiert, um reagieren zu können, und zu atemlos, um etwas zu sagen, und starrte ungläubig auf die schwelenden Trümmer.

»Du liebe Güte!«, krächzte sie dann. »Die war für mich bestimmt!«

Sie drehte sich um und sah Lettice Morley an. Die stand bleich und zitternd vor ihr und sah aus wie ein halb nacktes kleines Kind, das gerade aus dem eiskalten Meer getrippelt ist und darauf wartet, von seiner Mutter in ein dickes warmes Handtuch eingewickelt zu werden.

»Lettice! Mein liebes Mädchen, Sie haben mir das Leben gerettet!«

Ohne zu antworten, deutete Lettice zitternd nach oben in Richtung des Beleuchtungsgerüsts.

»Sehen Sie! Mein Gott, sehen Sie doch!«

Alle starrten nach oben, wo sich Ihnen ein haarsträubendes Schauspiel bot. Einen schwarzen Filzhut tief in die Stirn gezogen, versuchte sich eine Kreatur, die so tief in eine lange und weite schwarze Pelerine gehüllt war, dass man nicht nur nicht ausmachen konnte, wer sie war, sondern nicht einmal, welchem Geschlecht sie angehörte, mit dem hektischen Zappeln eines gefangenen Wilds einen Weg durch das undurchdringliche Gestrüpp aus Kabeln und Planken zu bahnen.

»Da ist Ihr Mörder, Inspektor!«, rief Evadne.

»Vorwärts, Männer!«, rief Calvert seinen Leuten sofort zu. »Los, los, los! Seht zu, dass alle Türen verschlossen sind! Dieser Schurke soll uns nicht durch die Lappen gehen!«

Die vier uniformierten Polizisten wollten gerade seine Anweisungen in die Tat umsetzen, als ein grauenvolles Geräusch sie erstarren ließ, so wie alle anderen erstarrten.

Es war ein Schrei. Ein Schrei, wie ihn noch keiner von ihnen jemals zuvor gehört hatte. Ein androgyner Schrei, paradoxerweise Bass und Falsett in einem.

Das Wesen in der schwarzen Pelerine steckte mit einem Fuß in der engen Lücke zwischen zwei Eisenträgern fest – kämpfte darum, sich loszumachen – zog daran – zog und zog, immer heftiger, immer rasender – riss mit einem letzten verzweifelten Ruck daran, der den Fuß schließlich befreite, seinen Körper aber hoch oben über den Köpfen der anderen für einen qualvoll langen Augenblick hin und her schwanken ließ. Dann kippte die Kreatur, die mit ihren weit ausgebreiteten Armen einer Fledermaus glich, vornüber und stürzte mit einem zweiten, noch grauenvolleren Schrei in die Tiefe.

Alle stoben auseinander, als der Körper mit einem Klatschen auf dem Zementboden aufschlug, wobei man hörte, wie die Knochen brachen.

Lettice Morley schrie, Philippe Françaix erbleichte, Leolia Drake sank ohnmächtig in Gareth Knights Arme.

Ein paar Sekunden später näherten sich Calvert und Trubshawe gemeinsam der toten, formlosen Masse. Als er sah, dass Calvert einen Moment zögerte, kniete sich Trubshawe darüber. Er stützte sich ab und drehte den Körper sanft auf den Rücken. Aber selbst er, der in seinem Polizistenleben gewiss einiges gesehen hatte, schreckte vor dem Anblick zurück, der sich seinen Augen bot.

Das Gesicht, das er vor sich sah, war durch die Wucht des Aufpralls aus so großer Höhe zu einem Brei aus Knochen und Blut zerstampft worden. Es konnte dennoch nicht den geringsten Zweifel geben, wem dieses Gesicht einmal gehört hatte.

Sechzehntes Kapitel

A lastair Farjeon?!«, rief Trubshawe. »Evie, wie in aller Welt bist du darauf gekommen, dass Farjeon der Mörder war? Und woher wusstest du überhaupt, dass er noch lebte?«

Am Morgen hatte die Beisetzung von Cora Rutherford auf dem Friedhof von Highgate stattgefunden. Viele der Bühnen- und Filmstars, die bereits die Wohltätigkeitsshow im Theatre Royal, mit der der ganze Fall seinen Anfang genommen hatte, besucht hatten, waren anwesend, ebenso wie alle vier Ex-Gatten und einige von Coras Verflossenen. So wurde die Zeremonie zu einem prunkvoll feierlichen Ereignis, dessen Herz und Seele, auch wenn sie tot war, die Schauspielerin selbst blieb. Unter ihrem Schleier hatte Evadne reichlich Tränen vergossen, und auch Eustace hatte wieder einmal ein bisschen Asche aus den Augen wischen müssen.

Und so hatte sich für die Schriftstellerin und den Polizisten der Kreis geschlossen, wieder saßen sie im Ivy, wenn auch diesmal in der Gesellschaft Lettice Morleys, Philippe Françaix' und des jungen Tom Calvert. Das Gerücht von Evadne Mounts Triumph hatte in der Londoner Theaterwelt schon die Runde gemacht, und sie selbst hatte bei der Ankunft im Restaurant die Aufmerksamkeit, die man ihnen ohnehin schon entgegenbrachte, noch zusätzlich verstärkt, indem sie ihren Dreispitz abgenommen und ihn quer durch den Raum auf einen der verschnörkelten Haken des hohen Hutständers aus Eichenholz geschleudert hatte. (Das war ein Trick, den sie viele Jahre zuvor unermüdlich zu Hause geübt hatte, und hätte man sie aufgefordert, mit demselben Hut irgendeinen anderen Trick vorzuführen, wäre sie dazu nicht in der Lage gewesen, ähnelte sie doch in dieser Hinsicht einem Bauernfänger, dem es durch rein mechanisches Üben gelungen war, ein einziges *Nocturne* von Chopin zu spielen, obwohl er überhaupt nicht Klavier spielen konnte.)

Anstatt Trubshawes Frage zu beantworten, sagte Evadne nur:

»Als Erstes möchte ich einen Toast ausbringen.«

Sie hob ihr Champagnerglas.

»Auf Cora.«

Nachdem jeder ihren Toast erwidert hatte, wandte sich Trubshawe an die freundliche Göttin der Vergeltung, die ihn ein weiteres Mal ausgestochen hatte.

»Wir sind alle sehr gespannt, Evie«, sagte er. »Wie bist du nur auf die richtige Lösung gekommen?«

»Nun …«, begann die Schriftstellerin zögerlich, »wo soll ich anfangen?«

»Vielleicht am Anfang?«, schlug Lettice spitzfindig vor.

»Am Anfang?«, grübelte sie. »Ja, meine Liebe, normalerweise ist das das Vernünftigste. Aber da drängt sich mir nun die Frage auf – wo fängt unsere Geschichte überhaupt an?

Das Problem bei diesem Verbrechen war, dass es, anders als bei dem auf ffolkes Manor, wo es von Anfang an fast zu viele Verdächtige und Motive gab oder wenigstens zu geben schien, hier für lange Zeit überhaupt nicht so war. Erst als Eustace und ich zeitlich ein paar Schritte zurückgegangen sind, konnten wir auch unseren ersten wirklichen Schritt nach vorn machen, wenn Sie verstehen, was ich meine. Erst von diesem Moment an ergab der ganze Fall überhaupt einen Sinn.

Das ist ein Problem, das in zahlreichen Krimis auftaucht«, fuhr sie fort und kümmerte sich nicht um den sehnsüchtigen Wunsch ihrer Zuhörer, sie möge wenigstens einmal bei der Sache bleiben, »selbst in einigen meiner eigenen, wie ich zugeben muss. Im wirklichen Leben ist der Samen für praktisch jedes ernsthafte Verbrechen, nicht nur für Mord, schon lange ausgestreut, bevor die Tat selbst begangen wird. Trotzdem gilt die eiserne Regel – ein wichtiger Bestandteil des Pakts zwischen Autor und Leser –, dass auf den ersten zwanzig bis dreißig Seiten eines Buches ein Mord oder zumindest ein Mordversuch begangen werden muss. Wenn er erst nach der Hälfte passiert, wäre die Geduld des Lesers auf eine ernsthafte Probe gestellt. Wenn das hier etwa einer meiner eigenen Krimis wäre, dann hätten sich meine Leser um Seite 100 herum vermutlich gefragt, ob es noch zu einem Mord kommen würde, damit wenigstens die Abbildung auf dem Umschlag gerechtfertigt wäre.

Außerdem«, fügte sie hinzu, »würde ich niemals die beste Freundin und Vertraute der Detektivin, jemanden, mit dem sich der Leser, wie ihr Kritiker das ausdrückt, wahrscheinlich identifizieren wird, zum Opfer machen.«

Sie sah Philippe Françaix an.

»Das wäre so, als würde man einen großen Star für einen Film verpflichten und ihn dann in der ersten halben Stunde der Handlung umbringen lassen. Das geht nicht, das geht einfach nicht. Es birgt ein großes Risiko, das nicht einmal Farjeon eingegangen wäre.

Aber genug der allgemeinen Weisheiten. Wenden wir uns dem Mord an Cora selbst zu. Wenn wir, wie wir es anfangs alle taten, davon ausgehen, dass er den Anfang unserer Geschichte bildet, dann war er ein vollkommen sinnloses Verbrechen. Selbst wenn alle fünf von denen, die am Filmset anwesend waren – nämlich Rex Hanway, Leolia Drake, Gareth Knight, natürlich Sie, Lettice, und auch Sie, Monsieur Françaix –, die Gelegenheit gehabt hätten, ihr Champagnerglas mit Gift zu versetzen, hatte nicht einer von Ihnen etwas, das auch nur annähernd einem Motiv geähnelt hätte.

Nein, für mich – und für Eustace ebenfalls«, fügte sie schnell hinzu, »war bald klar, dass Cora, wenn ich es so sagen darf, erst in den Fall stolperte, als das eigentliche Verbrechen schon begangen worden war, so wie wir alle manchmal ein Kino erst betreten, wenn der Film schon halb vorbei ist.

Und Eustace war es, dem als Erstem der Gedanke kam, dass es eine Verbindung zwischen Coras und Farjeons Tod geben könnte. Er ging sogar so weit zu sagen, dass Cora das *falsche Opfer* war. Mit anderen Worten, wenn man Farjeons Tod nicht mehr als den tragischen Unfall betrachtete, für den jeder ihn hielt, dann hatte offensichtlich jeder der fünf bereits genannten Verdächtigen ein sehr viel stärkeres Motiv, ihn zu ermorden als sie.

Hanway, weil er beinahe sicher sein konnte, dass er die Chance erhielte, wenn Farjeon erst einmal aus dem Weg geräumt war, den neuen Film selbst zu drehen. Leolia, weil sie Hanways Geliebte war und er ihr die Hauptrolle in jedem Film, den er drehen würde, versprochen hatte. Knight, weil Farjeon ihn, wie er uns selbst erzählt hat, mehr oder weniger erpresste wegen seiner unseligen Begegnung mit« – sie konnte nicht widerstehen, Calvert einen verschmitzten Blick zuzuwerfen – »einem attraktiven jungen Bobby. Sie, Lettice, weil Farjeon versucht hat, Sie zu vergewaltigen. Und Sie, Philippe – darf ich übrigens Philippe zu Ihnen sagen? Wenn man bedenkt, was wir zusammen durchgemacht haben.«

»Aber sicher«, antwortete der Kritiker mit gallischer Galanterie. »Ich würde mich sehr geehrt fühlen.«

»Danke. Es geht weiter. Sie, Philippe, weil Farjeon kaltschnäuzig Ihr Drehbuch für *Wenn sie je meine Leiche finden* geklaut hat.«

Sie feuchtete ihre Lippen mit einem weiteren Schlückchen Champagner an.

»Ein Kinderspiel, sollte man meinen. Nur dass jeder der Verdächtigen, wie der arme Eustace bald herausfinden sollte, ein Alibi für die Zeit des mutmaßlichen Mordes an Farjeon hatte.

Und hier haben wir das grundlegende Paradox des Falles: Dieselben fünf Leute, die die Möglichkeit gehabt hätten, Cora zu töten, aber kein Motiv, hatten alle ein Motiv, Farjeon zu töten, aber nicht die Möglichkeit dazu. Das führte uns also geradewegs ins Nichts.

Aber, so fehlgeleitet sie war, Eustaces kluge Erkenntnis erfüllte doch einen nützlichen Zweck.«

»Oh, vielen Dank *dafür*, Evie«, warf der Chefinspektor brav ein.

»Sie brachte mich auf die Spur, die sich schließlich als die richtige erweisen sollte. Dank ihr begriff ich auch, dass der Anfang der Geschichte lange vor Coras Ermordung lag.

Als wir unsere Ermittlungen fortsetzten, stießen wir immer wieder auf den Namen Alastair Farjeon. Alles schien sich um ihn zu drehen. Noch seltsamer, der Fall fing an, einem seiner Filme zu ähneln – vor allem Eustace und ich empfanden das so. Zufällig hatte ich ausgerechnet an dem Abend meines Krimiulkes am Haymarket die undankbare Aufgabe, Cora die Nachricht von Farjeons Tod zu überbringen – ein perfektes Beispiel für einen ›überraschenden Anfang‹, für den Farjeon immer ein Faible hatte.

Alastair Farjeon ...«, murmelte sie. »Dieser Name, ein Name, der uns kaum geläufig war, bis Cora ihn ins Spiel brachte, sollte uns schließlich an allen möglichen und unmöglichen Stellen begegnen. ›Farch hier‹, ›Farch da‹, ›Farch überall‹ – das war das Einzige, was wir zu hören bekamen, wenn wir unsere fünf Verdächtigen befragten. Eustace wies mich darauf hin, dass sie alle sehr viel mehr über Farjeon zu erzählen hatten als über Cora, obwohl es Cora war, für deren Ermordung man sie verdächtigte, nicht Farjeon.

Mir wurde klar, dass ich, um dem Mord an Cora auf den Grund zu kommen, unbedingt die Psychologie derjenigen Person verstehen musste, deren Name bei all unseren Ermittlungen mit so erstaunlicher Regelmäßigkeit auftauchte. Aber so vertraut mir Farjeon, wenn auch nur posthum – mit seiner Grobheit, seiner Fettsucht, seiner maßlosen Eitelkeit – wurde, er hatte doch eine Seite, die ich gar nicht kannte. Ich hatte nie einen seiner Filme gesehen.

Warum erschien mir das als so wichtig? Nun, ich weiß wohl besser als die meisten anderen, dass es kein wirksameres Wahrheitsserum als die Fiktion gibt. Obwohl Schriftsteller – und, da bin ich mir ganz sicher, auch Filmregisseure – glauben mögen, dass alles an ihrem Werk ausschließlich das Ergebnis ihrer Einbildungskraft ist, dringt die Wahrheit, die Wahrheit über ihre eigene Psyche, ihre eigenen Obsessionen doch auf hinterlistige Art und Weise in das Gewebe und die Form dieses Werks ein, so wie Wasser noch den schmalsten Spalt, den winzigsten Riss im Boden nutzen wird, um in die Wohnung darunter zu tröpfeln.«

Sie genoss ihre Ausführungen inzwischen sichtlich, ja sonnte sich darin. Und ihre Stimme war so klangvoll, dass man, auch wenn sie glaubte, nur zu ihren Tischgenossen zu sprechen, bereits eine Reihe von Gästen an den Nachbartischen beobachten konnte, die mit halb vollem Mund und ihren Messern, Gabeln und Löffeln in den Händen jedem ihrer Worte lauschten. Bald folgte das gesamte Ivy, einschließlich Kellnern und Küchenpersonal Punkt für Punkt ihren Ausführungen.

»Deshalb bin ich«, fuhr sie fort, denn niemand dachte auch nur im Traum daran, sie zu unterbrechen, »als Philippe mir erzählte, dass das Academy eine Farjeon-Filmnacht veranstaltete, schnurstracks mit ihm in die Oxford Street gegangen und blieb so lange im Kino, wie ich mich nur wachhalten konnte.«

»Und was haben Sie für Schlüsse daraus gezogen?«, fragte Tom Calvert.

»Ich muss Ihnen sagen, es war ein äußerst erhellendes Erlebnis. An der Oberfläche ähneln Farjeons Filme womöglich einer Menge anderer der gleichen Sorte. Aber wie das Wasserzeichen auf einer Banknote ist in allen von ihnen doch etwas Besonderes auszumachen, das ich nur als Selbstporträt des Autors beschreiben kann.

Farjeon war tatsächlich ein einfallsreicher, ein verwegener Schöpfer! In *Ein Amerikaner in Gips* zum Beispiel gibt es eine besonders schaurige Szene, in der der Held – ein junger Yankee, der an einen Rollstuhl gefesselt ist und nur hören kann, was in der Wohnung über ihm passiert – sich zu fragen beginnt, was sein unheimlicher Nachbar da oben wohl tut. Nun, Farjeon lässt die Gipsdecke seines Appartements plötzlich, als wäre sie eine riesige Glasscheibe, durchsichtig werden, sodass wir im Publikum wirklich *sehen* können, was sich der Yankee von dem Treiben seines Nachbarn nur vorstellen kann.

Oder *Wie die andere Hälfte stirbt,* der nach Philippes Worten als einer seiner brillantesten Thriller gilt. Wussten Sie, dass Farjeon tatsächlich drei verschiedene Fassungen – die ich mir natürlich alle angesehen habe – gedreht hat? Ich sage drei ›verschiedene‹. In Wahrheit sind alle drei Filme ganz und gar identisch, bis auf die letzten zehn Minuten, in denen sich jeweils ein völlig anderer Verdächtiger als Mörder entpuppt. Und jede der drei Lösungen ist genauso schlüssig wie die anderen beiden!

Es gibt auch eine wunderbare Szene in seinem Spionagethriller *Hinterlassenschaften,* eine Szene, die ebenso schaurig wie komisch ist, wie überhaupt vieles in seinem Werk, wenn ich es mir recht überlege. Ein halbes Dutzend Archäologen posiert für ein Gruppenfoto an der Ausgrabungsstätte, an der sie gerade beschäftigt sind, und der Fotograf bittet sie alle um ein ›*Cheese*‹, oder wie das auf Ägyptisch heißen mag, bevor er unter dieses – ihr wisst schon –, diese Art schwarzen Umhang schlüpft, der über das Stativ drapiert ist. Und sie stehen alle da – lächeln – und lächeln – und lächeln, bis endlich, nach einigen Minuten – ich kann Ihnen versichern, das ist fürs Warten eine qualvoll lange Zeit, nicht nur für die Archäologen auf der Leinwand, sondern auch fürs Publikum im Kino –, bis also Kamera, Stativ, Umhang und so weiter, vor ihnen nach vorn kippen und sie entdecken, dass der Fotograf, tot wie der sprichwörtliche Sargnagel, ein Messer zwischen den Schultern stecken hat!«

Worauf Evadne Mount sich ein Krabbenküchlein aufspießte, es in vier gleiche Teile zerschnitt, ein Viertel davon mit der Gabel zum Mund führte, einige Momente kaute, es mit Champagner herunterspülte, dabei heftig schluckte und dann bereit war fortzufahren.

»Nachdem ich einige von Farjeons Filmen hintereinander weg gesehen hatte, konnte ich mir ein lebendigeres Bild von ihm machen, als es uns alle Befragungen derjenigen geliefert hatten, die wir für verdächtig hielten, ihn aus dem Weg geräumt zu haben. Was mir auffiel, war das Vergnügen, das er daran hatte, immer ausgefallenere Methoden zu erfinden, um seine Figuren umzubringen, Methoden, die wie Streiche wirkten, wie grausame, gefühllose Scherze. Sein Gehirn schien mit dem Bösen geradezu vollgesogen zu sein – nur das inspirierte ihn wirklich. Was Gewaltszenen anbelangte, Mord oder sogar Folter, die Szenen, die seine große Stärke waren, gab es absolut niemanden, der ihm das Wasser hätte reichen können.«

»Ah, da sagen Sie etwas sehr Richtiges, Madame!«, schaltete sich Philippe Françaix ein wie ein Schauspieler, der gerade sein Stichwort gehört hat. »Sie sprechen über das, was ich in meinem Buch den ›Farjeon-Touch‹ nenne. Seine Kamera ist wie eine Feder, nicht wahr? Wie ein – wie sagen wir in Frankreich – *stylo*?«

»Ein *stylo*?«, wiederholte Evadne zweifelnd und machte ihre Abneigung gegen diese fremde Ausdrucksweise mit einem Stirnrunzeln deutlich. »Nun, möglicherweise. Obwohl, das ist vielleicht ein bisschen – wie sagen wir in England –, ein bisschen weit hergeholt, nicht wahr?«

»Aber verstehen Sie doch, Mademoiselle«, sagte Françaix und schüttelte den Kopf über den intellektuellen Konservatismus der Engländer, »große Ideen müssen alle von weit hergeholt werden.«

»Wie dem auch sei«, fuhr sie fort, wie immer unwillig bei Unterbrechungen, wenn sie in Fahrt war, »nach meiner Filmnacht im Academy habe ich Tom gebeten, uns einige der sogenannten ›Schnellkopien‹ von *Wenn sie je meine Leiche finden* vorzuführen. Wie sich herausstellte, waren es glücklicherweise Schnellkopien von der Szene, in der die junge Freundin der Heldin auf der Schwelle ihrer Wohnung in Belgravia ermordet wird.«

»Ich muss gestehen, Evie«, sagte Trubshawe, »das war der Augenblick, in dem du mich wirklich durcheinandergebracht hast. Du hast die Szene so gespannt verfolgt, nicht nur mit deinen Augen, sondern mit deinem ganzen Körper, und ich konnte einfach nicht verstehen, warum. Schließlich war Cora auf einem Filmset vergiftet worden, an dem es von Menschen nur so wimmelte, während die Frau in dem Film in einer verlassenen Straße erstochen wurde. Ich habe mir die ganze Nacht den Kopf zermartert, um zu begreifen, welche Verbindung du zwischen den beiden Verbrechen herstellen wolltest. Vielleicht erklärst du uns das jetzt.«

»Da gibt es nichts zu erklären«, sagte Evadne ruhig. »Ich habe überhaupt keine Verbindung hergestellt.«

»Aber du hast den Mord so genau, so intensiv verfolgt, als ob er dir den entscheidenden Hinweis für den Mord an Cora gegeben hätte.«

»Nichts dergleichen. Ich habe mich um den Mord gar nicht gekümmert. Ich habe ihn mir gar nicht angesehen. Er war mir gleichgültig.«

»Du hast dir den Mord nicht angesehen!?!«, schrie Trubshawe, und seine Augenbrauen wölbten sich vor Verwirrung. »Was um Himmels willen hast du dir denn angesehen?«

»Ich habe die Kamera beobachtet«, kam die überraschende Antwort.

»Die Kamera? Welche Kamera? Da war keine Kamera.«

»Keine Kamera? Lieber Eustace, was redest du denn da?«, antwortete sie und ließ ein seltsames leises Kichern hören.

»Wie kannst du nur behaupten«, fuhr sie so geduldig fort, als rede sie mit einem Kind, »dass da keine Kamera war, wo es doch den Film ohne Kamera gar nicht gegeben hätte?«

»Ach, wenn du das so meinst«, lenkte der Polizist grummelnd ein, »dann gebe ich dir recht. Aber sie ist doch in der Szene gar nicht zu sehen. Sie – zum Teufel noch mal, sie ist das Ding, aus dem die Bilder rauskommen. Also genau genommen ist sie nichts, was man sehen kann.«

»Wortwörtlich natürlich nicht. Wenn du aber lernst, dir Filme so anzusehen, wie ich es gerade getan habe, dann wirst du sicher anfangen, die Kamera tatsächlich zu *sehen*. Es ist ähnlich wie bei einem Puzzle. Wenn man ein Puzzle aus hundert Teilen endlich zusammengesetzt hat, kann man auch nicht anders, als die Welt vorübergehend wie ein gigantisches Puzzle aus lauter kleinen, zackigen Schnipseln zu betrachten. Und nachdem ich eine Handvoll von Farjeons Filmen gesehen hatte, konnte ich nicht mehr anders, als die Welt mit seinen Augen zu sehen.

Also, vielleicht hatten Sie doch recht, Philippe. Vielleicht kann man eine Filmkamera wirklich mit einer Feder vergleichen.«

Während er ihr zuhörte, hatte der Franzose seinen Füllfederhalter hervorgeholt und begann nun hektisch, kryptische Notizen auf die Leinentischdecke zu kritzeln.

»Sie meinen also«, sagte er, wobei seine wachsende Erregung seine Geläufigkeit im Englischen vorübergehend zum Abdanken zwang, »der Directeur von ein Film ist eine Art von – wie sagen Sie? – Autor? Wie die Autor von ein Buch?«

»Der Autor eines Buches? Ja-a, ich glaube, so könnte man das ausdrücken«, lautete die vorsichtige Antwort der Schriftstellerin, »obwohl es überzeugender klingt, wenn Sie es, Philippe, auf Französisch sagen. Aber doch, es stimmt, der Regisseur, oder sagen wir wenigstens unser Regisseur hier, der verstorbene Alastair Farjeon, beweint und unbeweint zugleich – der war in der Tat die Autor von seine Filme.

Genau wie einer von deinen Schurken, Eustace, kam er immer wieder auf dieselben Methoden zurück, legte immer wieder dieselben Marotten und Muster, Eigenheiten und Wesenszüge an den Tag, was auch immer das Thema war. Deshalb war mir der Inhalt der Schnellkopien, die wir zu sehen bekommen sollten, letztlich ziemlich egal. Als wir die Szene aus *Wenn sie je meine Leiche finden* gesehen haben, war das, was ich sah – ich versichere Ihnen, ich konnte nicht anders – ich würde sogar so weit gehen zu sagen, es war alles, was ich sah –, nicht der Mord selbst – ehrlich gesagt, bezweifle ich, ob ich jetzt noch eine genaue Beschreibung davon abliefern könnte, und ich bin wirklich für meine Beobachtungsgabe berühmt –, ich wiederhole, nicht der Mord selbst, sondern die Art, wie er gefilmt wurde.

Nehmen wir etwa die Art, wie die Kamera der jungen Frau durch die einsame, dunkle Straße folgt. Es stimmt, das haben wir alles schon in einer Unmenge von Thrillern gesehen, nur dass sich hier, ganz subtil, kaum wahrnehmbar, das Tempo und der Rhythmus der Szene zu verändern beginnen, wenn wir das zweite Paar Schritte hören und ein irgendwie angenehm mulmiges Gefühl bekommen und wir begreifen, dass die Straße plötzlich nicht mehr so einsam, nicht mehr ganz so menschenleer ist, wie sie war. Die Kamera, eine Kamera, die so fließend und beweglich ist wie das menschliche Auge, *verwandelt sich* tatsächlich vor unseren Augen ganz allmählich und unglaublich kunstfertig in den Mörder. Deshalb begreifen wir, wenn die Frau sich zum ersten Mal nervös umdreht, innerlich schaudernd – und, was mich betrifft, sogar laut aufstöhnend –, dass sie nicht in die Kameralinse schaut, sondern vielmehr in das Gesicht ihres Mörders. Es ist beinahe so, als ob sie *die Kamera erkennt,* als ob letztendlich die Kamera selbst es ist, die sie umbringt.

In dem Moment wusste ich, dass es nur einen Mann

auf der ganzen Welt gab, der diese besondere Szene in diesem besonderen Stil gedreht haben konnte, ob er nun persönlich auf dem Filmset anwesend war oder nicht, als sie gedreht wurde, ob er nun in direktem Kontakt mit den Schauspielern oder dem Kameramann stand oder nicht – ich sage es noch einmal, es gab nur einen Mann auf der Welt, der diese Szene gedreht haben konnte, und dieser Mann war Alastair Farjeon.«

»Und das bedeutete …?«, fragte Tom Calvert in einer Lautstärke, die sich so zu einem Flüstern verhielt wie ein Flüstern zu einem Schrei.

»*Das bedeutete, dass Farjeon noch am Leben war.* Er war bei dem Brand in Cookham nicht ums Leben gekommen, und er war mit Sicherheit nicht ermordet worden. Es tut mir leid, Eustace, deine Theorie war hübsch und elegant, um es mal so zu sagen – *theoretisch* hübsch und elegant –, aber ich fürchte, sie hielt einfach nicht stand. In Wahrheit war Alastair Farjeon ein Mörder, nicht das Opfer eines Mörders. Er war es, der Patsy Sloots umbrachte, so wie er später auch Cora – durch einen Stellvertreter, wie wir noch sehen werden – umbringen ließ und gestern Nachmittag versucht hat, auch mich umzubringen.«

Tom Calvert war der Erste, der etwas sagte.

»Meine liebe Miss Mount«, sagte er, »ich muss Ihnen wirklich gratulieren.«

»Herzlichen Dank, junger Mann«, antwortete die Schriftstellerin mit einem Lächeln. »Aber nennen Sie mich doch Evie.«

»Evie. Aber sagen Sie mal, die Sie offenbar alles wissen, haben Sie denn nie die Möglichkeit in Betracht gezogen, dass Hanway einfach Farjeons Stil imitiert hat?«

»Niemals. Wenn es eins gibt, das ich in meinen dreißig Jahren als angesehene Autorin gelernt habe, dann, dass der Stil eines Künstlers, eines echten Künstlers, *nie* von irgendjemand anderem erfolgreich nachgeahmt werden kann. Nie, nie, niemals. Viele haben es versucht, keinem ist es gelungen.«

»Aber wer war es dann, der tatsächlich in der Villa in Cookham ums Leben gekommen ist – zusammen mit Miss Sloots, meine ich?«

»Oh, nachdem ich erst einmal wusste, dass Farjeon noch am Leben war, war es ein Kinderspiel herauszufinden, wie er seinen eigenen Tod vorgetäuscht hat.«

»Da *keiner* von uns ein Kind ist«, murmelte Trubshawe lakonisch, »musst du es uns wohl trotzdem erklären.«

»Es war natürlich eins seiner Doubles.«

»Seiner Doubles?«, fragte Calvert. »Welcher Doubles?«

»Das Allererste, was Cora Eustace und mir über Farjeons Filme erzählt hat, war, dass Farjeon ein derart großes Ego hatte, dass er in jeden Film unweigerlich eine Szene einbaute, in der ein Double – also ein Komparse, der so aussah wie er – einen Miniauftritt hatte. Diese Vorstellung – Vorstellung im doppelten Sinn des Wortes – wurde sein Markenzeichen, sodass seine Fans anfingen, bei jedem neuen Film darauf zu warten.

Doubles …, Komparsen … Ich konnte diese beiden Wörter nicht mehr aus dem Kopf kriegen. Ich war so aufgeregt bei dem Gedanken, dass es da einen doppelten Farjeon, einen Extra-Farjeon geben könnte, dass ich mich sofort daranmachte, alles herauszufinden, was über seine Doubles in Erfahrung zu bringen war.

Unsere Lettice gab mir die Adresse einer Agentur im

West End, die auf das Anheuern von Filmkomparsen spezialisiert ist, und in der Hoffnung zu erfahren, ob irgendeines der ehemaligen Doubles von Farjeon in jüngster Zeit als vermisst gemeldet worden war, machte ich mich auf den Weg in eine Nebengasse in Soho, eine von diesen Sackgassen, deren Häuser sich aus ihrem eigenen Fenster zu lehnen scheinen.

Nun, was soll ich sagen, es stellte sich tatsächlich heraus, dass eine gewisse Mavis Harker, Frau oder Exfrau von Billy Harker, ich weiß nicht genau was von beidem, die Agentur vor Kurzem mit Fragen genervt hatte, wo denn ihr Gatte sei. Nicht dass sie sich nach dem armen Trottel verzehrt hätte, aber sie gab zu, ziemlich pleite zu sein und dringend eine Geldspritze zu benötigen.

Billy hatte seine Karriere im Showbusiness offenbar als Gaukler in Music Halls begonnen. Dann, bevor er erheblich an Gewicht zulegte, erfand er sich neu als der Große Kardomah, ein arabischer Akrobat, was immer man sich darunter vorzustellen hat. Als dann der Ausbruch des Krieges dazu führte, dass die meisten Varietétheater geschlossen wurden, schlug er sich wie viele andere seiner Art mühsam als Komparse durch. Und dabei verschwand er dann zum zähneknirschenden Verdruss von Mrs Harker vom Erdboden.

Die Agentur hatte in ihrer Kartei ein Foto von ihm, ein Foto, das ich mir kurz ansehen durfte. Ich wusste natürlich schon vorher nur zu gut, was mich erwartete. Trotzdem, als ich dann die dicken Hängebacken, den kleinen Schmollmund und das Dreifachkinn von Sie-wissen-schon-wem vor mir sah, hätte mich schon der sprichwörtliche Luftzug umwerfen können. Die Ähnlichkeit war nicht zu übersehen. Harker war Farjeon, dessen Vertreter er in *Der perfekte Verbrecher* und in *Hocus-Focus* war, wie aus dem Gesicht geschnitten und machte sich, wie ich erfuhr, große Hoffnungen, in *Wenn sie je meine Leiche finden* wieder ein Engagement zu bekommen.«

»Und was glauben Sie«, fragte Lettice, »was nun in Cookham geschehen ist?«

»Die ganze Wahrheit werden wir erst erfahren, wenn Mrs Farjeon, die, wie ich noch ausführen werde, an dem Plan mitgearbeitet hat, vom Yard befragt worden ist. Aber ich denke, sie hört sich (wie Barpianisten sagen) in etwa so an:

Alastair Farjeon, berühmter Filmregisseur und notorischer Frauenheld, entdeckt Patsy Sloots im Chor der letzten Crazy-Gang-Revue und entschließt sich, ihr eine Rolle in seinem nächsten Film zu geben. Natürlich ist die junge und völlig unerfahrene Patsy im siebten Himmel, dass sie die Hauptrolle in einem wichtigen Film eines der angesehensten Regisseure der Welt spielen darf. Es ist buchstäblich die Chance ihres Lebens, und sie ist ihm – das nimmt wenigstens Farjeon sicherlich an – überaus dankbar, dass er ihr diese Rolle angeboten hat. Weil er aus dieser Dankbarkeit Kapital schlagen will, lädt der große Regisseur das zarte junge Ding zu einem *dirty weekend* in seine Villa ein.

Wir werden nicht mehr in Erfahrung bringen können, was sich dort genau abgespielt hat, aber ich bin sicher, dass er die Besetzungscouch abgestaubt, Patsy mit erlesenem Essen und Wein verwöhnt und sie schließlich bedrängt hat, nur um dann einsehen zu müssen, dass die Dankbarkeit seines Schützlings kurz vor – nun, ich muss keine Zeichnung machen, oder? –, also kurz vor dem Äußersten ein Ende hat. Er gerät daraufhin in Wut – jeder, der das Unglück hatte, irgendwann mit ihm zu tun zu haben, kannte seine Wutausbrüche nur allzu gut –, und es folgt ein Kampf, und Patsy wird entweder durch ein unglückliches Versehen oder absichtlich – das ist ein weiterer Teil der Geschichte, der vielleicht nie aufgeklärt wird – getötet.

Farjeon, der entsetzt ist über das, was er getan hat, seine Zukunft ruiniert sieht, das Gefängnis, vielleicht sogar den Galgen vor Augen hat, ruft sofort seine Frau an, die wie gewöhnlich alles stehen und liegen lässt und sofort herbeieilt.

Nun neigten wir alle zu der Annahme, Hattie Farjeon, wie auch Cora sie beschrieben hat, sei der Typ mausgraue, leidgeprüfte Ehefrau, die verlassen zu Hause sitzt, während der widerwärtige Gatte an allen Fronten flirtet und schäkert. Aber auch wenn Tom bei der Befragung sehr wenig aus ihr herausbekommen hat, machten mich einige Kommentare, die sie während der Befragung fallen ließ, doch perplex, Kommentare, die darauf schließen ließen, dass eher Farjeon unter ihrer Knute stand als sie unter seiner.

Meiner Meinung nach ist es in Wahrheit so, dass Farjeon vom Leben, vom wirklichen Leben, so viel wusste wie ein frühreifer Dreijähriger, so brillant er als Filmregisseur auch gewesen sein mochte. Auch als Erwachsener blieb er vor allem das Kind, das er einmal gewesen sein musste, diese abscheuliche Sorte Knirps, die Spaß daran hat, Insekten die Flügel auszureißen. Und wie jedes Kind, ganz gleich ob gut oder schlecht, schrie er nach seiner Mami, wenn er in Schwierigkeiten geriet – oder eben nach seinem Frauchen, was in seinem Fall fast auf dasselbe hinauslief. Was Hattie anbelangt, so vermute ich, dass seine Flirts sie letztlich nicht allzu sehr beunruhigten, weil sie sie auf die Dauer nicht als Gefahr für ihre Ehe betrachtete; sicher auch, weil er bei seiner Vorliebe für Frauen, die halb so alt waren und nur ein Viertel so viel wogen wie er, normalerweise eine Bauchlandung machte. Es stimmt, sie ist jeden Tag am Set aufgetaucht, um unablässig dafür zu sorgen, dass er sich auf seine Arbeit konzentrierte, aber sie wussten beide, dass sie ein Paar waren, das für immer aneinandergekettet war.

Also ruft er sie voller Panik an, sie nimmt den ersten Zug nach Cookham und zusammen brüten sie über den Trümmern seines glanzvollen Rufs. Ich spekuliere natürlich, wie ihr wisst, aber es scheint alles zusammenzupassen – ich kann nicht sagen, wer von beiden die Idee hatte – wahrscheinlich Farjeon selbst, weil er schließlich seine ganze Laufbahn damit verbracht hatte, Mordszenen zu planen, wer könnte also besser geeignet sein? – also sagen wir, Farjeon kam auf die schlaue Idee, die Villa in Brand zu setzen, um Patsys Ermordung zu verschleiern.

Da die Villa ganz und gar aus Holz war, konnte man sie leicht durch einen Brand zerstören. Sie war außerdem sehr abgelegen, was das Risiko, dass der Brand sich ausbreiten könnte, fast gänzlich ausräumte. Außerdem war sie umfassend versichert. Da Hattie berechtigt war, die Versicherungssumme zu kassieren, was der ›verstorbene‹ Alastair Farjeon ja offensichtlich nicht mehr konnte, würde das zusätzlich eine hübsche Abfindung abwerfen, um den Verlust zu verschmerzen.

Aber – und das war ein ziemlich gewichtiges ›aber‹ – wenn man Farjeons billiges Vergnügen in Rechnung stellte, das er daran fand, sich mit seiner jeweils aktuellen Geliebten fotografieren zu lassen, dann hatte es sich längst überall herumgesprochen, dass er Patsy eingeladen hatte, das Wochenende bei ihm zu verbringen. Es war also undenkbar, dass ihr Leichnam der Einzige sein sollte, den man in der Asche entdecken würde. Die Polizei – und auch die Regenbogenpresse – hätte den Braten sofort gerochen, und das natürlich zu Recht. An dieser Stelle, nehme ich an, war es die liebe, süße, berechnende Hattie, der sich eine Gelegenheit bot, die ihr der Himmel oder eher die Hölle geschickt haben musste, ihr Dickerchen von jetzt an ganz für sich allein haben zu können und seinen ehebrecherischen Spielchen ein für alle Mal ein Ende zu setzen und der es gelang, ihn davon zu überzeugen, dass auch er bei diesem Brand zu ›sterben‹ hatte.«

»Es stimmt ja, dass er in heillosen Schwierigkeiten steckte«, warf Trubshawe ein, »aber das scheint mir eine ziemlich drastische Lösung zu sein.«

»Sicher, aber vergiss nicht, seine Karriere wäre auf jeden Fall beendet gewesen, wenn es zum Skandal gekommen wäre. Er hätte das nicht überlebt – und deshalb hat er sich zweifellos dafür entschieden, es buchstäblich nicht zu überleben. Also ruft er Billy Harker an. Warum Harker? Weil unter all denen, die er normalerweise als seine Doubles einsetzte, Harker es war, der sich von seiner Frau getrennt hatte, allein in einem möblierten Zimmer irgendwo im East End lebte und dringend Geld brauchte. Als Farjeon (wie ich vermute) Harker erzählt, dass er mit ihm die ›Doubleszene‹ in seinem neuen Film besprechen möchte und ihm sogar vorschlägt, ein paar Sachen für die Nacht einzupacken und direkt nach Cookham zu kommen, muss der arme Billy denken, dass das Blatt sich schließlich zu seinen Gunsten gewendet hat. Nicht nur ein Job – einer, der gut genug bezahlt wird, um wenigstens ein paar der drückendsten Schulden loszuwerden –, sondern eine Einladung, beim Meister persönlich zu übernachten! Ich bin sicher, alle können die Eilfertigkeit, mit der er die Einladung angenommen hat, förmlich vor sich sehen.«

»Was glauben Sie, wie er umgebracht wurde?«, fragte Tom Calvert.

»Das kann ich nun wirklich nicht sagen«, antwortete sie nachdenklich. »Irgendwie so, dass keine Spuren zurückbleiben konnten, für den Fall, dass die Flammen die Beweise nicht so sauber und endgültig auslöschen sollten wie erwartet. Gift, würde ich annehmen. Und wenn Farjeon kein Gift zur Hand hatte, wurde Harker vielleicht erdrosselt. Die richtige Antwort werden wir erst kennen, wenn die Gute Mama Farjeon alles gestanden hat, was sie mit Sicherheit tun wird.«

»Evie«, sagte Trubshawe, »du warst so tüchtig und erfolgreich wie gewohnt, das muss ich zugeben. Aber ich will verdammt sein, wenn ich verstehe, wie Alastair Farjeon bei dem Film Regie geführt haben soll, wie du behauptest. Rein praktisch, meine ich.«

»Also gut«, sagte Evadne Mount, »wir sind uns hoffentlich einig, dass Farjeon den Vorschlag seiner Frau akzeptieren musste, mit Patsy zusammen bei dem Brand zu ›sterben‹. Ich stelle mir aber vor, dass er es absolut unerträglich fand, den neuen Film wegen seines eigenen

›Todes‹ ebenfalls in Rauch aufgehen zu lassen. Und wenn es nur finanzielle Gründe waren, die für die Weiterarbeit sprachen. Also beschlossen Hattie und er, ein Dokument zu fabrizieren, das Rex Hanway für den Fall, dass Farjeon etwas zustoßen sollte, zum Regisseur von *Wenn sie je meine Leiche finden* bestimmte.«

»Dieser Hanway«, sagte Françaix, »Sie behaupten also, dass auch er in den Plan eingeweiht war?«

»Absolut. Er stimmte sofort zu, sich nach der Tat als Helfershelfer zu verdingen, wie unsere Freunde von der Polizei sagen. Man darf nicht vergessen, dass Hanway so unglaublich ehrgeizig war, dass ihn keinerlei rechtliche Bedenken davon abhalten konnten, den Film zu übernehmen. Er hatte jahrelang auf eine solche Chance gewartet, und er dachte nicht daran, sie sich, nur wegen Patsy Sloots' Tod, von dem Farjeon vermutlich ohnehin behauptet hat, dass er ein Unfall gewesen sei, wieder aus seinen gierigen kleinen Pranken reißen zu lassen.

Aber jetzt«, sagte sie, »stellte sich heraus, dass die Sache einen unerwarteten Haken hatte. Hattie kam weiterhin jeden Tag ins Studio, als ob Farjeon immer noch die Regie bei diesem Film führte, nicht nur um die *finanziellen* Interessen ihres Mannes zu wahren, wie Cora mutmaßte, sondern auch seine *künstlerischen*. Sie war seine Spionin, sein Maulwurf, und ihr Job war es, ihm täglich über Hanways Arbeit Bericht zu erstatten. Aber genau die war das Problem. Hanways Arbeit war mies. Es wurde zwar exakt nach Drehbuch gearbeitet, aber woran sogar Farjeon selbst nicht gedacht hatte, war die Tatsache, dass die meisten seiner besten Einfälle, ganz gewiss die verblüffendsten und originellsten, ihm immer erst in letzter

Minute gekommen waren, normalerweise erst, wenn er am Set war. Und Hanway hatte es einfach nicht drauf. Er mochte das Handwerk beherrschen, aber er hatte nicht ein Gran vom Genie seines Mentors. Es kam dann so weit – Eustace, du erinnerst dich, was Cora uns erzählt hat? –, dass es auf der Kippe stand, ob die Produktion wirklich fortgeführt werden könne.

Für Farjeon war das völlig undenkbar. Er war ein eitler, arroganter Narzisst, der nicht akzeptieren konnte und nicht akzeptieren würde, dass man ihn daran hinderte, einmal mehr einer ehrfürchtigen Öffentlichkeit sein Genie zu offenbaren, und wenn es auch nur durch einen Strohmann geschah. Gerade als er mit den Dreharbeiten zu dem Film beginnen wollte, hatte schon einmal ein ›dummes Missgeschick‹ – so hat er sich Patsys Tod zweifellos zurechtgelegt – ihn daran gehindert. Dass dieses geliebte Projekt wegen der Unfähigkeit eines anderen noch einmal fehlschlagen sollte, nein, nein, das war für jemanden wie ihn ein unerträglicher Gedanke.

Also entschloss sich dieser Filmemacher, dieser Künstler, dieses Genie, das sich einer schwierigen Aufgabe nach der anderen gestellt hatte – einer seiner Protagonisten legte sich in Clerkenwell schlafen und erwachte am nächsten Morgen in den Rocky Mountains, ein anderer war einen ganzen Film lang an den Rollstuhl gefesselt, ein weiterer seiner Filme spielte von Anfang bis Ende in einem überfüllten Fahrstuhl –, die allergrößte Herausforderung anzunehmen. Wie die beiden Liebenden, die sich in der Szene, bei deren Aufnahme Eustace und ich dabei waren, durch ein kleines Mädchen küssen, inszenierte er den Film *durch jemand anderen.*

Und aus diesem Grund fand Hanway wunderbarerweise und ganz plötzlich zu seiner Kreativität. Keiner verstand, warum er jetzt diese großartigen Einfälle am Set hatte so wie einst Farjeon – Einfälle, die seines Meisters würdig waren –, und jeder weiß jetzt auch, warum.

Der *Modus operandi* wurde uns von Hanway am Tag nach Coras Ermordung unabsichtlich in Leveys Büro enthüllt. Sie erinnern sich: Als ich ihn bat, uns zu erklären, wie er sein Selbstvertrauen auf dem Set plötzlich wiedergewonnen hätte, lautete seine Antwort, dass er nicht länger darüber nachdachte, was Farch getan hätte. Er war ehrlicher, als wir glaubten. Wenn er sich nicht länger fragen musste, was Farch getan hätte, dann deshalb, weil, ja genau, weil Farch ihm sagte, was er zu tun hatte! Farjeon benutzte Hattie als geheime Verbindung zu Hanway für all jene Einfälle und Änderungen in letzter Minute, die seine Filme immer so einzigartig gemacht hatten.«

»Warum hat er Hanway nicht einfach angerufen?«, fragte Lettice.

»Zu riskant. Seine Stimme, diese affektierte, traurige Stimme wäre bestimmt von der Telefonistin des Studios, die sie zweifellos unzählige Male gehört hatte, erkannt worden. Nein, es war sicherer, von Hattie die detaillierten Aufzeichnungen ihres ›verstorbenen‹ Gatten diskret zu Hanway ins Büro bringen zu lassen, wo sie sofort vernichtet wurden, nachdem er sie gelesen hatte. Das wurden sie bis auf diesen einen angesengten Streifen Papier« – während sie das sagte, steckte sie beide Hände in ihre Handtasche, fand das Memo und breitete es vor ihnen auf dem Tisch aus –, »den ich aus seinem Papierkorb fischte. Obwohl mir natürlich klar war, dass es eins von hunderttausend Memos hätte sein können, die mit dem Fall nichts zu tun hatten, fand ich es doch besonders auffallend, dass der Zettel offensichtlich sowohl in Brand gesetzt als auch in Fetzen gerissen worden war. Offensichtlich war dies ein Stück Papier, das niemand zu lesen bekommen sollte, und während ich darüber nachdachte, warum das wohl so war, begann ich mich zum ersten Mal zu fragen, ob dieses sogenannte *Wunderkind*[16] nicht bloß die Puppe eines Bauchredners war.

Da der Großteil des Zettels, wie Sie sehen, verbrannt ist, konnten wir nur noch mit diesen verbliebenen vierzehn Buchstaben arbeiten: *ss auf die rechte*. Nun hatte Eustace, der immer auf dem *qui vive* ist, die hübsche, aber leider unbeweisbare Theorie, dass ›ss‹ irgendetwas mit Benjamin Leveys Flucht vor den Nazis zu tun haben könnte.«

»Ach, komm schon, Evie«, sagte Trubshawe errötend, »du weißt ganz genau, dass das nur ein Scherz war!«

»Ich dagegen«, fuhr sie fort, »konzentrierte mich trotz meines Rufs als unverbesserliche Romantikerin auf handfestere Möglichkeiten. Ich grub mein altes Reimlexikon aus und arbeitete mich Spalte für Spalte durch Wörter, die auf ›ss‹ enden, bis ich bei dem Wort Kuss landete. Warum? Weil es mich sofort an die Szene aus *Wenn sie je meine Leiche finden* erinnerte, von der ich vor ein paar Minuten gesprochen habe, die Szene, in der Gareth Knight und Leolia Drake gleichzeitig die linke und die rechte Wange eines kleinen Mädchens küssen. Überlegen Sie mal. Könnte ›ss auf die rechte‹ nicht Teil eines Satzes gewesen sein, der in toto ›drake gibt ihr einen kuss auf die rechte wange, knight auf die linke‹ hieß?«

Alle starrten sie an. Die Welt, die in der vergangenen Dreiviertelstunde auf dem Kopf gestanden hatte, hatte sich jetzt langsam gedreht, bis sie wieder an der richtigen Stelle war.

»Meine Güte«, brummte Trubshawe.

»Mein Gott«, rief Lettice, »Sie sind wirklich die Beste von allen!«

»Was bin ich nur für ein Schwachkopf!«, verbreitete sich Françaix. »Mein Gott, es springt einem doch ins Auge! Reinster Farjeon!«

»Meine liebe Evie«, sagte Calvert bewundernd, »im Mittelalter hätte man Sie als Hexe verbrannt.«

»Danke, Tom. Wie freundlich von Ihnen.«

»Es gibt aber noch eine wichtige Frage, die Sie noch nicht beantwortet haben.«

»Und die wäre?«

»Warum hat Farjeon Cora Rutherford umgebracht? Oder, wie Sie eben angedeutet haben, umbringen lassen?«

Bis hierhin war die Schriftstellerin von ihren eigenen Schlussfolgerungen so berauscht gewesen, dass sie beinahe vergessen hatte, dass das Herzstück des ganzen Falles der Mord an ihrer so lieben alten Freundin war.

»Ach ja«, sagte sie traurig. »Cora, die arme Cora ... Ich fürchte, sie hat sich für sehr schlau gehalten. Der wunde Punkt vieler schlauer Menschen ist, dass sie oft vergessen, dass andere auch schlau sein können, sogar noch viel schlauer als sie selbst.

Wie Eustace bestätigen kann, erzählte sie uns einmal, dass ihre Rolle in dem Film, die anfangs sehr klein war, unversehens viel größer und wichtiger geworden war. Sie war auf mysteriöse Weise ›aufgeblasen‹ worden, wie sie sich ausdrückte. Um die ganze Wahrheit zu erfahren, müssen wir auch hier auf Hattie Farjeons Geständnis warten, aber ich würde meinen letzten Dollar darauf verwetten, dass Cora, die immer die schreckliche Angewohnheit hatte, nicht nur fröhlich in die Privaträume ihrer Bekannten zu platzen, sondern sich ebenso munter auch in ihre Privatangelegenheiten einzumischen, etwas mit Hanway zu besprechen hatte, sein Büro leer vorfand, dann wie gewöhnlich anfing herumzuschnüffeln und eines von Farchs Memos fand, möglicherweise dasselbe, das ich aus dem Papierkorb gefischt habe.

Sie hat seine Handschrift sofort erkannt, eine Handschrift, die ihr natürlich auch in Blockbuchstaben vertraut war, und zwar wegen all der rüden Absagen, die sie von ihm erhalten hatte, bevor er schließlich einwilligte, ihr die Rolle zu geben. Und in dem Moment, in dem ihr die tiefere Bedeutung der Zeilen aufging, wusste sie auch, dass sie ein nicht unbedeutendes Druckmittel in der Hand hatte.«

»Du meinst«, sagte Trubshawe, »sie hat Hanway erpresst?«

»Na ja«, antwortete Evadne Mount ausweichend, »Erpressung ist so ein hässliches Wort, findest du nicht?«

»Nicht halb so hässlich wie das Verbrechen selbst.«

Da sie sich nicht festlegen lassen wollte, fuhr sie fort:

»Ich möchte es einfach mal so ausdrücken: Sie hat Hanway gesagt, sie sehe keinen vernünftigen Grund, warum sie ein so belastendes Beweisstück nicht der Polizei übergeben solle. Ich gehe davon aus, dass Hanway dann schnell und intuitiv reagierte und ihr den einzigen vernünftigen Grund nannte, den sie hatte hören wollen.

Und schließlich: Wenn er ihr also wirklich vorgeschlagen hat, ihre Rolle in dem Film mit mehr Leben zu füllen und aufzublasen, dann fürchte ich, dass Cora, die so verzweifelt um ihr Comeback gekämpft hat, dem Pakt mit dem Teufel einfach nicht widerstehen konnte.

Was sie getan hat, war falsch, entsetzlich falsch, und sie hat weiß Gott dafür bezahlen müssen. Aber sie war meine älteste Freundin, und ich habe immer zu meinen Freunden gestanden, und ich werde sie auch jetzt nicht im Stich lassen, obwohl sie tot ist.«

»Bravo, Evie«, sagte Tom Calvert.

»Danke, Tom«, antwortete sie. Dann sagte sie mit einer Stimme, die allmählich heiser wurde, da ihr Monolog selbst für ihre Verhältnisse ungewöhnlich lang und wortreich gewesen war:

»Ja, die arme alte Cora, sie hat nicht geahnt, dass sie sich einen Menschen zum Feind gemacht hatte, der so böse war wie einige seiner eigenen Figuren. Und sie war nie das, was man die Diskretion selbst hätte nennen können. Farjeon und Hanway wussten, dass sie ihr nicht trauen konnten. Was konnte sie wie einen Erpresser, der immer noch mehr will, davon abhalten – ich kann beinahe hören, wie die beiden sich das selbst fragen –, eine Hauptrolle in Hanways nächstem Film zu verlangen? Und eine in seinem dritten? Und in seinem vierten? Nein, nein, sie musste auf der Stelle zum Schweigen gebracht werden.

Die Mordmethode ist mit großer Wahrscheinlichkeit Farjeons krankem Hirn entsprungen. Nachdem er seinen Schützling schon mit einigen brillanten Drehbuchänderungen in letzter Minute gefüttert hatte, konnte er davon ausgehen, dass die Präsentation dieses neuen Einfalls – Cora sollte aus dem halb vollen Champagnerglas trinken – am Set nicht den geringsten Verdacht erregen würde. Hanway würde mit Lob überschüttet werden, und Cora wäre man für immer los.

Wer nun wirklich die Drecksarbeit gemacht, das Gift aus dem Labor geklaut und die Limonade damit versetzt hat, na ja, da würde es mich überhaupt nicht wundern, wenn wir erfahren würden, dass es Hattie war, unsere Madonna der Stricknadeln, auf die nie jemand achtgegeben hat.«

»Evie«, sagte Trubshawe nach einem Augenblick des Schweigens, »du hast mit all deinen Vermutungen zweifellos recht, aber gestern wärst du beinahe selbst ermordet worden, was für jeden von uns entsetzlich gewesen wäre. Vor allem aber für mich«, brach es aus ihm heraus.

»Sieh an, Eustace, ich hatte schon angefangen, mich zu fragen, ob du dir ernsthaft Sorgen gemacht hast.«

»Das ist doch Unsinn!«, entgegnete er barsch. »Du weißt, was ich meine – und was ich nicht meine! Aber, verdammt noch mal, warum hast du uns deinen Verdacht nicht mitgeteilt, anstatt dich einer solchen Gefahr auszusetzen?«

»Versteh doch, mein Lieber, ich konnte es nicht, ich konnte es einfach nicht. Alles, was ich wusste oder zu wissen glaubte, waren doch reine Spekulationen, ein Kartenhaus, das im Gerichtssaal nicht eine Sekunde lang Bestand gehabt hätte. Alles basierte auf einer einzigen Tatsache – jedenfalls betrachtete ich sie als eine Tatsache, sonst niemand –, nämlich dass Farjeon noch am Leben war. Eine Tatsache allerdings, die ich absolut nicht beweisen konnte.

Kannst du dir vorstellen, wie ich im Old Bailey stehe

und den Richter bitte, die Mordszene aus *Wenn sie je meine Leiche finden* vorzuführen, um dann vorzubringen: ›Euer Ehr'n, hiermit stelle ich fest, dass die Kamerabewegung, auf die wir alle gerade geachtet haben, einen schlüssigen Beweis dafür liefert, dass Alastair Farjeon nicht nur bei dem Brand, der seine Villa zerstört hat, nicht ums Leben gekommen ist, sondern auch verantwortlich ist für den Tod von Patsy Sloots und Cora Rutherford‹? Pah! Die hätten mich auf meinem Hintern aus dem Gerichtssaal geschmissen!

Nein, ich musste den einzigen Beweis präsentieren, der meinen Verdacht bestätigen konnte – Alastair Farjeon persönlich. Ich musste ihn aufscheuchen, und das konnte ich nur, indem ich mich selbst als Lockvogel anbot. Deshalb habe ich darauf bestanden, dass bei der Zusammenkunft gestern Nachmittag auch wirklich alle am Set sein sollten, selbst Rex Hanway, von dem ich bereits ahnte, dass er Farjeons Komplize gewesen war. Deshalb habe ich auch angekündigt, dass ich die Identität des Mörders lüften würde. Ich musste sicher sein, dass alle da sein würden, sodass, sollte jemand versuchen, mich von meiner Aussage abzuhalten, es nur Farjeon selbst sein konnte. Und ich war deshalb so sicher, dass er versuchen würde, mich aufzuhalten, weil er das perfekte Alibi hatte. Er war tot!«

»Ich werde für immer in Ihrer Schuld stehen, Evie«, sagte Calvert und fügte hinzu: »In Ihrer ebenfalls, Mr Trubshawe.«

»Ach was«, murmelte Trubshawe. »Ich war nur Inspektor Plodder, wie üblich die unglückselige Zielscheibe für den Spott aller Amateurdetektive.«

»Unsinn. Sie beide sind ein großartiges Team. Und da wir gerade von Team sprechen, ich habe von Evie erfahren, dass ich Sie in Kürze zu einem ganz anderen Anlass beglückwünschen kann, nicht wahr, Eustace?«

»Tss, tss«, grummelte der Chefinspektor. »Jetzt werden Sie ein bisschen größenwahnsinnig!«

»Wie dem auch sei, mein Lieber«, meldete Evadne sich zu Wort, »vielleicht erleichtert es dich zu wissen, dass dir noch eine kleine Atempause bis zu unserer Hochzeit bleibt.«

»Oh, und weshalb?«, fragte Trubshawe.

»Zuerst muss ich noch meinen neuen Krimi schreiben.«

»Sie werden einen neuen Kriminalroman schreiben?«, fragte Lettice.

»Ganz genau. Ich werde ihn dem Andenken Coras widmen und nicht« – sie blinzelte bedeutungsvoll ihrem künftigen Gatten zu –, »ich wiederhole, *nicht* Agatha Christie.«

»Das ist ja sehr aufregend, Evie! Darf man fragen, worum es geht?«

»Na, was glauben Sie denn?«, erwiderte sie, als sei die Antwort ganz offensichtlich. »Um die Geschichte, die wir alle gerade erlebt haben. Sie müssen wissen, wir Schriftsteller sind eine sparsame Zunft. Wir verschwenden nichts und werfen nie etwas weg.«

»Ach du meine Güte!«, rief Trubshawe ungläubig. »Du meinst, du willst über Cora und Farjeon und Hattie und all die anderen schreiben und sie alle in ein Buch packen?«

»So ist es. Ich werde natürlich nicht ihre richtigen Namen verwenden. Ich bin schließlich Schriftstellerin, Künstlerin. Ich muss eine Menge dazuerfinden. Aber keine Angst, Eustace, du musst nicht eingeschnappt sein. Du wirst auch vorkommen. Ehrlich gesagt, ihr alle werdet darin vorkommen.«

»*Sacré bleu!*«, rief Philippe Françaix aus, und sein Blick verschwamm, als er sich nach oben richtete. »Das ist – wie sagt ihr dazu? – das Ende!«

Anmerkungen

1 Aus *Alice im Wunderland*, Kap. 6, »Ein gepfeffertes Ferkel«, nach der Übersetzung von Christian Enzensberger.

2 *de trop*: überflüssig, zu viel. Sie würde nicht dabei sein wollen, sondern sich vorher aus dem Staub machen.

3 Siehe *Oh dear!*, Kampa Verlag 2021.

4 Gemeint sind der 8. Mai 1945 (Victory-in-Europe-Day) und der 15. August 1945 (Victory-over-Japan-Day).

5 Im Original deutsch.

6 Die Roundheads waren im Englischen Bürgerkrieg (1642–1649) die Anhänger des Parlaments, die Cavaliers waren die Königstreuen.

7 Ein Cockney-Kostüm, besetzt mit Perlmuttknöpfen. Jeder Stadtteil Londons hatte früher seinen König und seine Königin.

8 Der englische Dichter Samuel Coleridge (1772–1834) wurde angeblich bei der Arbeit an seinem Gedicht

durch den Besuch eines Mannes aus dem Örtchen Porlock in Somerset unterbrochen und fand nicht mehr in den Text, sodass das Gedicht ein Fragment blieb.

9   Die Mary Celeste wurde 1872 vollkommen intakt, aber ohne Besatzung vor Gibraltar aufgefunden. Die Besatzung blieb verschwunden. Arthur Conan Doyle griff das Motiv in seiner Geschichte *The Captain of the Polestar* auf.

10   John Singer Sargent (1856–1925), James Whistler (1834–1903), John Constable (1776–1837), William Turner (1775–1851), englische Maler.

11   VE-Day siehe Anm. 2, S. 14; VD = Veneral Diseases (Geschlechtskrankheiten).

12   *The Philadelphia Story* ist natürlich nicht von James Barrie, dem Schöpfer von Peter Pan, sondern von Philip Barry.

13   Das Academy Cinema war ein Filmkunsttheater in der Oxford Street, das 1913 eröffnet und 1986 geschlossen wurde.

14   Ivor Novello (1893–1959) war ein homosexueller walisischer Komponist, Sänger und Schauspieler.

15   Musicals von Ivor Novello.

16   Im Original deutsch.

Weitere Kampa Bücher stellen wir Ihnen auf den folgenden Seiten vor. Das Gesamtprogramm finden Sie auf: www.kampaverlag.ch

Wenn Sie zweimal jährlich über unsere Neuerscheinungen informiert werden möchten, schreiben Sie uns bitte an: newsletter@kampaverlag.ch oder Kampa Verlag, Hegibachstr. 2, 8032 Zürich, Schweiz

OKTOPUS VERLAG

Gilbert Adair
Oh Dear!
Miss Mount und der Mord im Herrenhaus
Kriminalroman
Aus dem Englischen von Jochen Schimmang

Weihnachten 1935. Ein verschneites Herrenhaus am Rande von Dartmoor in der englischen Grafschaft Devon. Freunde des Hauses haben sich bei Colonel Roger ffolkes (sic!) zum Festessen versammelt – oben, im Dachgeschoss, liegt die Leiche von Raymond Gentry, einem Klatschkolumnisten und Erpresser. In seinem Herz steckt eine Kugel. Aber die Tür zum Dachzimmer war von innen verschlossen, das einzige Fenster ist mit dicken Eisenstangen vergittert, und vom Täter oder seiner Waffe fehlt jede Spur. Glücklicherweise (wenngleich nicht für den Mörder) ist einer der Gäste an diesem Abend die fabelhafte Evadne Mount, erfolgreiche Autorin zahlloser klassischer Krimis, ihre Spezialität: *locked-room mysteries*. Wer also sollte geeigneter sein, den seltsamen Mordfall aufzuklären? Der unsympathische Scotland-Yard-Inspektor Trubshaw mit Schnauzbart und Pfeife? Ziemlich unwahrscheinlich.

»Very British, very funny, very good.«
Stern

OKTOPUS VERLAG

Josephine Tey
Nur der Mond war Zeuge

Kriminalroman
Aus dem Englischen von Manfred Allié

Eine ungeheure Anschuldigung gegen zwei Frauen, und
als einzige Zeugin ein junges Mädchen, dem alle glauben.
Aber sind die Beweise wirklich eindeutig?

Milford ist ein idyllisches Provinznest in England, in dem
nie etwas passiert. In der einzigen Anwaltskanzlei vor Ort
führt der junge Robert Blair in 41. Generation die Geschäf-
te. Seine einzige Abwechslung sind die Kekse, die täglich
zur *tea time* gereicht werden – bis eines Abends das Telefon
klingelt. Marion Sharpe und ihre Mutter, die ein abgele-
genes Herrenhaus bewohnen, haben Besuch von Scotland
Yard. Ein junges Mädchen behauptet, von den beiden ent-
führt und in ihr Haus verschleppt worden zu sein. Einen
Monat lang wurde die 15-Jährige dort festgehalten, sagt sie,
und musste als Haushälterin arbeiten, ehe ihr schließlich
die Flucht gelang. Ein unerhörte Behauptung, eine Unverschämtheit! Allerdings: Das Mädchen kann jedes Detail
im Innern des Hauses beschreiben. Der Anwalt, der sonst
nur Testamente aufsetzt (für eine schrullige alte Dame jede
zweite Woche ein neues), steht vor einer großen Herausforderung: Er soll die Unschuld der Frauen beweisen.

OKTOPUS VERLAG

Eberhard Michaely
Frau Helbing und der tote Fagottist
Kriminalroman

So charmant und resolut wurde noch
kein Mörder dingfest gemacht.

Ein allergischer Schock durch drei Wespenstiche? Frau
Helbing ist sich sicher, dass ihr freundlicher Nachbar, der
namhafte Fagottist Henning von Pohl, einem Verbrechen
zum Opfer gefallen ist. Die pensionierte Fleischereifach-
verkäuferin mag zwar von klassischer Musik ebenso wenig
verstehen wie von moderner Technik, aber mit Mordfällen
kennt sie sich aus: Seit dem Tod ihres Mannes Hermann,
mit dem sie vierzig Jahre lang eine Metzgerei im Hambur-
ger Grindelviertel geführt hat, liest sie in ihrer Freizeit am
liebsten Kriminalromane. Leider hält nicht nur ihre exzentrische Freundin Heide ihren Verdacht für ein Hirngespinst,
sondern auch die hochnäsige Kommissarin Schneider. Nur
der Schneider Herr Aydin hat ein offenes Ohr für Frau
Helbing und ermutigt sie, ihrem Instinkt zu folgen. Allerdings birgt so ein Kriminalfall im echten Leben auch einige
Gefahren ...

Ihr zweiter Fall:
Frau Helbing und der verschollene Kapitän

OKTOPUS VERLAG

Julia Bruns
Schwarze Zitronen
Ein Amalfi-Krimi

Kriminalroman

Ein Krimi, so schön wie Ferien an der Amalfiküste –
als sie noch ein Geheimtipp war.

Amalfi 1951: Claretta Lépore braucht dringend Arbeit. Ihr
Mann Emilio ist im Krieg gefallen, und sie muss ihre vier
Söhne allein durchbringen. Ausgerechnet der Capitano der
Carabinieri stellt sie schließlich als Sekretärin ein – dabei
hat sie nicht einmal gelernt, eine Schreibmaschine zu bedie-
nen. Wo auch, als Fischerstochter aus einem kleinen Dorf?
Aber Claretta ist so klug wie keck, und Capitano Spadaro
ist schon froh, wenn sie das Büro putzt und seine Hemden
bügelt. Was das mit den Aufgaben einer Sekretärin zu tun
hat, weiß Claretta nicht, aber sie macht sich munter an die
Arbeit. Und ehe sie sichs versieht, steckt sie mitten in ihrem
ersten Fall: In einem abgelegenen Bauernhaus wurden zwei
Leichen gefunden: Milchbäuerin Carmela Maria De Rosa
und ihr Mann Tommaso wurden erstochen – ausgerechnet
mit einem Kruzifix. Claretta fällt fast vom Glauben ab, als
Spadaro ihr das Protokoll diktiert. Nach Feierabend macht
sie sich am Tatort selbst ein Bild – und stößt auf einige Un-
gereimtheiten, die dem Capitano bei der Aufklärung des
Falls nützlich sein könnten.

OKTOPUS VERLAG

Constanze Scheib
Der Würger von Hietzing
Die gnä' Frau ermittelt

Kriminalroman

Die gnä' Frau langweilt sich zu Tode.
Da kommt ihr eine Mordserie,
die Wien in Atem hält, gerade recht.

Eine vornehme Dame auf Mörderjagd? Warum denn nicht?, denkt sich Frau Ehrenstein, als die Tante ihres Dienstmädchens Bianca erdrosselt aufgefunden wird. Schließlich wünscht sich Frau Ehrenstein schon lange etwas Abwechslung von ihrem gleichförmigen Wirken als Hausherrin im exklusiven Wiener Stadtteil Hietzing, das sich eigentlich schon in der morgendlichen Inspektion der Dienerschaft erschöpft. Gelegentliche Ausflüge in den Tierpark Schönbrunn mit ihrem Sohn Willi oder Abende in der Oper sind zwar schön, aber eben auch nicht wirklich tagesfüllend. Man könnte glatt meinen, Frau Ehrenstein lebe im 19. Jahrhundert und nicht in den 1970er Jahren, in Zeiten von Glamrock, LSD und Blumenkindern. Weil sich die gnä' Frau in Stöckelschuhen schlecht ins Verbrechermilieu begeben kann, bittet sie kurzerhand ihr neues Hausmädchen Marie um Hilfe, mit der sie nicht nur die Leidenschaft für Filme und Whisky verbindet. Die gemeinsame Suche nach dem Würger von Hietzing gestaltet sich deutlich abenteuerlicher, als Frau Ehrenstein sich das hat träumen lassen.

OKTOPUS VERLAG

Viktor Zeller
Lotto Toto tot
Der erste Fall der Tippgemeinschaft

Kriminalroman

Wer braucht schon sechs Richtige, wenn er die Eine hat?
Aber was, wenn die einen finsteren Plan verfolgt?

Die einen spielen Lotto, obwohl sie davon ausgehen, ohnehin nie etwas zu gewinnen, die anderen malen sich jede Woche ein neues Leben aus. Anton Gruber, genannt Toni, kennt sie alle. Ihm gehört ein kleiner Kiosk in Köln: Zeitungen, Schokoriegel, Lotto-Annahmestelle. Toni selbst ist Optimist, glücklich aber ist er nicht. Was ihm fehlt, da sind sich die Männer seiner Tippgemeinschaft Jackpott einig, ist eine Frau. Und weil man die nicht im Lotto gewinnen kann, soll Toni online daten. Womit Erol, Sebastian und Tom nicht gerechnet haben: dass Toni dabei zum Hauptverdächtigen in einem Mordfall wird. Es fängt harmlos an. Toni trifft Frauen, die entweder sehr viele Katzen oder gar kein Geld haben, und will aufgeben. Dann lernt er Greta kennen. Und plötzlich kann sich selbst Toni ein ganz anderes Leben vorstellen, endlich scheint auch er mal Glück zu haben. Nur ist es damit schnell wieder vorbei. Als Greta nicht zu ihrer Verabredung auftaucht und überhaupt wie vom Erdboden verschluckt ist, wird aus der Tippgemeinschaft eine ganz besondere Ermittlertruppe und Tonis Kiosk zur Ermittlungszentrale.

OKTOPUS VERLAG

Susan Hill
Die Frau in Schwarz

Roman
Aus dem Englischen von Lore Straßl

Eine gottverlassene Gegend. Ein dunkles Gemäuer.
Die Beerdigung einer wohlhabenden Dame.
Und eine mysteriöse Frau in Schwarz.

Der aufstrebende junge Anwalt Arthur Kipps reist aus London in den Norden, in das kleine Dorf Crythin Gifford, um der Beerdigung einer Klientin beizuwohnen und ihren Nachlass zu regeln: Mrs Alice Drablow von Eel Marsh House, ehedem wohnhaft in einem abgelegenen Haus im Moor. Was zunächst wie reine Routine erscheint, entwickelt sich zu einem Strudel von Ereignissen und lange gehüteten Geheimnissen, die schrecklicher sind als jeder Albtraum: ein Schaukelstuhl im verlassenen Kinderzimmer, das unheimliche Klappern von Pferdehufen, der Schrei eines Kindes im Nebel und immer wieder eine Frau in Schwarz. Die Einheimischen sind nicht bereit, über die beunruhigenden Ereignisse zu sprechen, und Kipps ist gezwungen, die wahre Identität der Frau in Schwarz auf eigene Faust zu lüften. Ein verzweifelter Wettlauf gegen die Zeit …

»Ihre Knie werden zittern, und es wird Ihnen
kalt den Rücken herunterlaufen.«
Daily Mail